4
著 うめー
イラスト かわく
Fugu oji ha tensai renkinjutsushi
不遇皇子は天才錬金術師
～皇帝なんて
柄じゃないので
弟妹を
可愛がりたい～
TOブックス

Fugu oji ha tensai renkinjutsushi

Contents

イラスト/かわく　デザイン/アオキテツヤ(musicagographics)

Characters キャラクター紹介

アーシャ

本作の主人公。
前世の記憶に目覚め、
継嗣でない不遇も
子供らしからぬ冷静さで
受け入れる第一皇子。
錬金術を趣味として、
前世にはいなかった
弟と仲良くしたいと思っている。

テリー

アーシャの弟。
第二皇子にして皇帝の嫡男。
次の皇帝となるべく
英才教育がされている。
アーシャは敵だと教え込まれ、
悪い噂しか耳にしなかったことで
誤解していた。

ワーネル

アーシャの弟。
フェルの双子の兄で第三皇子。
庭園で迷子になる。
アーシャがアレルギー対策を
教えたことで
フェルの状態改善に役立った。

フェル

アーシャの弟。
ワーネルの双子の弟で第四皇子。
アーシャのお蔭で
アレルギーが回復したため、
錬金術に興味を抱く。

ヘルコフ

熊の獣人。
武芸の家庭教師で
元軍人。

イクト

海人。
宮仕えの宮廷警護だが、
皇帝の指名でアーシャを守る。

ウェアレル

獣人とエルフのハーフ。
魔法の家庭教師。

ディオラ

ルキウサリア王国の姫で、
幼くして才媛として頭角を現していた。
アーシャと出会いその知性と
優しさに惹かれ、結婚を望む。

セフィラ・セフィロト

無色透明で、肉体があるかも
わからない知性体。
アーシャが生み出したが
謎が多く、成長途中。

序章　答え合わせ

派兵の凱旋を祝う晩餐会から一カ月。冬も終わり、春を前にしてようやく僕は派兵の事務処理も終えた。

社会人を務めた前世から事務処理に文句はない。けど青の間で弟たちを出迎えた今、かつてない達成感を覚えている。

「お招きいただきありがとーございます」

「お時間いただきありがとーございます」

言わされている感のある双子の口上につい笑ってしまった。僕は表情を取り繕って、ちょっとおげさに応じる。

「ご足労いただきありがとう。ワーネル、フェル、招くことができて僕も嬉しいよ」

弟たちが頑張ってるなら、兄として酌み取らないとね。

「兄上、聞いて！」

「あのね、兄上！」

「殿下方、なりませんよ」

いつもの調子に戻ろうとした双子に、眼鏡を押し上げる人物が注意した。一年前なら顔見知りの宮中警護二人しか同行してなかったのに、今日は一人ずつ文官か家庭教師らしい人が増えてる。

警戒するように室内見てるけど、ここは青の間の控え。調度を用意してくれたのは妃殿下で、問題なんてありはしない。

どういう人か聞こうと思って双子を見ると、不満顔。僕と目が合うと唇を曲げてみせたので、たぶん連れてきたくて連れてきたわけではないらしい。

だったらいいか。

「そうだね、お喋りをするのは先の部屋へ行って座ってからだ。それじゃ、行こうか」

「「はぁい」」

「殿下方、返事を伸ばしてはいけません」

元気な声をまた注意されるので、僕はその相手に愛想笑いを向けた。

「君たちはこの控えで待機だ」

「いえ、殿下方お二人だけでは失礼があるやも――」

「いつもの二人はここの造りも把握してるし来ていいよ」

「あ、お待ちを」

「僕が招いたのは、弟たちなのに？　招いてもいないお付きがどうして僕を止めるの？」

聞き返せば、増えた二人は黙る。礼儀として、部屋の主人である僕の客じゃないのにでしゃばるだけ無礼でしかない。正直邪魔する相手に用はないので、僕はさらに足止めを置いていくことにした。

「あぁ、質問なんかがあればイクトにでも聞いて」

僕はさっさと青の間の奥、図書室へと双子を連れて行く。僕の動きに、ヘルコフとウェアレルは気にせずついてくる。けど顔見知りの宮中警護二人は、同情の滲(にじ)む目を控えの間のほうに向けていた。

とはいえ、もちろん僕たちについて移動してくるし、余計なことも言わない。

そうして案内した青の間の図書室は、派兵をする前よりも蔵書が増えてる。僕が不在の間も、財務官のウォルドが地道に書籍を探して購入していてくれたからだ。

読みたい本ばかりだけど、今は目の前の弟たちが優先。僕は椅子(いす)を勧めつつ確認を始める。

「さて、ワーネル、フェル。あの二人は誰？」

「「新しい家庭教師」」

「何を教える人？」

「歴史と礼儀作法」

「詩文と礼儀作法」

話していると、すぐにノマリオラが給仕を始める。出されたのは、茶葉ごとミルクで煮る前世で言うところのロイヤルミルクティー。そして摘まめる大きさのチョコレートがお茶請けとして出される。

カップに一度口をつけて、僕はまず気になったところから聞いてみる。

「二人とも礼儀作法の授業を兼ねるの？　多才な人ってことかな」

「「他にもいるよ」」

双子の答えは要領を得ない。だから僕は答えを求めて二人の宮中警護へ目を向けた。

「その…………両殿下は、逃げ隠れされるので……」

「走って行かれた際に追いかける人員が、必要、でして……………」

「あぁ」

漏れ聞いたことのある双子の行動を思えば、やりそうだ。つまり、嫌いな礼儀作法の授業から逃げ出すため、家庭教師たちが揃って逃亡防止、もしくは捜索の人手としているんだろう。

「兄上がいない間、しないようにしてたのに増やされたんだよ」

「そうじゃないと駄目って言われること増えるからやらなかったのに」

双子は納得いかない様子で訴える。

「そうだね。無理矢理させても、身につくのに時間がかかるばっかりかもしれないし」

まず座って授業を聞くところから教えるのも一つの教育だ。とは言え、これだけ嫌がっているとなると、別の問題がありそう。そちらを理解しないと改善できない気もする。

それに、双子の状況から、気になることがあった。

「テリーの周りにも人が増えていたよね」

「そう！　兄さまとお話する時間取られるんだよ。授業しない時もいるから、僕たちと遊べないの」

「今日も授業だから駄目って言われたの。それにね、兄さまから直接言ってももらえないんだ」

「直接――人伝いで会話も減ったのか。何かそうなるきっかけってあったかな？」

今日は双子と約束があった。派兵前に一緒に行きたいと言う双子に、駄目な理由を考えて答え合わせしようと言ったんだ。つまり一年前からの約束で、もちろんテリーも呼んだ。

「僕も今日のことを手紙で断られたよ。丁寧で、しっかり考えて書いてくれたのはわかるけど、話せないのは寂しいね」

「うん、兄さま頑張って書いてたよ。兄上からのお手紙に返すためにも頑張ってた」

「もっと書き方練習するって言ってたけど、兄さまはお話より手紙がいいのかな？」

双子はそっくりな顔を見合わせて首を傾げる。

「手紙が嫌じゃないけど、やっぱり顔を合わせて話したいね」

「「うん」」

状況は変わったけど、双子は相変わらず元気で素直。その様子に頬が緩む。ただやっぱりテリーがいないのは物足りない。

ワーネルとフェルは調子が戻ってきたらしく活発に話し始めた。

「兄さまが駄目って言うのいつもだったよね」

「でも駄目って言う人嫌がってたんだよね」

思いのまま喋って二人だけで通じてる。その様子も可愛いけど、テリーに関することなら僕も知りたい。

「テリーに駄目って言う人がいたの？」

「うん、兄さまと火を並べる魔法してた時に来た人みたいなの。兄上のこと話すとそういうこと言っちゃ駄目っていうの」

ワーネルが言うのは、たぶんテリーに魔法を教えていた時に邪魔しに来た、ハドスとかいう人。

ハドスは解雇されたと聞いたけど、似たようなことを注意する人は他にもいたようだ。

帝室周辺はルカイオス公爵派閥で押さえられているから、ルカイオス公爵の血筋を継がない僕を肯定的に語ることは嫌がられるんだろう。

ただ、子供だって意思があって理解もする。あからさまに僕を差別しすぎて、勉強を嫌がる双子のみならず、テリーからも口うるさい家庭教師は拒否されていたそうだ。

「それでね、新しい魔法の先生はそんなこと言わないって兄さま喜んでたの。でもその先生が、他の先生の言うことも聞いたほうがいいよって言うんだって」

フェルがテリーから聞いたらしい話を教えてくれる。どうやら他とは違う切り口を選んだ家庭教師がいたらしい。

拒否するばかりでは立派な皇帝にはなれない。清濁（せいだく）併せ呑む度量が必要。憧れるばかりでなく第一皇子を超える努力をしなくてはいけない。

どうやらテリーの様子を盗み聞きしていたらしい双子が言うには、そうして誘導したらしい。

教育的には間違ってないとは思う。頭から否定するハドスよりも、テリーが望む方向性を肯定しているだけましだ。ただ前提として、僕との対決を睨（にら）んでいる雰囲気を滲ませるのはやめてほしい。

「僕たち変だよって言ったんだ。でも父上は成長だよって言うの」

「母上はね、皇帝になるって言ったから、立ち振る舞い正しくしてるんだって言うの」

確かにそう見える。大人に近づこうと頑張っているし、皇帝という責任ある立場を望むなら、立ち振る舞いを今から意識することは決して悪いことじゃない。だからぎこちなさを感じてはいても、父や妃殿下も止めようとはしていないらしい。

けど、双子から家庭教師の様子を聞いていると、どうしても大人の都合で誘導したように感じてしまう。

考え込みそうになるところに、視線を感じた。双子を見ると不安げな表情。僕は笑顔を作って見せた。

「よく見て、よく聞いて、二人とも偉いね。それに、テリーを心配しているのもよくわかったよ」

応じると、双子はまた勢い込んで話し出す。

「あのね、兄上と同じだと思ったの。一人にしようとするの。だから僕たち兄上と一緒に行っちゃ駄目なんじゃない？」

「僕たちも七歳になるから別々に勉強するようにって言われるの。けど兄さまも一人で勉強して、勉強以外も一人になるよう言われるの」

勢いばかりで意味が通じなくなりそうになる双子の言葉に耳を傾け、何が言いたいのかを考える。

「兄さま、前は笑顔でね、許してくれたの。でも今は笑ってないし怒られるんだよ」

「僕たちがおかしいって言っても、それが正しいっていう人が多いの。兄上も一人が正しいの？」

テリーの行動としては、大人になろうと焦っていることと、嫌々大人の思惑に従ってる反動もあるのかもしれない。自分が我慢してやってるのにっていう不満が、注意や叱りつけという行動になってる可能性はある。

うーん、それにしても予想以上だ。これだけ明確に僕におかしいと思う点を訴えられるよう頑張っていたんだろう。二人とも皇子だから、いずれ大人の思惑にも気づくし対処を迫られる。

だったら今の内にもっとヒントをあげておいてもいいのかもしれない。

「うん、僕を除け者にしようとするのがわかっていて、僕は派兵を受けたんだ。理由はワーネルとフェルと一緒。駄目って言われるのが嫌で、大人しく従ったんだ。お蔭で、一年で済んでる」

「「えー、長いよー」」

「あはは、その内一年があっという間に過ぎるように感じるよ」

実感なんてない双子は揃って首を傾げた。そして僕を見ると無邪気に笑う。

「でも、兄上は変わらないね。我慢してるけど辛くなさそうだし、笑顔だよ」

「最初から変わらないよね。兄上も大人みたいな喋り方だけど嫌そうじゃないね」

そうして笑顔だったのが、今度は揃って悩ましげになる。

「兄さま、一年が早すぎて、僕たちと話さないの？」

「兄さま、一人でいたいって思ってるの？」

「それは、違うと思うけど………。一年離れただけでテリーがあんなに大人の対応になってしまうなんて、ちょっと……いや、かなり残念だね」

「兄さまのご挨拶、難しくなってるよ。あれは駄目？　父上は偉いって言ってたよ」

「兄上は、静かなのいや？　僕たちができた時、兄さま偉いって言ってくれたの」

つい本心から、力を入れて残念がってしまった。そしたら途端に双子が困ってしまう。駄目でもないし嫌でもないけど、なんて言えば通じるかな？

僕が考え込んでいると、双子が必死に訴え始めた。

「あのね、兄さま頑張ってるの。でも頑張ってないって自分で言うの」

「兄さま笑わなくなってるのに、周りは誰も心配しないの変なんだよ」

「あぁ、そうだね。本当にワーネルとフェルはよく見て、よく聞いていたんだね」

テリーが無理をしているのはわかってる。ただ僕も、頑張ってるテリーを邪魔するのはいけないんじゃないかと思って手控えていた。

健やかな成長だというなら兄として喜ぶけど、頑張ってるのに目標に届かない、笑う余裕もないのを周囲からも隠すなんて、それはもう健やかとは言えない。

無理はいけないし、皇子に生まれたからって過度な我慢もさせたくはなかった。前世でも子供の頃の苦労が祟(たた)って、皇帝になってからやらかす人って歴史にいたしね。

「テリーも頑張ってるけど、やり方が合っていないのかもしれない。無理してできることもあるけど、今のテリーは無理をし過ぎているように見える」

「そう！　苦しそうなの。絶対今日、兄上と遊びたかったんだよ？」

「ずっと！　ずっとね、ぎゅっとしてて、嫌なことをやろうとしてるの」

「うん、僕も今のテリーは心配だ。気兼ねなく笑えるように、考えてみよう」

「兄上、僕も！」

「僕も手伝うよ！」

揃って手を挙げる双子の可愛らしさに、僕は口元がにやけそうになる。本当に、こんな場面にテリーがいないなんて残念だ。

そうして僕たちの話がまとまったところで、双子の宮中警護がそっと声をかけた。

「殿下方、こちらをお忘れではないでしょうか？」

一人が言って、もう一人が差し出すのは手紙。それを見た双子は全く同じ反応をする。

「「あ！」」

忘れていたらしい手紙を受け取ると、様子を見ていた僕に二人揃って差し出してきた。

「兄上にね、招待状！」

「家族旅行に行こう！」

「え…………？」

反射的に受け取ってしまったけど、なんだか幻聴を疑うレベルの嬉しい言葉が聞こえなかった？

いや、けど渡された封蝋(ふうろう)には皇帝の紋章がしっかりと押されている。

内容は、初夏の数日家族だけで旅行を計画するもの。どうやら幻聴でも幻覚でもなく、確かに僕は今生初めての、家族旅行に誘われていたのだった。

一章　帰還の春

日に日に太陽が暖かく感じられる春。僕は一年以上ぶりに帝都へと下りた。

去年は春から派兵して帝都を離れ、冬に戻ったけど季節の終わりまで事後処理がかかってしまっている。論功行賞で上の功績と褒賞が決まったら、次は下だ。率いる側だった僕も働きを評価して賞を下さないといけない。

評価を下す辺りは武官たちがやってくれたけど、目を通すのもけっこうかかった。そしてそんなことも終わってなお春を待ったのは、僕が不在の間に習慣化したという、宮中警護のレーヴァンの来訪が続いていたからだ。

正直、地味に抜け出す機会潰されたよ。けどそんなことで不機嫌になんてならない。だって僕は今、春の先の初夏が待ち遠しいんだ。なんて言ったって、初めての家族旅行だからね。

「そう言えば、窓辺とか扉とか、街の色んな所に花が飾られてるね。お祭りでもあったの？」

「何処の国でも大抵種まきと収穫の時には祭りするもんですが、これは春に浮かれて飾ってるだけですね。ここのところ浮かれた雰囲気なもんで」

僕は上げていたフードの縁を戻す。浮かれる理由は心当たりがあった。犯罪者ギルドなんて物騒な名称の組織を作った一角、ファーキン組が痛手を受けたと帝都でも噂だからだ。

「それだけ迷惑かけてたんだね」

「えぇ、まぁ。ごぞんじのとおり」

僕たちも犯罪者ギルドに遭遇したことあるからね。そして今から行くのもその犯罪者ギルドの人から乱暴に押しかけられた店主の所。つまりはモリーのお店だ。

いろいろ話したいからってことで、今日は防音のために壁を厚くしてある部屋がある、店のほうに足を運んでる。

「ディンカー！　お帰りなさい」

「「お帰り、ディンカー！」」

帝都の商店が並ぶ中、モリーのお店へ裏から入る。すると待ち構えていたモリーと三つ子の小熊に歓迎された。もちろん、答える言葉は一つだ。

「ただいま。心配してくれてありがとう。それとモリー、面倒ごと頼んでごめんね」

冬に戻ってすぐ、僕は身動きが取れないようにされていた。その時に連絡要員としてモリーには動いてもらったんだ。

「あら、あれくらいならお安い御用よ。こっちもいい商売させてもらったわ」

白い髪を掻き上げてウィンクしてみせるモリー。海人と竜人のハーフという人間に似ているけれど違う外見。だけど豊かな表情が親しみやすさを感じさせるのは、一年会わなくても変わらない。

「そうだ、商売。ヘルコフが持って来てくれた発注書と配達の受領書。あれ金額がだいぶ少なかった気がするんだけど？」

「そんなの、いい商売させてもらったから、あたしが半分持ったのよ」

「でもこれ、僕が個人的に雇った人足たちに配達してもらったディンク酒だよ？」

なんでもないように言うモリーだけど、軍との連絡のために配達してもらった時と違って、人足相手に縁故を持っても商売相手として利益は少ないと思うんだけど。

「ほほほほほ、ディンカーは相変わらず賢いのにあくどくないわね。宮殿のお方の名前で集められた人足なんて、地位はなくても宮殿周辺にコネクションのある人たちにだってことじゃない」

そう言われてみれば、人足にいた顔見知りの庭師見習いくん。あの人は確実に宮殿に出入りしている。コネクションとしては、庭園に出入りできる貴族や政治家と縁故を繋ぐための情報を持っているると言える。

険しいファナーン山脈まで荷物を運んでくれた人足は、軍の論功行賞には含まれない。だから個人的な労いのつもりだったんだけど、抜け目ないモリーはそんなところからも利益の足がかりを作ってしまうらしい。

「ありがとう。人足してくれてた人からは、ディンク酒すごく美味しかったって感想もらったよ」

皇子である僕に直接感想を教えてくれたのは、庭師見習いくんだ。庭園で再会した時に大興奮で捲し立てて、師匠である庭師にげんこつを落とされていた。けどその庭師もわけてもらったそうで、寿命が延びるとかおおげさに褒めてくれてる。

「あぁ、それに関してなんだがな、モリー。数揃えたのが知れちまったらしくて、ちょいと俺の名前で寄ってくる奴いるかもしれねぇ」

ヘルコフが言いにくそうにするのでモリーが身構えるけど、レーヴァンのことだろう。僕がディンク酒を買ったと知って、すごく疑うような聞き方してきたけど、ヘルコフの伝手ってことで押し通した。

そう思っていたら、ヘルコフから予想外の相手が告げられる。

「その………陛下が数揃えられる伝手なら貸してくれって言っててな」

「待って！　陛下!?」

さすがにモリーも声を裏返らせる。今まで貴族から陛下に献上されたとは聞いていても、陛下自身が欲しがっているなんて僕も初耳だ。

いったいこの一年で、ディンク酒はどれだけ名を揚げたんだろう。

「できればディンカーが戻ってくる前に、複数回蒸留が可能な機器が形になってたら良かったんだけど………」

困り切った様子で、モリーは今以上にディンク酒を融通はできないと言う。それだけ需要に供給が追いついていないんだろう。僕にもそれなりの数融通してもらった後だし。

「だったら、まだ僕が必要とされる場面もあるだろうから良かったよ。熟成に時間がかかるからには、やっぱり複数回蒸留を可能にすることで供給量を増やすしかないよね」

「嫌みにならないのがディンカーだよなぁ。俺たちだけじゃ全然進捗なしだし」

橙被毛（だいだいひもう）の小熊の獣人レナートが、笑いながら肯定してくれる。これは一年で戻れるよう頑張った甲斐（かい）があったかな。

「本当全然だったよな。俺たちも錬金術少しはできるようになったと思ってたのに」

首を横に振りながら、紫被毛の小熊獣人のエラストが肩を竦めた。そんな兄弟に黄色い被毛に手先だけ白いテレンティが大きく頷く。

「技術足りないのもあるんだけどさ、問題が次から次で。試作機も無駄にでかくなるし」

僕がいない間にも連続式蒸留装置を完成させようと試行錯誤していたようだ。言うとおり四年お酒造りしてるし、錬金術というか装置に関してもそれなりにやり方の構想はあったはずだ。

「試作機を造ったの？　何が問題だった？」

久しぶりなこともあって、僕は前のめりになる。正直一年でそこまで進んでいたこと自体が予想外だ。

僕が話し込む姿勢になると、ヘルコフは壁際へと引く。お酒は好きだけど、ヘルコフは物を作る人じゃない。だから傍観に徹するんだろう。

「――聞いた感じ、エッセンスで作る薬で冷却してるから効率が悪くなるんじゃないかな。それだと冷却装置を別に作るから、薬を入れるタンクと排出装置が場所を取りすぎるんだ」

僕は設計図の該当部分に指を置いて話す。これはまた理科知識が足りてないから、発想が偏ってしまってた。冷やすことが熱エネルギーの移動であることをわかってない。

「冷やすって、熱を奪うことなんだ。だから冷たいものが必要なんじゃなくて、熱を奪う機構が必要なんだよ」

僕はモリーから紙とペンを借りて簡単に図を描く。前世の大学で物理の講義を取った時に、冷蔵庫が冷える原理を熱エネルギーの説明に絡めて聞いたことがあった。

前世、特に科学に関する職業に就きたかったとか、興味があった訳じゃない。ただ家に帰りたくなくて、教養科目を適当に取っただけ。それでもこうして役立てるなら前世の逃避も無駄ではなかったんだろう。

「ものの三態は教えたよね。そして変化する要因は熱。つまり気体、液体、固体と変わる時、必ず熱の移動があるんだ。熱が移動した先は熱くなるし、熱がなくなったところは冷える。逆に言えば、様態を変えることで熱を奪う、もしくは与えることができるんだ」

熱とは物質の運動によって生まれるエネルギーの形だ。運動が激しければ熱を発し、運動のない静止状態だと熱は生まれず冷たくなる。

「冷気を発する薬で冷やして、効果がなくなったら排出して、新しく注ぐなんて非効率なんだよ」

冷蔵庫は熱を奪う触媒が設置されてて、上から下へと空気が庫内を循環してる。庫内の熱を奪う冷たい気体は、温度差で下へと移動する。そして集められた気体は圧縮することで熱の移動が起き、液体へと変わるんだ。様態を変えると共に熱を放出し、冷えて気体になったところをまた庫内に入れる。

「わかる？　触媒を通す管と圧縮機。それがあれば注入や排出の手間が省けて場所も少なくて済む」

説明しながら、簡略化した冷蔵庫の断面図を描く。顔を上げて確認すると、全員が口を開けて言葉もない様子だった。

ヘルコフと目が合うと、牙を剥くような顔で苦笑される。

「熱の実験って言って、水使って弟方にやってましたね。熱いと上に、冷たいと下にってやつ。見せられたんで俺はわかりましたし、そいつらにも見せてやっちゃどうです？」

「正直想像が追いつかないわ。けど、この一年悩んでた答えを、今のさっきでポンと与えられたこの脱力感わかる、ヘリー？」

モリーが白い髪が落ちかかるのも気にせず項垂れた。

「ディンカー、あなたの有用性は疑いようもないわ。この一年で揺らぐわけもないのよ」

モリーが乾いた笑いを添えると、三つ子の小熊も揃って頷く。

「そもそもディンカーみたいな説明して、わかるようにしてくれる錬金術師っていないんだよ」

「俺らも上手くいかないから他の錬金術師に学ぼうと思ったのに、理屈をまず実証できないんだ」

「熱心だって聞いた錬金術師は、人体の神秘がどうとか、物質から離れて精神世界がとか言ってた」

僕がいないことで手詰まりになった時に、他の錬金術師を捜したらしい。帝都は人が多いから、錬金術師を名乗る奇特な人は捜せばいた。ただ、結果は外れ。

詐欺とかのイメージから予想はしてた。宮殿造りに使われてた錬金術も、僕が帝室図書館で関連書籍見つけるまで修繕できなくなってたし。これは何処まで廃れてるのか気が重くなる。各地でインフラの修繕もできなくなってそうだなぁ。

（けど名乗って研究をしようとする人がいるとわかっただけ、少し希望が持てたかも。ルキウサリアの学園にある錬金術科も存続の危機って言うし。在野にはいないのかと思ってたよ）

（主人と他の錬金術師の対話を推奨します）

突然セフィラが妙な要望を伝えてきた。

正直僕も興味はある。けど目の前のモリーや三つ子の反応は芳しくないんだよね。いや、聞くだけはしてみようか。

「ねぇ、その錬金術師とか紹介してくれない？　話を聞いてみたいんだ」

お願いした途端、モリーと三つ子が生ぬるい視線を返す。それを見たヘルコフが、首を横に振って僕を止めた。

「でん――ディンカー、たぶん相手の鼻っ柱ぽっきり折る以上の成果ないと思いますよ」

「そこまで？　だって僕まだ十代前半の子供だよ？」

「売りもんにしてるっていう奴でも、もうエッセンス作る時点で段違いだから」

「俺らディンカーに教わってて良かったと思ったぜ、ありゃ詐欺って言われて当然」

「なんでエッセンス作るのに必ず煙りだす工程があるんだか全くわからないからな」

三つ子が口々に語るのは、どうやら他の錬金術師によるエッセンス作り。頷くモリーから見ても、技術の時点で僕の圧勝らしい。

（主人を超える可能性がないのであれば、主人独自の知見による実証研究に注力することを推奨します）

見込みがないとわかった途端に、セフィラは手の平を返した。錬金術師を名乗る人なんだから、やり続けるだけの熱意と目標があるとは思うんだけどな。実際モリーたちは美味しいお酒が飲みたいという熱意でここまでやってるんだし。

僕が考え込んでいると、モリーも肩を竦めてみせる。

「ディンカーから教えられた錬金術のほうが特殊なんじゃないかと思えるくらいだったわよ。世間で言われる錬金術師のイメージそのままの相手なんだもの」

「いやぁ、古い文献とか引っ張り出して読んでるから、たぶんディンカーのやり方が正統なんだとは思うんだがな」

ヘルコフがフォローするけど、帝都の錬金術師は相当駄目な感じらしい。やっぱり在野は廃れた末に残った人たちで、手探りのまま前世の科学のようには体系立ってないんだろうな。

僕が一人で納得してると、視線を感じた。見れば、三つ子が揃って僕に熊の鼻先を向けてる。

「ディンカーが天才すぎるってのもあるんだろうけど、まず子供って考えるのが違うと思うぜ？」

「そうそう。ディンカー十二歳だっけ？　俺ら同じ歳の時に錬金術やれって言われても理解できる気がしないし」

「っていうか、その頃徒弟（とてい）するかって話になってたけど、俺たちそんなことより遊びたいって言ってたな」

言われてみれば僕も前世の十二歳では、遊びたい思いがあった。それでも塾に通って中学受験に備えて、家に帰っても宿題をやって課題をやって、翌日のために寝て。

今は錬金術自体が僕にとっての遊び交じりだから苦じゃないけど、思えば勉強ばっかりの生活ってけっこうストレスだ。

勉強に熱心に取り組んで、家族との時間をなくしてるらしいテリーは、その状況を苦しく思ってないんだろうか？

「普通の子供って、十歳前後はどうしてるもの？」

僕より三つ下のテリーは、今年で九歳。半ば幽閉されて育った僕じゃ基準にならないし、前世も小学校高学年から塾に行っていて遊びからは遠ざけられていた。

三つ子の小熊も徒弟として働きに出ることを視野に入れる時期だとしたら、テリーが勉強に励むのは順当なのか、早すぎるのか。僕としてはやりすぎだと思うし、双子の弟たちも無理をしているように見えてる。けど、世間的に当たり前だとしたら、テリーの無理を止める方法もそれに即したほうがいいだろう。

郷に入っては郷に従え。この世界で生きるなら、あまり奇異に思われることはさせたくない。

「十歳になったらもう家業の手伝いだな。けど、ディンカーみたいなのが普通ってどうなんだ？」

「それに俺たち、家業の人手は十分だから徒弟に行けって話だったしな。徒弟行かなかったら狩人？」

「その日暮らしか一発大手柄のどっちかのために鍛えるには、俺たち体格が不向きだったもんなぁ」

魔物相手の狩人ってそういう認識なんだ。

というか、僕の正体察してるせいで、自分たちは参考にならないって言われてる。皇帝の家業って言ったら政治になるのかな？

首を傾げる僕に、モリーは溜め息を吐いた。

「ディンカーは自分の才能を自覚して生かす道を見つけてるんだから、普通に拘る必要なんてないわよ。今でも帝都一の錬金術師って名乗っていいくらいなんだから」

そうじゃないいんだけど、弟のことなんて言ってないからヘルコフまでモリーの言葉に頷いてる。

それに僕の場合は前世でやった勉強と科学文明の分が上乗せされているだけで、こっちの普通は本当に危ういと思うんだけどな。

ただ三つ子の話を聞く限り、十歳を過ぎれば将来に備えて動き出しておかしくない年齢らしい。

無理はしてほしくないけど、テリーの教育上害ではない。だったら僕が手伝えることは、息抜きの仕方を教えることかもしれない。

適度な休憩って勉強でも仕事でも必要なのは、たぶんこの世界でも同じだからね。

「そう考えると、あの山の上の村。帝都よりもすごい錬金術が基準になるんだよなぁ」

思い出したようにヘルコフが呟く。山の上の村というのは、派兵された先のカルウ村のことだろう。元ワービリ村と統合する条件に、岩盤浴や温泉蒸しという料理器具などを置いてきた。点検の仕方のついでに作り方の基本的な考え方も教えたから、あの村の錬金術の基準は僕が与えたものになるんだろう。

「何してきたんだよ、ディンカー？」

「ちょっと仲の悪い二つの村を暮らしやすく？」

橙被毛のレナートに聞かれたから答えたのに、紫被毛のエラストが熊の耳をピコピコ動かして疑わしそうに僕を見る。

「一年でそれって、もう何処かの領主に納まってもやっていけるんじゃないか？」

「困った時に助けてくれる偉い人なら、何処でも大歓迎だろうな」

テレンティが気軽に言う。けど領主になって土地を治めるって、またしがらみが多いから、僕の身の上じゃそう簡単なことじゃないんだけどね。

「それより、それだけ早期解決できたなら、もっと面倒なところ送り込んでやろうって意地の悪いこと考える奴が出てくるんじゃないの？　今北西のほうがまた荒れるって言われてるし」

モリーが眉間(みけん)に皺(しわ)を寄せて心配してくれるけど、僕とヘルコフは半端な笑いしか浮かばない。

「それな、もうやられた後なんだわ。でん――ディンカーの機転でなかったことにされたけど」

「ニノホトのほうに行けって言われて、ワゲリス将軍もずいぶん怒ってたよ」

意地の悪い考えを実行にまで移していた事実に、モリーは二の句が継げなくなっていた。三つ子の小熊も呆れ返って首を横に振ってる。

詳しく話しても面白いものじゃない。だから僕はちょっと気になったことを聞き返した。

「北西って何があるの？」

「それなら俺らも聞いたぜ。ハドリアーヌ王国の暴君がベッドから起きられなくなったから、次の王位が荒れるだろうってさ」

テレンティが平民だからこその他人ごとで、他国の君主相手にとんでもないことを言い出した。けど驚くのは僕だけで、ヘルコフも頷いてる。

「いいの？　暴君って言ってるけど？」

僕が聞くと、ヘルコフは牙を剥くようにして苦笑いを浮かべた。

「いや、本当暴君なんですよ、ハドリアーヌ王国の君主は」

「なんだよ、叔父さん。ディンカーに教えてないのか？　あそこの王さま、帝位は俺のもんだってぶってるんだろう？」

「えぇ!?」

　エラストのとんでもない発言に声を上げるけど、本当にそんなことを言う人がいるらしく、ヘルコフは否定しない。その様子にレナートが納得した様子で頷いた。

「逆に当事者すぎて言えないって感じなのか。宮殿でそんなこと言ったら、めちゃくちゃ怒られそうだもんな」

「ヘルコフ、どういうこと？」

　これはもう聞いたほうが早いと思って言葉にした。

「いや、俺も詳しいわけじゃないんですがね。ハドリアーヌ王国は女王が立ってもいい国で、いつだったかに皇子婿に入れてるから帝室男系の血筋なんだそうです」

「あ、なるほど。つまりそんな暴論言い出したのは、今の陛下が即位されてからなのか」

　父は確かに皇帝の息子だけど、母親は元針子で宮殿の使用人だったと言う。皇帝の愛妾になれる生まれでもなく、そのため父は皇帝の庶子でさえない隠し子だった。

　そんな血筋的に劣る父が皇帝となったことで、ハドリアーヌ王国の暴君と呼ばれる君主は、自らのほうが帝位に相応しいとのたまった。本当に帝位を望んだにしては僕にも聞こえるほどの動きはない。つまりは、帝国にも屈しない強者であると喧伝するパフォーマンスだったんだろう。

「帝位に文句をつけておいて、自分の次代は荒れるような状況、ね」

思わず呟いたら、モリーたちから視線が突き刺さった。見返すと、モリーが半端な笑みを浮かべる。

「なんだか、一年前に心配したの、ただの杞憂だったみたいね。ディンカー、錬金術以外もけっこう才能あるんじゃない？」

「領主とか？」

「将軍とか？」

「商人もいけそう」

三つ子の言葉にヘルコフも笑う。

「何処かの将軍は、お蔭をもって今や英雄になってるくらいだしな」

言った途端にモリーも口元を押さえて笑った。

「サイポール組に挑んで街を追い出したって、ずいぶんな人気よね。今や悪を許さない正義の人なんて言われてるのよ」

元軍人同士、ワゲリス将軍の実態を知っているせいで、世間の偶像的な評価に笑うしかないようだ。実物を知らないらしい三つ子の小熊は、被毛に覆われた手で僕の肩を叩く。

「実際のところどうなんだ？」

「まぁ、本人を考えると評価がかけ離れてるように感じるかな。でも、全く的外れではないよ、レナート。実際、正面から切り込んでサイポール組を敵に回す気概はあったんだ」

言ってしまえば今世間に流布するワゲリス将軍への高評価は、サイポール組がどれだけ人々に迷惑をかけて嫌われていたかってことの反動。それとどうしても活動が停滞する冬の間には、恰好の話題だったんだろう。そして春の今、人々は口々にその話題を楽しんでいる。

「その言い方だと、いっそ将軍が英雄扱いされる裏にディンカーがいそうな気がするな」

「おう、エラストの言うとおりだ。ちょっと言い含めた武官を送り込んでな」

「そうそう。ヘルコフが言うとおり、僕じゃなくて武官の頑張りだよ」

僕がやったことと言えば、僕つきの武官だった人をワゲリス将軍の下につけた程度だ。最初の頃に天幕の不備を訴えて騒いだ武官で、ずいぶんと抒情的に物事を語る声の大きさが印象的だった。

僕の下からワゲリス将軍に突撃する行動力と、すらすら言葉だけは出る会話能力、そして貴族的なやり方は理解している教養面。それらは使えると思ったんだ。

だから軍の上層部に食い込むことになるワゲリス将軍と仲良くしてくれるよう頼んだところ、ロビー活動に励んで誇大な英雄像で人気を誘導したらしい。

セリーヌや顔見知りになったワゲリス将軍の部下に、ワゲリス将軍のいいところいっぱい吹き込んでおいてってお願いしてたのも良かったかな。狙いどおり武官は、聞かされたワゲリス将軍のいいところを誇大に言い立て、脚色して広めた。この調子で、ワゲリス将軍には軍上層部で存在感を強めてほしい。

「あいつ一度失敗してからは上に喧嘩売ることに躊躇なくなって、出世絶望的になってな。それが今回のことで巻き返しだ。何があるかわかったもんじゃないぜ」

ヘルコフがとんでもないことを言い出す。そこまで上から睨まれた人だったんだぁ。

「ヘリー、なんだかディンカーの頑張りは評価されてないように聞こえるけど？」

「そこはロックの奴も上にかけ合ったが無駄だったらしい。逆に不仲だって噂立てられてな」

「今はいいよ。ワゲリス将軍にはことの収拾まで、うるさい大人たちの相手をしてもらうつもりだし、功績はその分の手間賃ってことで」

冗談のつもりで言ったんだけど、何故かその場の全員が納得してしまう。

「あっち忙しいらしいわよぉ。いきなり有名になっちゃって、今まで繋がりのなかった貴族からお呼ばれするとか。貴族らしいことなんてしてこなかったから、今奥方にマナーを教えられてるらしいわ」

モリー曰く、ワゲリス将軍は注目を集めたことで上流階級と交流する機会が増えたそうだ。部下のセリーヌから聞いた話では、奥さんとは上手くいってないはずだけど大丈夫かな？

「そういや、俺にも宮殿行ってもおかしくない服揃える店教えろ、なんて雑な聞き方してきたな」

ヘルコフも心当たりがあるようだ。たぶん詳しいのは身分的に宮廷勤めの奥さんの父親なんだろうけど。そこに聞かないのは相手が別種族だからか、派兵に関して僕の悪い噂を吹き込まれたからか。

「なんにしても、マナー関係学べる身内がいるならまだましだよね」

思わず呟くと、小熊に揃って不思議そうな顔をされた。

「ディンカーなら親から学べるだろ？　あ、いや、この場合モリーさんみたいに教師雇うのか？」

「あれ？　でも叔父さんともう一人以外に家庭教師増えたとか聞かないよな？　あ、貴族一人いるんだっけ」

「その人確か元狩人だっただろ。ほら、何度かおじさんの代わりに品物受け取りに来てた海人の」

僕の家庭教師してるヘルコフから、新たな家庭教師が増えたと聞かないなら予想はつくよね。

「簡単に言えば、マナー関係学ぶことを邪魔されてる状態かな。教師捜してるんだけど、受けてくれる人がいなくてね」

派兵を名目に、皇子として宮殿を出て、帝都の外で活動した。その実績があれば、僕を宮殿に押し込める理由づけが薄れる。だから次に僕を押し込める理由にするのは、教育不足。その最たるものが礼儀作法、マナーに関してだ。

つまり、きちんとマナーを身につけていないから、人前には出せないという言い訳にされる。だったら学ばせればいいと動き出した父と妃殿下だったんだけど、上手くいってないんだよね。

二人が使える貴族の伝手って、ルカイオス公爵派閥の人だから、僕を押し込めておきたい筆頭のルカイオス公爵の不興（ふきょう）を買ってまで引き受けてはくれない。

「さすがに三人連続で親戚のお葬式のために辞めますって言われるとねぇ」

「え、そんなあからさまなことしていいのかよ?」

レナートに僕は苦笑を返すしかない。

「断れる関係性の人は断るし、断れないなら一度受けて、顔を立てた上で禊（みそぎ）的に辞めて行くんだよ」

僕に肩入れしたとなれば派閥の貴族たちから家ごと睨まれることになるため、相手も苦肉の策なんだろう。そして僕はもちろん、ルカイオス公爵が後見人である父も妃殿下も家庭教師個人くらいは守れても、家や身内全てなんて守れる力はまだない。

「皇て――ぇぇと、ディンカーの父親怒らせるだけじゃないのか、それ？」

「逆にこっちが怨まれてる可能性すらあるよ。せっかく手に入れた宮仕えっていうキャリアを捨てさせるんだから」

堪えて僕の家庭教師になっても、手に入るのは嫡子ではない第一皇子の家庭教師として、宮殿の隅へ追いやられるだけの肩身の狭い立場だし。人によっては仕事上の過失もないのに左遷されるような人事だ。

「逆恨みじゃねぇか。命じられてんならやり通せばいいだろ」

「僕のちょっと前の状況が、もっと悪い想像させてるんじゃないかなぁ」

僕は去年、追い出し同然で派兵に出て、その際に家庭教師も帯同してる。宮殿の端どころか帝国の端にまで追いやられる可能性を考えれば、誰でも逃げ出すだろう。顔も知らない皇子の世話よりも、自分の身内の未来のほうが大事だ。

「お前らだって将来使い潰されるだとか、もっと華やかな生活がしたいって、徒弟先足蹴にするようにして帝都に出て来ておいて何言ってんだ」

「「「う…………！」」」

ヘルコフに何やら過去の悪行をばらされた様子で、三つ子の小熊は目を逸らす。まぁ、実際のところ僕のところで教えるなんて、将来の展望がないんだよね。

「それにすぐ辞める人はまだ良心的だよ。変にいい顔しようとか、気を持たせることもないし。それより厄介なのは、あえて嘘じゃないけど使えないこと教えようとする悪意ある人だったし」

「そんな人がいたの？」

「いたんだよねぇ」

「いたなぁ」

驚くモリーに、僕とヘルコフは頷き合う。

嘘じゃないけど使えない範囲の礼儀作法の歴史を教えてくる家庭教師が一人いたんだ。しかもまるで今でも通じることのように言うから、悪意ありと判定してその人は僕のほうから追い出した。で、調べたらその人はどうやらユーラシオン公爵派閥関係。父と妃殿下が伝手を総当たりするようなことしてまで捜してくれたせいで、潜り込まれたようだ。

さらにこの件を考えると、別の問題も見えてくる。潜り込まれたのは、それだけ父周辺を固めて守っていたルカイオス公爵の人員配置が緩んでるってことだ。父が派閥形成し始めた隙を突かれた形だろう。

その点で言えば、テリーのところにはあえて間違いを教えるような人は配置されないだろう。ルカイオス公爵はあくまでテリーの即位を望んでいる。テリーが優秀だと言われる手伝いはしても、他から軽んじられる教育はしないし、隙も作らない。

「二人揃って浮かない顔だけど、どうしたの？」

「うーん、もう一人の家庭教師がね、実際に他国であった王子の洗脳教育について教えてくれてさ」

「ありゃ恐ろしい話でしたね」

ヘルコフも頷けば、いっそ怖いもの見たさでモリーたちも耳を傾ける。僕に使えないことを教える家庭教師がつけられた際に、元教師のウェアレルが心配して教えてくれた話だ。

「他国から嫁いできた妃の元に、生国から家庭教師が送られてきたそうだよ。その家庭教師は、生まれた王子に妃の生国の言語から歴史、素晴らしさ、誇らしさ、優位性を徹底的に教え込んだんだ」

そして幼少期から家庭教師に教育された王子は、国の者たちの前に立った時、何処の国の生まれだと疑うような人物になってしまっていたという。妃の生国からすれば自国風に染め上げただけ。けど、当事国からすれば未来の国王が洗脳されていたと言っても過言ではない状況。

「その国は自国を下に見て愛さない王子を王太子にするかどうかでずいぶん揉めたんだって。結局、自国を愛する令嬢と結婚の上で、その令嬢が実権を握り次代へ繋いだらしい」

「国民からするととんだ迷惑な話ね。けど、その生国の国民からすれば、そのまま即位すればきっといい目を見られた話でもあるんでしょうね」

片方に寄らないモリーの視点は、利益を重視する商人ならではかな。そう思って見ていたら、モリーと目が合った。

「……………あたしも貴族相手だと、もうマナーだなんだで大変でね」

「うんうん、僕もマナー家庭教師雇えなくて困ってて――」

「たぶんそれ私とは別の悩みよ？」

すぐに否定されてしまった。同じ愚痴を言いたいって話じゃないのかな？

「家庭教師してもらってる相手、高位の貴族だったけど未亡人なの。夫の稼ぎもないから身につけたもの使って稼ぐしかないそうよ」

この世界、魔法もあるから肉体的な力に依存せず、女性の職業の幅は比較的広い。けどそれは平民での話だ。貴族になるとそもそも労働なんて下々のすることと言われる。

基本的に貴族女性がやることは社交で、人によっては外交や芸術方面にも行く。けど貴族女性は家から出ないことが大前提だ。

それが家庭教師として外に仕事を持つとなると、よほど困窮しているという証になるから、貴族としては肩身が狭い思いをするとか。けどそういう人は、モリーのように平民だけど一発あて、財を築いたという人々からは需要があるとも教えられた。

「平民で女ってだけで上から来る貴族も少なくないわ。けど先生は穏やかに丁寧に教えてくれるの」

あえてその話を僕にする意図はなんだろう？　今雇っているモリーは必要だから学んでいるんであって、家庭教師が見つからない僕に斡旋してるわけじゃない。

「その人は、どうやってモリーと知り合ったの？」

「実は、再婚話があったんだけど、その相手がエデンバル家関係の血筋だったの。結婚直前に相手が帝都を追われてしまってね。本人も姻戚にエデンバル家関係の出身者がいたせいで、実家も大変。資金援助も途切れてしまって、やむなく働きに出たそうよ」

「あぁ……なるほど？」

「そこで罪悪感覚えちゃうのがディンカーよね。エデンバル家が悪辣（あくらつ）だなんて誰でも知ってたし、そこに連なってたのは事実なんだから一緒くたにしてもいいのに。…………軍の荒くれどもに変に影響されてないみたいで良かったわ」

「いやぁ、ちょっと雑に考えたり言っちゃったりする癖ついたんじゃないかって心配なんだよね」

ホッとした様子を隠して茶化すモリーに乗ったところで、室外からノックの音がした。モリーを見れば眉間に皺を寄せている。

「………………ディンカーが来る予定だったから、人払いはしてたはずなんだけど」

そうぼやくモリーの言葉にかぶせるように、さっきよりも切迫したリズムでノックが繰り返された。

僕が頷いて応じることで、モリーが対応に動く。同時に、不測の事態と見て、ヘルコフが僕の側に寄って来た。

「どうしたの？　今日はもう誰の面会も受け付けないと言ってあったでしょう？」

「それが貴族の方が店においでになっており、店主と直接商談がしたいと」

「よくいるタイプじゃない。何が問題なの？」

よくいるんだぁ。本当にディンク酒の人気すごいな。

「規定どおり面会予約を勧めたのですが、商談をしないまでも挨拶だけと粘られまして」

「それもよくいるでしょ。ともかく今日は駄目よ」

「応接室の机の上に、金貨の山を作られました………………。下手に触って不備があっては困るため、排除できず。どうしましょう？」

「その手は初めてやられたわね。下手に触ると数が合わないと難癖をつけられそうだし。誰なの？」

「ウィーギント伯爵家のニヴェール領主で、騎士さまだそうです」

思わぬ家名に僕はモリーと同じように眉を顰めた。途端に、色とりどりの小熊の手が僕を突く。

振り返れば、三つ子はそっくり同じ顔で誰かと聞く雰囲気。

「百年くらい前の皇帝の皇子が興した伯爵家だよ。確か皇帝も輩出してる名家。けど、ニヴェール領って聞き覚えはないなぁ」

僕の説明に頷きつつ、モリーも怪しむ。

「どうせ初代ウィーギント伯爵の子供の子供が祖父で自分は孫とかその程度の血の繋がりよ。血が近いならわざわざ領主で騎士だなんて名乗らないわ」

「ただそうなると、金貨を山と積める伝手に疑問が残るんだけどね」

僕の指摘にモリーも考え直す。ディンク酒は人気から競争が起き、値段も相応に高まっている。そんな物を売る店の従業員が、拳程度の金貨の山で狼狽(うろた)えるとは思えない。

つまり、そこらの木っ端貴族が見栄を張っているわけではないだろう。何より、帝室に直結した貴族の家名を出すからには相応の血筋であると考えるべきだ。

「皇帝陛下直々に求められるかもしれないなんて聞かされた後じゃ、あまり凄みも感じないわよ」

「あ、ウィーギント伯爵家って、先帝の皇女が嫁いだ家か」

一周遅れで思い至ったヘルコフが拳で手を打つ。

「誰だ？　確か先帝って子供いっぱいいたんだろ？」

「それが全部亡くなっちまったって騒ぎになったんだよな」

「けど叔父さんが覚えてるくらいならなんか重要な家なんだろ」

ヘルコフの甥(おい)たちはまた揃って僕に説明を求める視線を向ける。僕が物心つく前の話だし、一度も会ったことのない親類なんだけどね。それでも知ってはいる。

「先帝は正妃との間に男児はいない。だから、愛妾を囲って庶子に皇子の身分を与えてたんだよ」

本来宗教的にも帝位継承の決まりの上でも、庶子はよほどのことがなければ帝位には就けないし、皇子と名乗ることさえできない。それでも先帝の晩年に庶子たちが皇子となって宮殿左翼棟に起居できたのは、正統な継承権者となるべき正妃との間の男児がいなかったせいだ。

「つまり、先帝の皇子と言えば全員庶子なんだけど、先帝の皇女と言えば全員正妃との間の元皇女を言うんだ」

元とつくのは全員がすでに結婚して、帝室の籍から夫の籍に移っているから。それと同時に庶子の皇子の姉妹は、先帝の子であっても皇女の地位は与えられていない。その辺りは、この世界の面倒な身分社会だ。

説明を続けようとした僕は、小熊の耳が揃ってモリーに向いたことに気づく。いや、僕にも慌てた従業員の声が聞こえてきた。

「困ります、お客さま！」

「やぁ、やはり店主はいるんじゃないか」

ドアの所で対応していたモリーの前に、ゆったりと動いていながら押しの強い割って入り方をする美男が現われる。

僕は念のため、三つ子の陰に隠れた。その動きに応じて、ヘルコフも相手の視線が僕に通らないよう立ち位置を調整する。

「申し訳ございません、お客さま。ただいま接客中ですので、日を改めておいでくださいませ」

モリーは営業スマイルで、二十歳前後に見える貴族相手にドアを閉めようと動いた。けど、それを若い貴族の従者らしき人物が押し留める。

「卿の手を傷つけるつもりか？」

脅すような低い声で、示すのはドアの縁。そこに手をかけたまま動かない主人の怪我を盾にして、ドアを閉じさせないつもりらしい。

「………こっちが貴族じゃないと見て舐めてんな」

ヘルコフは小さく吐き捨てた。どうやら相手は室内でモリーが対応しているのが熊獣人たちと見て、横入りをする気満々のようだ。確かに帝国の上流階級に熊の獣人はいない。

「この春に騎士へと叙勲されてね。ウィーギント伯爵家が治めるニヴェールを拝領し家を建てることになった。そのお披露目の祝賀にここのディンク酒を振る舞うつもりだ」

この貴族、目立った争いもないこのご時世に勲章をもらって騎士になったらしい。つまりそれって、金か伝手使った叙勲ってことだよね？　しかも実家の土地もらって領主になってる。実力でもないのに恥じ入るどころか誇らしげに言うってことは、親の七光りを見せびらかしてる？

それを押し出して先客のヘルコフを蔑ろにしてるなんて呆れるしかない。

「ありがたいお話ですが、すでに半年先まで予約が入っております」

「我が家の名前を出せば譲る家はいくらでもある。家の繋がりがわからないと言うなら私自らが目を通してやっても良いよ」

美男は美男なんだけど、顔の角度とか表情の作り方に隠しきれないナルシストの気色悪さがある。別に自分の容姿に自信があるのはいいんだけど、その上で相手を見下す傲慢が透けてて嫌な感じだ。

「うえぇ、なんであいつあんなに自信満々なんだよ？」

「モリーさん、竜人の文化圏で育ってるからあんなひょろいのタイプじゃないぜ」

恰好をつけた態度に嫌悪感を露わにするテレンティの横で、レナートがモリーの個人情報を暴露する。というか、竜人って屈強な男性がモテるの？

「ウィーギント伯爵家には、今は皇太后になってる正妃の長女が嫁いで、その息子が跡を継いでる。つまり、孫とかなんとか遠い親戚じゃなく、現ウィーギント伯爵の弟にあたるみたいだよ」

「はぁ？　それで他人の予約横取りして許されるわけないだろ」

エラストの不満はわかるけど、そうとも言えないのが貴族社会だ。

「血筋で言えば相当に高いんだ。その上、皇太后の娘は全て帝位の継承権を持つ家に嫁いでる。つまり、あの貴族自身が帝位継承権持ちって言う、他よりもアドバンテージを持ってるんだ」

祖父は先帝、祖母にあたる皇太后は元王女で、父親は過去の皇帝の直系、母親は元皇女というけっこうなお血筋だ。しかも一家を作るとなると、家ではなく個人で継承権を有する形になる。

言うなれば、背負う看板が増えるんだ。新興貴族だとか言って甘く見ることはできなくなる。少しでも権勢欲がある者なら、ニヴェール領主が言うとおり譲ると言い出す者も出るだろう。

ただ、それを店側からした場合、望んだ商品を得られなかった怨みはモリーに向く。本当に慶事のために欲しいなら、根回しをして自ら頼み込み予約を取っている貴族から先に了承を得ていないといけない。

それを、金を積んで血筋と家名にものを言わせようとしてるんだから、礼儀がなってないにもほどがある。

「おや、私の言うことが信用ならないと？　このウィーギント伯爵家の私が？」

「そのようなことは申しておりませんとも。ですが――」

「時間がないのだろう？　この私を座らせて話せないほどに。だったら答えは一つだ」

「えぇ、時間がないからこそ、慎重に当たらねばなりません。どうか、今日はお引き取りを――」

「違うちがう。君が答えるべきは、このニヴェール・ウィーギントのご随意に、だ。わからないかもしれないが、これこそが賢い返答なのだよ。教えておいてあげよう」

モリーは張りつけた笑顔で我慢してるけど、年下の賢しらぶった貴族に言葉を遮られ続けて相当頭に来ているようだ。立ち姿がまるで軍人の待機姿勢になってる。

冬まで派兵させられてた時に、近くにいた女軍人のセリーヌがあんな風に立ってたんだよね。

「あんな獣人風情と話すよりも、私とよしみを通じておいたほうが賢い選択だ」

「あん？」

喧嘩を売られたとみて、ヘルコフが足を踏み出す。どうとでもできる相手と見下しているようで、ヘルコフがすごんで見せてもニヴェール・ウィーギントを名乗る貴族は狼狽えない。

その自信は一種すごいと思うけど、自分を盾にしなきゃいけない立場の従者らしい人は顔が引き攣ってるよ。

（ただ問題はこの貴族、陛下に雇われてるって言っても歯牙にもかけない可能性があるんだよね）

血筋を誇る貴族に多いのは、血筋の低い父を下に見ること。先帝の弟の子であるユーラシオン公爵なんて、血筋を頼みに正統性を誇り帝位を狙っているし。

（ユーラシオン公爵に比べると男系の血筋としても遠いし、派閥も持たないただの新興貴族なんだけど…………）

（新たな来客をお知らせします）

不可視の知性体セフィラがそんなことを告げた。そして現われた者の名前を、ヘルコフにも教えるようセフィラに頼む。

声なきセフィラの報せに、ヘルコフの動きが止まる。そして少し考えてから、ドアへと突き進んだ。

突然迫る大柄な熊獣人の姿に、さすがに自意識過剰なニヴェール・ウィーギントも恐怖を覚えたらしく一歩引く。モリーも何ごとかと場所を譲った。

瞬間、ヘルコフは牙を剥くように口を開いて廊下の向こうに叫んだ。

「おい、ロック！」

「あぁん⁉　ヘリーか！」

応じるのは唸るような鼻息交じりの大声。

お育ちが良いのは本当のようで、突然の大声にニヴェール・ウィーギントは固まってしまっていた。そして店に通じる廊下の向こうから、荒い足音と共に紺色の被毛を持つ獣人が現われる。仕事帰りか軍服を着たカピバラ獣人のワゲリス将軍だった。

「いらっしゃいませ、ワゲリス将軍」

「ワゲリス将軍⁉」

モリーが営業スマイルで声をかけると、ニヴェール・ウィーギントが反応する。サイポール組の件で民衆人気が高いこともあるけど、貴族からすれば近衛に関する処罰が印象深いだろう。

護送車で見世物よろしく帝都に叩き返し、残った近衛も戦地で使い潰されると怯えて逃げるほど苛烈で恐れ知らずだとか。その後も逆恨みして皇帝を狙った元近衛さえ自ら制圧した剛の者という認識をされてるらしい。

「あん？　誰だ、モリー」

偶然居合わせただけのワゲリス将軍は、部屋の前にいるニヴェール・ウィーギント相手に雑な対応をする。血筋を誇るなら怒るかと思ったけど、前評判が怖すぎてもう一歩引くだけになった。

その様子を見たヘルコフが、熊の耳をそびやかして指を動かして見せた。

「挨拶したいとか言ってた別の客だ。お前はこっち来い」

「あんだ、急に呼びつけやがって」

ヘルコフの扱いの悪さに、ワゲリス将軍はすぐさま凄む。もちろんわざとその反応を引き出したヘルコフは、さらに雑に因縁をつける。

「ったく、最近はお貴族さま相手にしてんじゃねぇのかよ？　そんなんで礼儀作法教える側が苦労してんじゃねぇのか？」

「うるせぇ！　お前が言うな！」

暗にあまり上手くいっていないらしい奥方のことを持ちだされて、ワゲリス将軍はすぐさま太い鼻筋から唸るような音を出す。それに応じてヘルコフも熊の唸り声を出すと、掻き消されるように悲鳴染みた声が上がった。

見れば巨漢二人に挟まれそうになったニヴェール・ウィーギントが、従者と手を取り合って逃げている。もちろんその隙を逃さず、ワゲリス将軍は室内に入って、中からモリーが扉を閉めた。

途端に静かになると、廊下からは慌てたような足音が聞こえる。防音してても聞こえるなら、けっこうな音を立てて逃げたようだ。

うん、ワゲリス将軍が貴族に怖がられるの、近衛への対応だけじゃないな。僕がやったこと丸投げになってるの申し訳なく思ってたけど、気にする必要はなさそうだ。

「で、本当になんだったんだよ？」

ニヴェール・ウィーギントがいなくなったと見て、ワゲリス将軍がヘルコフに聞き直す。

「いやぁ、相手しねぇって言っても引き下がらねぇ新興貴族でよ。今噂の将軍さまがいてちょうど良かったぜ」

「えぇ、助かりました。それで今日はどのようなご用件でしょう？　お手間を取らせてしまいました分は、こちらも勉強させていただきます」

モリーは元軍人としてよりも、商人として接しているようだ。ヘルコフは上官だったけど、ワゲリス将軍とはそういう関係ではなかったのかな。

「このくらいでそう言われるなら安いもんだな」

「もうちょっと疑おうよ」

「あ⁉」

「あ…………」

つい相手の背景の面倒さを知らないことに突っ込んだら、ワゲリス将軍がカピバラの小さな耳を立ててこっちを向いた。口を押えたけど遅く、ワゲリス将軍がずんずん寄って来る。

「おい！　なんでいるんだ⁉」

「何もいないぜ！」

「そうそう、何もいない！」

「何もいないったら！」

レナート、エラスト、テレンティが僕を隠して壁になってくれる。けど上から覗き込めるワゲリス将軍からは、室内でもフードで顔を隠した僕が見えていた。だから僕は小熊たちと一緒に、商品を並べるために設置してあるだろう大ぶりな台の裏に逃げて隠れる。

「おい、ヘリー！　宮殿の警備はどうなってんだよ⁉」

「そこは俺の管轄じゃねぇし、親も知らないことだから黙ってろ。だいたいここにいる姿見られない限り証拠残すようなこともしてねぇから言うだけ無駄だぞ」

もうとっくに諦めてるヘルコフの言葉に、ワゲリス将軍は盛大に顔を顰める。そして初めて知る事実にモリーが狼狽えた。

「親って、そっちも知らないの⁉　待って、お忍びで目こぼしされてるとかじゃなくて⁉」

「ワゲリス将軍入れても知ってる人は両手で足りるから今までどおり知らないふりしておいて」

商品台の縁から顔を出して、モリーにお願いしておく。

「本当……………、守る側の囲み抜けんじゃねぇよ！　大人しく守られろ！」

「もう軍務は解かれたんだから、ワゲリス将軍がそこ気にしなくてもいいでしょ」

僕は商品台の裏に隠れ直す。けど僕を隠すようにして立ってた三つ子の小熊にも呆れた目を向けられた。

「叔父さんとモリーさんの反応で、将軍がそこまでじゃないってのはわかってたけど」

「功績はうるさい大人の相手をしてもらう分の手間賃って、やっぱり本気だったんだな」

「やることあると直進してく感じ、帝都離れても変わらなかったんだなぁ、ディンカー」

「なんだとこらぁ⁉　ちょっと詳しく聞かせろ！」

おっとこれはまずい流れだ。なし崩しでばれたけど、いっそちょうどいいサンプルが来た気もするし、話を変えよう。いや、戻そう。

「ワゲリス将軍ってご子息がいるんだよね？　十歳頃って何してた？」

「あ………？」

「ちょっと普通の子供について知りたくて。貴族の十歳頃って何勉強してたのかなとか」

難しい質問ではないはずなのに、ワゲリス将軍は口を開けたまま続く言葉が出ないようだ。その様子に、ヘルコフとモリーが無情にも答えを口にする。

「知らないんだな」

「わからないのね」

「そうだよ！　日暮れまで勉強してたくらいで内容は知らん！」

ワゲリス将軍は鼻息荒く肯定する。勉強熱心な息子さんだったみたいなのに、何してるか興味のない父親だったなんて。他人ごとながらがっかりしてしまう。

ただ僕の前世の親と違って、ワゲリス将軍も子供の勉強に無関心だったことを恥じてはいるようだ。

「将来なりたいもののために勉強とかしてたのかな？　熱心に取り組めるのは一つの才能だとは思うけど、あまり長く勉強しても効率が悪くなるよ。ほどほどに休みを入れないと」

「………知らん。もう息子は成人してる」

へそを曲げてしまった。そして息子さんはもう大人だったか。今から気にかけても遅いよね。

僕のフォローがから振りに終わると、三つ子の小熊が頷き合い始める。

「ディンカーはそうだよな。休み入れながらって」

「俺らに錬金術教える時もそうだったしな」

「合間に別の話してたのって休ませるためだったのか」

「うん、集中って長続きしないから。だったらこまめに休憩取って一度で覚えられるようにしたほうが効率はいいでしょ」

僕の答えを聞いて、ヘルコフも感心したように頷く。

「そういう考えでいちいちレシピをちらつかせて乗せてたんですね」

「………おい……ディンク酒ってまさか…………」

ワゲリス将軍が片手で顔を覆って呻くように呟く。気づいてはいけないことに気づいてしまったらしい。というか、やっぱりディンカーとディンク酒って名前近すぎるよね。

まぁ、知ってしまったなら誤解を解いてみよう。

「あれね、別に嫌みじゃないんだよ」

「もっと悪いわ！　それに息子のことも俺に聞くな！　子供のことはサルビルにでも聞いておけ。あいつは子供好きだ」

「それもいいけど、やっぱり子持ちなりの視点がほしいな」

「知らん。北から戻ったら軍に入ってた。北行く前は宮仕ぇの話もあったってのに、なんでそうなったのか俺のほうが聞きたいわ」

あぁ、勉強にも無関心で、就職に関しても相談されない父親かぁ。これは、奥さんだけじゃなく、息子さんとの関係も大丈夫かな？

そんな僕の同情の目に気づいて、ワゲリス将軍は指を突きつけてきた。

「だいたい、なんでそんなこと聞いてきた？　次は何を企んでる？」

「本当に僕のことなんだと思ってるの。常に意地の悪い大人の相手してるわけじゃないんだから。聞きたいのは、弟が離れてる間に勉強熱心すぎて相手にしてくれなくなったからだよ」

「あー、おう、そうか………」

途端に語尾が弱くなるワゲリス将軍。何か心当たりがあるのかな？

「え、もしかして勉強を理由に遊んでくれないってよくあること？」

「いやぁ、俺だったら勉強放り出して遊びに走りますけどね」

ヘルコフは言って、モリーに目を向ける。そうして促されたモリーは思い出すように考えた。

「本家は厳しかったらしいけど、うちはやりたいなら勉強させるくらいで。というか遊びの中に勉強が織り込まれてたような？」

ヘルコフもモリーも大家族らしいのは漏れ聞いてる。たぶん農村とかよりも恵まれた暮らしをしていたんだろう。ただ貴族ではないから、皇子であるテリーと比べるのもまた違う気はした。

そうなると貴族として教育を受けていただろう、ワゲリス将軍の息子さんのほうが気になるんだけど。見つめていると、ワゲリス将軍は悩んだ末に言葉を絞り出す。

「近くにいないと日常なんてわからん。話さないと何をしていたかなんてわからん。だったらまずは、離れてた分、寄り添うことからだろ。でないと、向こうだって何も、言ってくれやしねぇ」

おぉ、けっこうまともな意見だ。というか本人の体験なんだろうけど。

息子さんの就職先さえ相談されずにいたこと、実はへこんでるのかな？　いや、いつ帰るかもわからない感じで僕と北に派兵されたんだ。そう考えると息子さんがその時期に軍に入ったって、父親を心配してのことじゃない？

「なんだよ」

つい首を傾げて考えてしまった僕に、ワゲリス将軍が半眼になって聞いてくる。息子さんがあえて言わないなら、外野の僕が言ってもこじれるかもしれない。ここは助言だけありがたく受け取ろう。

「いや、そのとおりだと思って。参考になったよ」

これはお礼を何かしたほうがいいかな。そう言えば考えていたことがあった。

僕はさっき描いた冷蔵庫の図とは別の紙に、レシピを書き始めた。材料を求めて前世でのことを思い出してたからすらすら書ける。

「はい、トマト使ったレシピ。完成したらワゲリス将軍に一つあげて」

この世界、トマトがあった。竜人の国で食べられてるそうで、大陸南の植物を扱う図鑑には載ってたんだ。ただし、毒物として。

「あの塩からすぎるやつか。あれが酒かぁ、どうなるんだ？」

「あのソースでも美味しいと思うんだけど、これは発酵させずに生の果汁を使うのね」

味を思い出して口を曲げるヘルコフに、モリーはレシピを確認しつつ応じる。

トマトの毒を食べられるのは竜人だけってあったけど、今は品種改良で人間でも食べられるようになってるそうだ。けど食べ方が竜人風で発酵食品のため好き嫌いがわかれて流行らないんだとか。

僕も味見させてもらったけど、塩蔵のトマトソースみたいなので癖が強かった。また運ぶのも日数かかるから輸入してなかったんだけど、そこはモリーの伝手で入れてもらえるらしい。

「トマト？　なんの話をしてんだ」

「野菜で作るお酒のレシピの話だよ。興味ある？」

「ほう？」

ベジタリアンなワゲリス将軍は今日一いい反応を返す。

作る予定のカクテルは、トマトジュースとウォッカを混ぜるだけのブラッディメアリーの改良カクテル。ジンに替えて作るブラッディサムだ。お手軽で家でも作れるし、アレンジも簡単。

「唐辛子入れれば体も温まるよ。気分でレモンや胡椒を加えるのも可」

「果肉も入れるって結構どろっとしそうね。生食は私も試したことないし、トマトも好き嫌いがあるわ。けど、試飲してくれる人がいるならやってみてもいいわね」

モリーも前向きなようだ。この世界、種族が違うことから、ニッチだけど確実に需要のある販路があるんだとか。

どうやら竜人にしか受け入れられなかったトマトに、需要を見込める可能性を感じたらしい。もしかしたらベジタリアンっていうのも、前世より多いのかもしれない。

「………離れた分、寄り添う、か」

思えば十歳になるまでテリーとは親しく話すことなんてなかった。確かにまだまだ僕たちは離れていた時間のほうが長い。だったら、これからだ。そのためにちょうどいい機会を父と妃殿下が用意してくれた。

思わず口がにやけてしまう僕は、フードに顔を隠したまま、テリーと家族旅行で何を話そうか考える。その時にはきっと、勉強に邪魔されることはないだろう。

二章　家族旅行

初夏になったイスカリオン帝国帝都は、湖の畔から涼風が立つ爽やかな季節。僕は帝都の門を抜けて、湖沿いに移動した。

馬車で湖から伸びる運河に沿って走り、その運河も渡る橋を通過。帝都を発してぐるりと湖を回り込めば、湖の対岸にある別荘地へと辿り着く。

僕は今日、家族旅行のために帝都を出ていた。

「わぁ、こちらからだと湖も違って見えますね」

馬車から降りると、木々はほどよく整理され、湖を見下ろす景観が広がっている。そんな僕の言葉を、同じく馬車から降りた皇帝である父が聞き留める。

「こちらから？　この湖を見るのは初めてではないのか、アーシャ？」

しまった。もう何度も抜け出して帝都に降りているなんてこと、父は知らない。ましてや高い位置にある宮殿と言えども、左翼棟からでは湖が見えないことは父も知っている。

「絵が、あったのです。それで、描かれた角度が違うと言いますか………」

「あぁ、なるほど。確かに別荘地側から描かれるとなると、宮殿を中心にした構図が多いからな。この角度は確かに違って見える」

該当する絵画を思いついてくれたらしく、父は納得してくれる。何より湖は帝都の名所でもある。絵はいくらでもあるだろう。

　これは、気をつけないといけないな。家族旅行だからって浮かれて口が滑ってしまった。それに、父と妃殿下が気を使って随行者の数を絞ってくれている。公爵側のうるさい人がいないからと言って、僕が秘密を漏らすわけにもいかない。

「旅行と言っても、宮殿は目と鼻の先だな。大したことのないものだが」

　父は湖から高台にある宮殿を見据えてそう自嘲する。

　父はこの一年で独自の派閥を作った。格式や実力のある貴族はすでに派閥を持っているから、父の下に集うのは爵位を継げないような子弟や、寄る辺のない新興貴族だ。

　正直力は強くないし、春先に会ったニヴェール・ウィーギントとかいう浮かれた若い貴族も新興貴族だし。これから手綱の握り方を覚えなければいけないんだろう。

　だから不必要に帝都を離れられない事情はわかってる。ただこれは、独力では何もできなかった皇帝にとって、進歩だ。本当のお飾りだったら何処へだって行けた。

　ずっと宮殿で四苦八苦してきて、これからって時にも、忘れず家族の時間を作ってくれた父には感謝したい。

「僕は、初めての家族旅行というだけでとても嬉しいです。突然遠くても戸惑ってしまいますし、ここに別荘があることも知りませんでした。この機会がなければ、知らないままだったでしょう」

　父は力なく笑うけど、本心からの言葉だ。実際湖の向こうが、貴族の別荘地だなんてことすら知らなかった。

ここは木々の合間に屋敷が点在する、森閑(しんかん)とした場所。湖を挟んだ向こうの港の賑わいを知っているからこそ、余計に別世界のような印象を受ける。

「それに、こうして見ると帝都は平らに整地されているのがよくわかります。対してこちらは山の地形をそのままにされていて、技術の経過を感じますね」

「そういうものか？ もしや、宮殿に使われていた錬金術もこちらに？」

「どうでしょう？ 帝都は時をかけて何度も整備をしたからこそだとは思いますが。こちらは土地の改良などはしているようには見られません。それで言えば、宮殿周辺の貴族屋敷のある辺りが、高台周辺の土地を改良して屋敷を建てているのが良くわかります」

僕がそう話していると、馬車から妃殿下が降りて来た。

「アーシャが言うとおり、こちらは帝都が今ほど広くない頃に使われていた貴族屋敷ですよ。宮殿ができてからは高台に貴族屋敷を造成したそうで、こちらは古い屋敷が多いのです」

どうやら僕が感じたとおり、別荘地と貴族屋敷界隈では、整地技術のレベルが違うようだ。

「過去の皇帝の中には、この別荘で暮らすことを好んだ皇帝もいらしたのですよ」

言われて湖から振り返れば、皇帝の別荘は帝都でも見ないデザインの建物だった。

「規模は離宮に劣るが、格は劣らないと聞いたな」

父も事前に聞いたらしく、別荘を眺めて呟く。格とはつまり、皇帝が常駐したり、政務を行うために賓客を呼んでも許されるということなんだろう。

そうして僕たちが話し込んでいると、軽やかな足音と歓声が聞こえた。

「「わぁ！　すごーい！」」

「こら、走るな。ワーネル、フェル」

弟たちも馬車を降りたようだ。そして元気な双子は、見ない形の別荘に目を輝かせた。

「丸ぅい！」

「尖ってる！」

すごく単純な感想だけど、喜んでるだけで正義。手放しではしゃいでるだけで可愛い。僕は双子の様子を見て大いに頷く。

これこそ家族旅行の成果だよね。

今回皇帝一家として、皇帝の別荘に滞在する。そんなことにも文句を言われていたかつてと違い、今回は何処からも横やりは入っていない。これも父が頑張ったからこそだ。僕もちょっと手伝いができたと思ってもいいんじゃないかな。

そんな風に浸ってると、テリーと妃殿下が揃って口を隠して笑い出す。辺りを見れば、父も僕と同じように頷いていた。頬がじわっと熱くなる。

「………えっと、こちらの建物は？　デザインが、ワーネルとフェルが言うように独特なようですが」

「うん？　あぁ、確かトライアン風だったか？　ひと昔前の流行だと聞いている」

気恥ずかしさを誤魔化すために話を振ると、父はうろ覚えでそう答えた。今いるのは玄関ポーチで、曲線を描く壁と囲むように突き立つ四つの尖塔が印象的だ。そして曲線だけど、どっしりとした壁は城砦を思わせる。

四角い石造りを見慣れていると斬新にも思えた。高さがあるのもただの屋敷とは違う威圧感がある。

「トライアン様式と言います。壁の上が回廊になっているので見晴らしが良いそうですよ。もちろん防壁としても機能します。ここから入って中央にも円形の居館があるとか」

妃殿下が教えてくれるには、城砦風の屋敷はトライアン様式というらしい。

「トライアンと言えば、大陸中央部の北西にある王国ですね」

その国名は習ったし、有名で規模もそれなりにある国だ。去年派兵した北のファナーン山脈の西端と、大陸の西を隔てる別の山脈の北端の隙間に幾つもある国の一つ。

僕は学習した基本情報を思い出しながら、別荘の中へと歩みを進める。玄関は防壁と一体の付属屋となっており、抜けると開放的な中庭が広がっていた。

その中庭の中央には、防壁と同じく曲線を描く居館が建てられている。

「トライアン王国は、かつて主要国にも名を連ねた国です。大陸中央部から流れる川の行きつく先であり、山間の運河を切り開いて海へと繋ぐ航路を開拓した先駆的歴史を持つ国でもあります」

妃殿下の説明は子供たちと共に、父に向けても行われている。有名な産品や、情勢についての情報も交ぜ込まれた。

僕が習った限りでは、そうとう入り組んだ地形だと聞いてる。だから中央部に入った人間が、外海へ出るために船を出してようやく通じた海路だとか。それまでの大陸北や西に住んでた種族では、見つけられなかった大陸中央部への道らしい。

「ですからトライアン様式では塔が特徴となります。運河を見張るためとも言われ、トライアン王国の主要な城には必ず塔があるそうです」

「トライアン王国は、かつて帝国の枠組みから独立したと聞き及んでいます」

テリーは、中庭に夢中な双子から離れてやって来る。玄関を閉めれば城砦の中だから、安全だし大丈夫そうだ。

「そうだね。独立で国力を弱めたとも聞いたよ。でも五十年ほど前には復活の兆しがあったと僕も習ったね」

テリーが乗るなら、僕もお勉強に乗ってみる。一人にさせられていると双子が気にしていたし、寄り添うためにもここはテリーに合わせよう。

そうして話を膨らませると、父は嬉しそうに頷く。

「アーシャもテリーもよく勉強している。あそこは先々代が名君だったのだが、次代がよろしくなくてな。元からあの周辺は併合したり、独立したりと忙しい地域だった。そこに暗く――」

「陛下、お控えを」

父の気軽な物言いを、妃殿下が止める。確かに塔があって国体が安定しないとなれば、それだけ情勢が不安な地域とも聞こえる。

伯爵家三男ならそれくらい世間話で言えても、皇帝が言うと国の威信を傷つける批判になってしまう。何よりトライアン王国は名君の後に暗君が立ったと言うなら、今も危うい内部問題を抱えているかもしれない。

五十年前にあった兆しから、復活したと聞かないのは、きっとそう古くない時期に国内で争いがあったからだろう。

（盛者必衰とは言うけど、やっぱり内部で争うなんてないほうがいいよね）

（仔細を求める）

突然聞こえる姿ない知性体セフィラの要求。人数を絞っても問題なく全員でついて来られる僕の側近たちは、弁えて皇帝一家から離れてるのに。見えないからってセフィラは僕にくっついているようだ。

それに返答にも困る。これは前世にあった平家物語の冒頭だ。祇園精舎の鐘の声、諸行無常の響きあり。沙羅双樹の花の色、盛者必衰の理をあらわすって、どう説明する？

というか、意外と覚えてるな。これは琵琶法師が語る仏教の話だから、宗教繋がりで教会に変えれば説明できそうかな？

祇園精舎の辺りは教会の鐘の音にして、鐘の音のように信仰は長く変わらないけど、人間は変わるものだって話にする。沙羅双樹はもう無視して花の移ろいで、咲き誇ってもいずれ枯れるのが自然の摂理って話にしてみた。

（人を草木にたとえることは一般的であるのでしょうか？）

（そうだね、人間も枯れるとか、青いとか言うのと同じだね。身近だから想像しやすいんだと思うよ）

僕がセフィラとそんな話をしている間に、勉強熱心なテリーが途中だった話の先を求める。

「トライアン王国の君主と周辺国がというのは、どういうことなのでしょう？」

「いや、うん。まだ難しいからな。気にしなくても大丈夫だぞ、テリー」

妃殿下に窘められた父は、濁すけどテリーは退かない。

「いいえ、そんなことはありません。難しいことであるならば、避けるのではなく理解に努めなければ」

思いの外テリーが強く主張をする。けどそこにはすぎた気負いがある気がした。父も心配そうな顔をするんだけど、それが逆にテリーの表情を曇らせる。父も気づいてすぐさま取り成すように続けた。

「今は勉強のことは忘れて、だな」

「それではいけません。生まれ持った責任はいつ何時にでもあるのですから」

うーん、テリーの言うことは間違ってないし立派だからこそ、父も対応に迷うよね。その様子に妃殿下が声をかけた。

「やる気は良いことでしょう。けれど話すにふさわしい場というものがあるのですよ、テリー。それを失しては努めることさえままならないのです」

やる気があったからこそ、窘められたテリーは目に見えてしょんぼりしてしまう。もちろん気の優しい妃殿下も、強く言いすぎたことを悔いるように眉を下げてしまった。

これは、せっかくの楽しい家族旅行が初手から詰んでしまう。何よりやる気に対して手応えがないのは、その後の向学心にも影響する。それは義務教育から大学までを学んだ僕の前世でも覚えのあることだ。

ここはワゲリス将軍の助言を参考に、寄り添う方向で合っている気がしてきた。

「テリー、今が駄目なら後で一緒に学ぼう。まずは別荘に着いたばかりなんだから、室内に入ってからでも遅くはないよ」

「あ、はい…………」

僕の申し出に応じてくれたけど、手応えがなさすぎて間違った自覚があるようだ。消沈してしまったテリーのやる気はから回ってしまっている。

これはやっぱりお節介でも、この世界のやり方に疎くても、もっと早く対処すべきだったかもしれない。

＊＊＊

家族旅行のために別荘へ着いた当日は、馬車移動で疲れた弟妹たちを早めに休ませた。そして翌日には本格的に家族旅行の行楽へと繰り出す。

天気は快晴。微風があり、初夏の木々は瑞々しい。ただ思わぬ問題が発生していた。

「湖のほうが、お水で遊ぶの楽しいよ」

「山のほうが、動物もいて楽しいよ」

山か湖かで、双子のワーネルとフェルの意見が割れたんだ。

「「ねぇ、兄上どっち」」

意見が対立している割に、ワーネルとフェルは仲良く僕に意見を求める。その動作もそっくり同じ。

「そうだね、宮殿の敷地は広くても山にも湖にも行ったことはないだろうし」

正直、どちらか選びきれないと言うのが、双子の本心なんだろう。だから迷って僕に決定を問う。けど、僕からすればどちらも家族で初めての旅行だ。どちらでもいいというのが本心だったりする。

ここは、もっと具体的に何がしたいかを聞いてみよう。

「湖なら船遊びかな。離宮で乗った船よりももっと小さなボートでの遊びになると思う。これは準備が必要だろうから、湖の畔で魚を見るでもいいね。それと山なら植物や動物を見られるかもしれない。山頂に登れば高い位置から湖の対岸を眺めることができる」

僕の提案を聞いて、双子は揃って悩みだす。すぐには答えられないようだから、僕は見守る父たちとは別にいる、もう一人の弟に声をかけた。

「テリーはどう？　やりたいことある？」

話を振ると、テリーは答えようとして止まる。一度開いた口を閉じて考え込み、ほどなく難しい顔をして言葉にした。

「私は、どちらでも………」

皇子らしい返しが思いつかなかったのかな？　こんな所で気にしなくてもいいし、らしい答えなんてないだろうに。

双子のようにはしゃげないと自制して、大人ぶりたいのはわかる。けどそうしたい理由を見失ってるようだ。家族しかいないここでは楽しんでいい。というか、僕が一緒に楽しみたい。

「ボートはあると聞いてはいますが、整備がどれほど整っているかは確認しておりません。今からとなると時間がかかるでしょう」

「だが山は疲れるんじゃないか？　ここはそんなに高くないが、子供の足では辛いかもしれない」

僕の意見も入れて、父と妃殿下が話し合いを始める。結果、湖を見下ろす山登りに決定。ちょっとした散策コースがあることを、周辺地理を押さえていたおかっぱが伝えたからだ。

ただ坂を緩やかにするために、山頂までは距離がある。だからまだ幼すぎる妹はお留守番だ。

というか、初めての場所に慣れず、部屋から出たくないとも言っていたので、今朝から僕も会ってない。赤ん坊の頃から気難しいことは聞いてたけど、三歳の今もその性質は変わっていないようだ。

できれば妹とも距離を縮めたい。ただ、今はテリーのほうが優先かな。

「ねぇ、兄上。僕この匂い知ってるよ。腐葉土って言うんでしょ」

「夏にね、別の離宮に行った時に、林でもこういう匂いしたんだよ」

「うん、手紙にも書いてあったね。庭園の東にある離宮でしょう？　どんなところだった？」

僕は双子と話しながら緩やかな坂を登る。途中には他の貴族の屋敷もあり、散策コース兼別荘地を巡る道でもあるようだ。

初夏、若葉を茂らせる木々の合間に見える別荘を見ていると、軽井沢って地名が出てくる。前世の有名な別荘地だけど、あそこもこんな雰囲気だったのかな。前世では縁のない場所だったんだよね。

「そう言えば、アーシャ。手紙で転んだとあったが、怪我は大丈夫だったか？」

「はい、陛下。腐葉土に足を取られて段差を滑り落ちましたが、怪我もなく」

「まぁ、怖い思いをしたのではない？　擦り剥くような怪我もしていないかしら？」

父に答えたら妃殿下が思いの外心配そうに確認してきた。というか、あの完全に弟たちに向けた手紙、お二人も知っていらっしゃるんですね？　けっこう奔放にしてること書いちゃったけど、まずかったかな？

その間に双子は蝶々を見つけて追い始める。

「ワーネル、フェル。そんなにはしゃいでは疲れてしまうよ。この後ボートに乗るなら、走り回らないほうがいい」

決めきれなかった双子のために、この登山の間に湖ではボートの用意がされている。なのにもうすでに全力の双子は、下山前に疲れ切ってしまいそうなくらいだ。

「テリーも大丈夫？　疲れたら言ってね」

「いえ、私は………お気になさらず……」

強がるけど、初めての登山で無理するほうが心配になる。というか、登山靴なんてないから僕たちは革靴だ。地味に靴底の硬さが効いてくるから、痛める前に休むよう言うべきかな。妃殿下なんてヒールだし。

「ははは、ワーネルとフェルは元気だ。うん、いいことだな」

「元気だよ！」

「楽しいよ！」

なのに何故か元気な父と双子は、道を外れてジグザグと木立を回って遊びながら進んでる。父は疲れてないから双子のはしゃぎように引っ張られてて、後の疲労は考えていないようだ。そしてそれを見て動いたのは妃殿下だった。

「私は疲れてしまったわ。少し休みましょうか」

「そうか、それは大変だ」

気遣いがないわけではない父は、すぐにワーネルとフェルを木立から連れて戻って来る。

そうすると、お付きが休むための椅子などを抱えてついて来てるので、休憩所の準備が始まった。

なんだろう、この、僕が想像してたのとは違う行楽風景。

いや、前世が庶民だったり便利用品開発されまくった文明だったりしたせいなんだろうけど。きっちり着込んだ従僕たちが、室内にあるような椅子を黙々と担いで歩いてるさまは見慣れない。

そんな風景から目を逸らせば、立ち止まったテリーはけっこう深く息を吐いてる。弱音は漏らさないけど、やっぱり慣れないことに無理をしているんだろう。

「こうして歩いていると、ファナーン山脈を思い出します」

僕はあえて派兵の時の話題を出した。

「できないことを無理にやろうとするほうが足を引っ張る場面でしたから、周囲を頼んでの山登りでした」

無理をすることが必ずしもいい結果にはならない。何より、今テリーは無理をして我慢することで、会話に入ることができないでいる。だからいいんだよと、伝えるつもりで話した。

「大変だったでしょう、アーシャ。よく無事で、頑張りましたね」

ところがテリーに伝えるつもりだったのに、妃殿下のほうが涙ぐんで労ってくれる。そう言えば、サイポール組のことで僕が暗殺未遂に遭ったことは知られているんだった。

もちろん軍の報告としても登山の途中で狙われたことが報告されてるから、僕を思ってくれる人なら予想できた反応だ。これは話題選びを間違ったな。

「その歳で軍に同行しただけ、立派なものだぞ、アーシャ」

父まで労うように言ってくれるけど、違うんだよ。うーん、家族との交流なんてスキル前世でも鍛えてなかったからなぁ。

「いえ、僕は荷物と同じでロバに揺られていただけでした。立派に勤められたのも周囲の者が尽力してくれたからです」

僕が暗殺を予見して備えていたことを知ってる側近たちが、微妙な顔をしてる。立ち働く従僕たちの向こうにいるから今は気づかれてないけど、父が見たら絶対何か勘づかれるから、表情を改めてほしい。

なんて思ってたら、もっと遠慮のない問いかけが襲ってきた。

(語弊があります。主人は山登りに関して兵の指揮はしてはいませんが、帰還のために山を下った際には方針を決定づける要因でした。これは兵を動かすことに当たります)

(いいの。ここで当たり屋みたいな真似したなんて言ったら、場が混乱するだけなんだ)

(…………正しく情報を共有することこそ、混乱を抑止する初歩であると提言)

(…………せっかくの家族旅行なんだから、自分から叱られること言いたくないんです。その辺り

察してよ）

（…………了解しました）

なんとかセフィラは黙ったけど、もの言いたげな雰囲気を感じる。いや、うん。父も妃殿下も心配はしても、叱られるなんてことないのはわかってるけどね。

僕はセフィラの追撃を逃れるためにも、さらに話を変えた。

「行軍途中で野営をした朝は、早く起きて薬草を探すことなどしていました」

僕はあからさまな話題逸らしをしつつ、やっぱりもの言いたげに感じる側近たちの視線は気づかないふりをした。セフィラと一緒に抜け出しに成功したのは結局一度きりだったからいいじゃないか。

「それ、お手紙で教えてくれた黄金根だよね？」

「僕たちね、お手紙もらって図鑑で調べたんだよ！」

ワーネルとフェルは僕の側に走ってくると、嬉々として話に乗ってくれた。そんな休憩を挟みつつ、僕たちは山頂に辿り着く。

石畳が敷かれた展望台になっており、木々も見晴らしがいいように枝打ちがされていた。そうして湖の向こうを見晴るかせば、帝都を見下ろせるようになっている。

「ひろーい！　帝都広いよ。こんなに広い！」

「おーきい！　宮殿大きいね。ここより大きい！」

双子はまだ元気に眺める景色に興奮する。湖を挟んで見る帝都は、馬車で移動するよりも壮大さがよくわかる。帝都の北にある高台には、貴族屋敷が並び、最も高い位置には日の光を反射して煌めくような宮殿があった。

　全て人力で整えたと思えば、僕も眼下に広がる景色に感嘆する。それと同時に、港の倉庫街や、商店が並ぶ商業区の辺りに目が行くのは、実際に歩いたことがある親しみからだろう。

「広い……なんて、広い……国は、いったいどれほど――」

　呟きに目を向ければ、圧巻の風景を悩ましげに見つめるテリーがいた。

「テリー」

「はい、兄上」

　独り騒がず、そして楽しまずにいる弟は、表情を取り繕いつつも素直に応じる。

　話を聞くためにも寄り添うなら、ここでその気もないのに無理に遊ばせるのは違うだろう。

「見方を変えれば、見えることもあると僕は思う」

「見方、ですか？」

「そう、宮殿の中にいても全貌は見えない。けどこうして外から離れて初めて屋根の高さもわかる。そして大抵のことは想像どおりじゃない。大きかったり、小さかったりするものだと思うよ」

　確かめるように、ようやくテリーも景色への興味を持った様子で目を向けた。

「たとえばこの下に広がる湖。テリーからしたら広い、狭い？」

「どう、でしょう？　初めて見たもので」

「絵でも見たことはないかな？　だったら、今こうして見下ろす湖を覚えておくといい。後で実際湖の側に寄って見れば、また印象も変わるよ」

実際こうして見下ろすと広いけど、帝都のほうが広く発展しているように感じた。けれど帝都から見れば、湖は人間一人の視界に比べて広すぎるくらいに思えるんだ。

「庭園の運河よりも、狭いように見えます」

じっと湖を見下ろしていたテリーは、一番身近な宮殿の運河と比べたようだ。けど、きっと広さは湖のほうが広い。総延長ではどうかわからないけど、狙いどおり近くで見れば印象も変わることだろう。

「微に入り細に入り、見たり考えることも一つのやり方だ。けど、離れて広く見ないとわからないこともある」

世間話風に言ってみるけど、テリーは真面目に聞いてる。こういうところが肩の力が抜けてないんだろうな。

視野が狭くなると思考も固まる。広く耳を傾けることで、雑音も入るだろうけど、雑音として思考の外に置くこともできるようになってほしいところだ。

「それは、兄上が派兵で得られた知見でしょうか？」

「それほどのものでもないんだけど」

「しかし兄上は確かに結果を残された。前任の者は七年をかけたと聞きました。それを、本当に一年で解決されて……」

派兵が決まった頃には一年での解決が短いかどうかもわかっていなかったはずだ。僕がいない間に気にして調べてくれたらしい。

「そう、前任の者がいてくれたから、僕はその結果から学んで早くに解決できたんだ」

「学んで、解決…………」

考え込むテリーの横顔には、まだ幼さが残る。それなのに苦しそうな表情をしているのが、追い詰められた心情を表しているようだ。

なんだか受験の時のことを思い出してきた。こうしないといけない、こういう結果を得なければいけない。そんな考えに取り憑かれたことがある。

目標は定めつつも手広く対策をしたほうがいいのに、気づけば同じところを堂々巡りで進めない気持ちになってしまうんだ。そう考えると、少しテリーの悩みの元が見えてきた気がする。

「どうしたの、兄上？」

「兄さま、疲れたの？」

楽しげにはしゃいでいたはずの双子が、心配そうに近づいて来た。気づいて周囲を見れば、僕たちの会話を邪魔するような者もいない。

弟たちの存在で、テリーは兄の顔を取り繕ってしまった。けど双子は気づいてるんだよね。

「なんでもな――」

「「えー」」

弱音を吐きそうだったことをなしにして強がるテリーは、言い終わる前に疑う声を返されてしまう。ここはテリーに寄り添うなら、その意気を酌むべきかな。

兄として僕も強がりたい時はあるからね。

「見方を変えるって話をしていたんだ。近いと気づかないけど、こうして離れて見ると気づけることもあるよって」

言いながら、僕は弟たちから一歩離れてみせた。

「うん、やっぱり三人とも身長伸びたよね。テリーなんて僕と並んでない？」

「え…………、身長？　そう言われてみれば、視線が近いような？」

全く気づいていなかったらしく、テリーは目を瞠る。僕が近づけば、視線の高さで変化に気づいたようだ。

途端に双子は急いで離れて僕とテリーを眺めた。

「ほんとだ！　兄さま大きくなってる！」

「前はもっと兄上のほうが高かったのに！」

テリーは双子の言葉に口元が緩みそうになっている。確かに小学生頃って、特に高身長を望んでるわけでなくても、身長が高くなるの嬉しいよね。

今の身長差は拳一つ分あるかないか。これは三歳上でも成長期が来たら追い越されるかもしれない。双子のワーネルとフェルとの身長差もその内目に見えて縮まる可能性もある。

これは弟を可愛がることも、今だからこそできることかもしれない。ここはお兄ちゃん風を吹かせてみよう。

「三人は、この一年で成長したと言えることはある？　僕は持ち帰った鉱物から、新たに昔の技術を再現できたんだ」

ファナーン山脈で鉱石を拾って来たけど、その実験を弟たちとするには早すぎる。自然発火してしまう危険物もあるしね。

その自然発火してしまう危険物、実は過去の錬金術師が有効利用を模索した記述が残っている。リン鉱石からリン酸を取り出す方法で、マッチの作り方が残ってたんだよね。

「木の棒に燃えやすくする薬をつけて乾燥させて、こすりつけることで発火を促す別の薬の二種類を使うんだ。これらを合わせれば簡単に火をつけられるっていう発明なんだよ。まぁ、扱いが難しいし、もう忘れ去られてしまっていたんだけど」

「それは、そうでしょう。魔法でこと足りるなら難しい素材を使う必要もないでしょうし」

テリーが言うことはもっともだ。その上で、僕もマッチが廃れたことを知って、場所が悪かったんだとしか思えなかった。

全属性を使える魔法使いが生まれる人間の中だからこそ、需要がなさすぎた。これが、火の魔法を使える竜人以外の種族の中で発明されていたら、残ってたんじゃないかと思う。

それにマッチはあくまで一つの活用法。リン鉱石は錆取りにも使えるし、肥料にもできる。マッチを考えついた過去の錬金術師を継ぐ者がいて、もっと研究を深めていれば今も残る発明だったかもしれない。

「僕たちもまた錬金術したい！」

「また実験して遊びたいよ！」

双子が興味を持ってくれたけど、鉱物はやっぱりまだ駄目かな。今は僕が不在の間に、一人腕を磨いていた財務官のウォルドとやるくらいだ。

使い方をレクチャーしたノートを残して、エッセンス作りとその応用をやっていいと許可していたら、毎日真面目にやってたんだよね。

結果、数年やってたウェアレルより精度の高いエッセンスを、一年で作れるようになった。あれこそ、好きこそものの上手なれってことわざの体現なんだろう。

「僕ね、また兄上と錬金術したかったの！　だから一年で薬草の名前覚えたよ！」

「僕も！　兄上がいない間お部屋行けなかったし、本見て覚えたんだ！」

「二人ともすごいじゃないか。しかもワーネルは魔法や剣にも興味があったのに」

僕がそう言った途端、ワーネルは視線を下げた。

「僕も、錬金術師目指そうかな……………」

ワーネルは以前、テリーを目指して魔法や剣に興味を持っていたはずだった。それが突然、フェルと一緒になって錬金術師を目指したいと言う。これは、嬉しいと言ってはいけない感じだよね。

興味の理由がテリーだったために、そのテリーに怒られたり叱られたりで嫌になったようだ。弟に慕われての言葉を翻（ひるがえ）されて、テリーもショックを受けている。

これはまずいな。テリーにもワーネルにも悪影響だ。ここはフォローを入れないと。

「やってる内に、他のことにも興味が移ることはよくあることだ。まだあれもこれもと言っていい時期だと思うよ」

「そう、でしょうか？」

「テリーは？　勉強を頑張って何処を目指してるの？」

「私、私は、目指すのは…………兄上のように…………いえ、兄上以上に、ならないと、いけなくて…………」

「僕？　あぁ、以上っていうのはいいかもね。僕なんて褒められること何もしてないもの」

「それは…………！　評価しない人が、おかしいんです。今回だって兄上は、危険を掻い潜ってこうして戻ったのに、誰も見直そうとせずにいる」

突然声を大きくするテリーは、どうやら僕のことで怒ってくれてるようだ。派兵の論功行賞で、ワゲリス将軍に偏ったことも知ってるのかもしれない。

「ありがとう」

「まだ、何も、礼を言われるようなことは、できていません」

気持ちだけでも嬉しいんだけど、テリーは難しい顔になってしまった。

「思ってくれるだけで十分だよ」

「いえ、兄上がそんなだから僕が――あ、すみません。その、頭、冷やしてきます」

引き留めようとするけど、今度は返事もせず背を向けられた。そんな僕を両側から、双子が手を引く。

「あ、テリー」

見上げる表情は不安そうだ。特にワーネルはテリーの様子が自分のせいだと思っているようで口を引き結んでしまっている。

僕はあえて笑って見せた。

「失敗しちゃったみたいだ。でも、テリーは大事なところは変わってないよ。大丈夫」

どうやら僕を思っていてくれている。その分焦りが募って今の状態だと思っていいだろう。

つまり、根は優しいままなんだ。だったらきっと、届くはず。テリーはまだ家族とやり直せるんだ。

＊＊＊

結局ボート遊びは翌日に持ち越した。ワーネルとフェルが疲れてしまったからだ。さらには留守番だった妹のライアがへそを曲げたこともあり、妃殿下がご機嫌取りで手が離せなかった。

そんなこともあって、翌日は第一皇女でまだ三歳のライアも一緒に別荘を出る。一番に湖へと向けて、斜面を降る階段を駆け下りた。その姿に、侍女は悲鳴染みた声を上げて追っていく。

帝室の女性につけられる女騎士も一人同伴されていて、その人が必死の形相で捕まえるというひと幕もあった。

抱き上げられたライアは、女騎士の紫の髪が揺れるのが面白かったらしく、そちらに気を引かれて笑う。もう走り出す様子もないようで僕がひと息吐くと、普段走り回るらしい双子も揃って胸を撫で下ろしていた。

「危ないことはしないようにしようね」

「「はーい」」

そんな騒ぎもあったけど、僕たちは皇帝の別荘専用に作られた桟橋（さんばし）へと下りた。そこにはボートが三艘用意されている。彩色が施されていて、皇帝の紋章もしっかり描かれている。ただこの十年ほど死蔵されていたのだとか。

「アーシャ一緒に乗るか」

何げない様子で父に言われて驚いた。

「…………はい、では――」

「いやー！」

答えようとしたら、背後から甲高い声が上がる。振り返れば僕を金色の瞳で睨む妹がいた。

「わたしと！　わたしとお船乗るのー！」

さっきまで走ったり、女騎士の髪に夢中になったり、機嫌が良かったのに。今は僕を敵のように睨んでる。ちょっと、いや、かなりショックを受けて視線を横にやると、不自然に湖が波立つのを見た。

（魔力の放出を確認）

僕が気づくと同時に、セフィラも自然現象じゃないと教えてくる。思わずライアを見ると、妃殿下も気づいた様子ですぐさまライアの機嫌を取り始めた。

「ライア、ボートにはお母さまと乗りましょう？　お膝に乗って、ね？」

「お膝…………？　やった！」

妃殿下の誘いにころっと機嫌を直すライア。可愛いけど、さっきの視線が胸に刺さってる。なのに妃殿下に抱え上げられると、後は僕に目も向けない。

これはちょっと可能性あるなとは思ってたけど、もしかして僕、ライアから兄として認識されてないんじゃない？

派兵から戻った晩餐会では、まだマナーができていないという理由で同席しなかった。つまり僕にとってはたった一年だけど、物心ついた時には離れてたせいで、ライアに家族判定されてない可能性が濃厚だ。

「あぁ、アーシャ？　その、ライアは気分屋なところがある。あまり気にしすぎることもないぞ」

「そう、ですか…………。それでは陛下、ライアはもう魔法を使えるのですか？」

「そうかもしれないとラミニアから聞いているが。何か感じたか？」

「えぇ、湖が不自然に波立っていたので風の魔法かと思いましたが。陛下は？」

「あまり魔法の才能はなくてな。気づけるかどうかは魔力や技術ではなく、生まれ持った感覚的なものと聞いているが、そちらもな」

僕の場合は自然現象としては不自然だったから気づけたけど、それで言えばセフィラが感覚的に察知できると言えるのかもしれない。

「ともかく、乗るか」

「はい。陛下、漕ぎ手は？」

「ふふん、私も帝都育ちだ。ボートを操るくらいはできる」

控える侍従たちは、ボートの乗り降りを手伝うだけで、僕は父と向かい合ってボートに座ることに。ガコンと音を立ててオールを動かす父は、言うとおり慣れた様子で周囲を確認しながら、湖へと繰り出した。

前回、晩餐会前に父と会った時には、微妙な空気になったことを思い出す。あの時は話を真面目な方向にもっていくことで誤魔化したけど、ここは僕から話題を振るべきか。変なことを言っても恥ずかしいし、ここは無難に行こう。

「思ったよりも湖には波があるのですね」

「広いからな。波と風は対応していて、山のほうから風が吹く。だから風に従って漕げば…………」

言うとおり波と風に従ってオールを操ると、ボートはすいすい湖の真ん中へと進んでいった。どうやら父は言うだけ慣れているようだ。

父が語ったのは気象的な知識で、この世界では天文学に分類される。ただ父が天文学を学んだとも聞かないし、湖周辺で暮らす人々の生活の知恵なんだろう。

桟橋からも離れたところで、僕は周囲を眺めるのをやめた。

「それで、お話はなんでしょう、陛下?」

「わかるか。少なからず本気でアーシャを誘ったんだがな」

「それは、陛下が今まで僕を弟たちとわけ隔てなく扱ってくださっていましたから。それがこうして周囲と諮ってまで特別扱いをしていただけたからには、相応の理由があるものと」

父は僕だけをのけ者にしようとする思惑をはねつけると同時に、弟たちとも差別しないようにと苦心していることは知っている。

「実は、またアーシャに知恵を貸してほしくてな。サイポール組のことだ」

家族旅行中でも仕事の話をしなければいけないのは仕方ない。だってその仕事を増やしたのは僕だ。

僕にだって否やはない。これはリベンジのチャンスだ。前に相談された時には、一年ぶりだったせいかテンパってしまった。それで甘えるのが下手な子供扱いをされたのは、今冷静になって思い返すととても恥ずかしい。

それと同時に、テリーが強がって恰好をつけてしまう気持ちがよくわかる。

「元近衛を直接捕まえたことで、近衛のほうは勢いが削がれた。春になってから処分の受け入れも成功している。だがサイポール組はまだ籠城を続けたままだ。報告ではホーバート領主も気が抜けない相手なのだろう？」

「そうですね。長く癒着していた相手ですし、サイポール組が有利となれば手を貸すこともあるでしょう。そしてそれは周囲の者も同じかと」

「うん、それでだ。一連の騒動は、帝都帰還のために必要に迫られたこともあるが、基本的に私の力をつけるためだったと思って間違いないな？」

父もさすがに、僕が暗躍していたことは疑いようもないだろう。財務を攻めるよう伝声装置で伝えたし、軍に留め置かれている間も有利になるよう掻き回す方向で動いたんだから。

「サイポール組のほうも、何かより良い考えがあってのことか？」

「あれは帝都へ戻る言い訳の側面が大きいです。あとは、後まで残さないように潰すことを企図していました」

「そうか、確かにホーバート領主を圧迫して裏切らないよう手綱を握れば、時と共にサイポール組は弱って潰れるだろう。だが実務は未だルカイオス公爵派閥の者に握られている。このままサイポール組壊滅に手を出した場合、どう動かれるか警戒が必要な状況だ」

確かに僕も成り行きを利用したから、着地点を明確には描いていない。それは僕の凱旋からして予想外だったルカイオス公爵にも言えることだろう。

混乱しているところの隙を突いて近衛の処分については上手くいった。それなのにサイポール組の件を利用されて、ルカイオス公爵に盛り返しされても面白くない。それどころか確実にこちらの不利になる手を打って来るだろう。

実際エデンバル家のことでは先手を打たれてる。その上皇帝として政策を協議すべき人員はルカイオス公爵側となれば、こうして家族旅行と銘打ち余人を排した上でなければ相談もできない。

「そうですね………軍部はどうでしょう？　軍務大臣は軍を掌握できているでしょうか？　派兵に関してはずいぶんと横やりを入れられたようですが？」

「軍部にも派閥争いはあるからな。だが、今のところ確実に軍部を掌握できる貴族派閥はいない。そして職責上それができる軍務大臣は、確か先帝が取り立てた辺境貴族の子弟だったはずだ。だから先帝が私の後見に指名したルカイオス公爵派閥に所属している。とはいえ、私が軍人をしていた時からあまり政治的な動きをする人ではなかったな」

「先帝を重んじる方であれば、きっかけを作ることで陛下に与する可能性もあるでしょう」

「きっかけか。冬の間に軍の動きも色々あったが、味方に引き入れるようなことか………」

「偽書の件を一任するのはいかがですか？　軍内部の不正を他所に暴かれ、泥を塗られたようなものだと聞きます」

「あれはストラテーグ侯爵が暴き出した事件だからな」

おっと、そうだった。これはまだ僕の関与はばれていないんだった。けど、嫌々やってるのも聞いてるし、軍に怨まれてる上に後始末なんてやってられないと言いそうだけど。

「宮中警護のほうから、ストラテーグ侯爵の負担が大きいということを漏れ聞いています。ストラテーグ侯爵との間を取り持つように動かれてはいかがでしょう」

「ふむ、そうか。取り持つ形で、か」

考える様子から、たぶん前向きに検討中だろう。となると次はサイポール組だ。

「今は宮殿内部の動きに注力なさったほうが良いと思われます。動揺を誘ったとはいえ、体制に問題がない以上、やり返されるのは今までもあったことかと」

「確かに、そうだな……………」

言って僕は父とお互いに苦笑いが浮かぶ。優秀な敵は本当に厄介だ。一回躓かせただけでは転んでもくれない。

「なので、サイポール組の件も軍に任せてはどうでしょう。ホーバート領主に目付を置く意味でも、軍に花を持たせる意味でも」

「あぁ、それも間を取り持つ形で、それとなく貸しを作るのか。……………今のままではせっかくアーシャが切り込んだのに、有効に活用できないなと思っていたが」

「そんなこと、お気になさる必要はありません。改めて皇帝の名の下に、鎮圧の兵を向かわせればいいでしょう。大聖堂で狙われたことも合わせて、悪をはねのける強い皇帝と喧伝することができます」

まだここで僕が前面に出ては、潰されるだけだ。動揺を誘ったと言っても公爵たちの派閥は健在。せっかく外に出る名目を作ったのに、ここで調子に乗って目立つ真似をすれば、今度こそ全力で潰しにかかってくるだろう。僕には段階が必要だ。

「ふむ、では誰に軍を任せるかだな」

「ワゲリス将軍はいかがでしょう。現在人気と共に軍のイメージを向上させるのにはうってつけですから、軍からの反対も少ないかと。人となりはわかっていますので、目的を明確に示せばそのことに全霊をかけるでしょう」

父もすでに、派兵に際して顔は合わせている。その上で、元近衛の襲撃の時には僕が頼った相手。

「あぁ、あの将軍か。そうだな、共に轡を並べたアーシャが言うのならば信頼しよう」

あまり良くない前評判も、それを覆す正義の人の英雄像が覆い隠してくれている。

本人が腹芸できないたちなので、裏をかかれる心配もないしね。

考えてると父がじっと僕を見つめてきた。

「…………才能豊かなアーシャならば、きっと望む道を行けるだろう。将来、何になりたいということはあるか？」

突然聞かれて心臓が跳ねる。浮かぶのは、息子に就職について相談もされず落ち込んでいたワゲリス将軍の顔。

何より、全国でも有名な企業に就職しないと価値はないと言い切った前世の父が過ったせいだ。

前世では、何になりたいかなんて聞かれたことはなかった。

だから僕が前世で将来に思ったことなんて、責められるのも叱られるのも嫌だということだけ。

その上で興味を持ってもらえないことも、嫌だったけれど、歳を重ねればそうして機嫌を窺うことさえ嫌になっていたんだ。

けれど目の前の父は、忙しさに会えないことはあっても、僕を考えていてくれる。それが嬉しいし、むずがゆい。

「僕は、錬金術師に、なりたいです」

「そうか。なりたいと思えるものがあるのはいいことだ」

「はい」

何処か寂しそうに、そして眩しそうに僕を見た父は、ふと視線を転じた。

「…………俺は、なかったからな」

父の呟きは、湖面を揺らす風に紛れるほど小さい。それでも聞こえたその言葉、その気持ちは、わかる。

僕も前世は何もなかった。ただ言われて勉強して、嫌われたくなくて、叱られたくなくて、努力してもむなしくて。それが時と共に文句を言われないように、離れるためにやるようになっていた。

そうして文句を言われない大学へ入って、文句を言われない就職をして。三十年の人生でなりたいものなんてなく流されて生きていたんだ。

そんな人生で、父は行きついた先が皇帝だったんだろう。前世があって、自覚も三歳でできた僕よりも、父の人生は数奇かもしれない。

「陛下、僕からもご相談、よろしいでしょうか」

「私にか？　なんだ？　遠慮はいらないぞ、アーシャ」

言った途端、父はすごい期待の目とやる気をみせる。

僕のために考えていてくれると言ったあの言葉が、本心だとよくわかる。けど相談したいことは僕のことじゃないんだよね。

「その、テリーのことで……」

「あぁ、それは私も悩ましいところだ」

やはり父も、無理をするテリーに思うところはあるようだ。

「あまり根を詰めすぎても良くないと思うのですが、止めることはできないのでしょうか？」

「必要な学習ではあるのだ。何より私が今、この身分に対して足りないことが多すぎる。だからテリーが学ぶ気もあって、頑張るなら挫くのも違うのではないかと思う」

父は自分が皇帝になったことで苦労しているからこそ、テリーが無理してでも頑張る様子を肯定しているようだ。本人からすれば幼い頃から学習できていればという後悔が切実だからこそ、テリーに大人になってから苦労してほしくないんだろう。

「必要な学習だと言われれば、私には否定できない。何より、テリーはよくやっている」

「そうですね。あの歳であれだけ立派に振る舞えるのですから」

「いや、うん……………そうだな」

何その間？　うーん、僕以上になるとか言ってたし、もしかしてテリーが無理してるの僕が影響してる？

前世がある分大人の振る舞いができるだけなんだけど。その時間に見合った経験を持つ僕の水準を無理に求めて、テリーは悩んでるの？

考え込んでしまった僕に、父は取り成すよう声をかける。

「アーシャは弟たちのお手本として、決して悪くはないはずだ。テリーの向学心は確かにアーシャから良い影響を受けている。その、ラミニアももう少し成長すれば、自分で折り合いをつけて調整できるようになるはずだと言っていてな」

公爵令嬢として厳しく躾けられただろう妃殿下の経験則では、今苦しくてもという感覚のようだ。確かに前世を考えれば、なんだかんだ大人になって引き摺ってはいても、落ち着くこともある。

「テリーを信頼する上では、そうした見守りの姿勢も大切かとは思います。しかし、双子も心配するくらいの状況で放っておくのも違うのではないでしょうか」

「そう、か。そうだな。何か助けになれることがないか、考えるべきか」

そう言ってくれる父であることが、僕には素直に嬉しい。

「難しいことではありません、やる気に対して結果が伴わないと思ってしまっているからテリーは悩んでいるのでしょう。であれば、評価してその努力を認めるお言葉をかけてあげてください。兵を目に見える形で慰労するようなことと同じです」

元軍人である父にも想像しやすいよう言葉を選ぶ。

「努力を肯定することで、今以上に無理をする必要はないと本人が自覚をすれば、妃殿下がおっしゃるように自ら折り合いをつけることでしょう」

「そうか、つまり剣の稽古と変わらないんだな。無理をしては体を傷める。時間をかけることも無駄ではないが、毎日の努力では達成感が目に見えないと」

僕の言葉を父なりに理解しようとしてくれているらしい。まぁ、勉強でもスポーツでも確かに反復練習は慣れるまで苦痛だし、慣れれば達成感なんてそうそう得られない。ただやればその分確かに身につく。

「ずっとやってると伸び悩み、無茶な練習をし始める者がいたなぁ。他にも飽きて辞める者もいたが、そういう者は後から実力が足りなくなる」

「はい、本人からは自覚がない変化もあるでしょう。それに少しの前進でも気づいてもらえれば、自らの努力を肯定できるのではないでしょうか」

気づけば、僕と父はボートの上で額を寄せ合うようにして話し込んでいた。その近さに気づいていない父は、僕の間近で呟く。

「そういう父親はいいな」

実感の伴うその気持ちは、わかる。そして父も、養父であったニスタフ伯爵に、肯定されることなく育ったんだろう。実の父親は死に際に会っただけで、父が思い浮かべるのはきっとニスタフ伯爵だ。

「いいと思えるのなら、是非陛下にはそのような父親を目指してほしいです」

きっとこの父ならやってくれると思う。周りに流されて僕を捨ててもいいくらいだったのに、愛情深いからこそ皇子とした人なんだ。

うん、なんか一年離れていただけでちょっと疑ったのが悪い気するな。

「——他の者たちは戻っているようだ。我々も戻ろう、アーシャ」

父に言われて見れば、妃殿下たちはすでに桟橋へ上がっている。父がボートを操って戻ると、双子が大はしゃぎして喋っていた。

「小さいお船、難しいね！」

「でも動くの楽しいね！」

どうやら双子はボート遊びを気に入ったようだ。ただ同乗したテリーはあまり良い表情じゃない。

「乱暴にオールを動かすから水がはねたじゃないか」

「あらあら、それでは疲れたでしょう。少し休憩をしますよ」

僕と父が戻ったことで、妃殿下が周囲の者たちに指示を出した。桟橋の向こうに椅子とテーブルがセッティングされている。

桟橋から休憩所へと足を踏み出したところで、視線を感じた。何故か父は僕を頭から爪先まで眺めているようだ。

「どうかなさいましたか？」

「ふむ、アーシャこっちへ」

手招かれて寄っていくと、何ごとかとテリーと双子も足を止めて振り返る。僕が弟たちに気を取られた瞬間、突然脇の下から手を入れられた。そして何を言う暇もなく抱え上げられる。

「へ、陛下⁉」

「おぉ、ここまで重く…………。身長も伸びているし、テリーと並んであまり違わないと思ったが成長しているんだな。やはりこれがわかりやすい、うん」

「何して量ってるんですか⁉」

突然のことに情けないほど声が裏返った。そんな自分の声が恥ずかしくて、僕はさらに慌ててしまう。

「アーシャも立派に成長して頑張っているからな」

これはさっきの話か。父なりに僕の頑張りを肯定しようと言うつもりか。それはわかった、わかったけど下ろしてほしい。

「あ、ありが、とうございます、けど――うわ⁉」

懐かしさで楽しくなったのか、父は調子に乗ってくるくる回ることまでし始めた。ここ桟橋の境なんですけど！

「きゃー！　兄上いいな！　僕も！」

「僕も、僕もくるくるしたい！　父上！」

甲高い声が聞こえたと思ったら、頬を紅潮させて目を煌めかせたワーネルとフェルが父の足元に走り寄って来た。さすがに危ないと思ったらしく、父はようやく僕を下ろしてくれる。

「よしよし、それでは順番だ。次はテリーだな」

「え⁉」

口元を隠して立っていたテリーが、突然の指名に肩を跳ね上げた。笑いを堪えていたらしいところに予想外の流れ弾。狼狽えて逃げることもできなかったらしく、テリーはあえなく父に捕まり抱え上げられた。

「うわ！　高、待っ――」

「ははは、やはりアーシャとは違うな。十歳頃だとアーシャのほうが軽かった。テリーは体がしっかりしている」

「…………ほ、本当？　……やった」

焦っていたテリーは、父の言葉に呟くように喜ぶ。ただそうして視線を下に向けたところで、羨ましそうに見上げる双子と目が合ったようだ。

「あ、父上、陛下！　もう、もういいので、下ろしてください！」

途端に真っ赤になったテリーだけど、ちょっと嬉しそうなのは表情に出てる。自分の感情を素直に表す様子は、ずいぶんと子供らしい。

「子供らしさって、なんだろう？」

「そう言っている時点で、子供の振る舞いをしようとするだけ恥を覚えるのでは？」

いつの間にか近くに来ていたおかっぱが呆れたように言いつつ、乱れた僕の服を直し始める。

「派兵から戻られた頃に、甘えられない云々と言われたことを変に意識過ぎているのでは？　今さら子供のふりをしても、あなたの内面の成長具合は透けています。今はそのよく回る口で陛下がお体を痛める前にお止めにになってください」

言われてみれば、父はワーネルとフェルの二人を同時に抱え上げていた。三十代で子供二人を両腕に抱えて立ち上がれるだけ健康体だとは思うけど、確かにあれで無理に動かれては怖い。

「二人ともしっかり捕まっていなさい」

「「はーい！」」

そして双子は大喜びで自分から父に抱きついていく。

「あれはちょっと…………」

「できない…………」

まるで僕の心の声を代弁するような呟きに見れば、今度はテリーがおかっぱに服装を整えられつつ、双子の積極性に目を瞠っていた。

僕とテリーはお互いに顔を見合わせ、どちらともなく照れ笑いを浮かべる。

「派兵前まではお会いすると抱えられていたけれど、もうさすがに恥ずかしいな」

「兄上も？　そう、うん、ちょっと恥ずかしかった」

まだ赤い頬を擦るようにしながら、テリーは何処かホッとしたような顔をしていた。口調も取り繕った様子がない。これは驚いたけど父が作ってくれたきっかけになるかもしれない。

「妃殿下もお待たせしているし、陛下をお止めしよう」

「うん」

誘うとテリーは今までの気負った様子もなく応じて、一緒に父へと声をかける。どうやら父のちょっと強引な褒め方で肩の力が抜けたらしい。

そうしてほどほどのところで切り上げてもらって、僕たちは休憩所へと足を向けた。すでにライアを座らせて待っていた妃殿下は、父の戯れに穏やかな目を向けている。

「ふふふ。さぁ、まずは座っておやすみなさい。アーシャは次には私とボートに乗りましょうか？」

妃殿下がそう誘ってくれた途端、不機嫌な声が次々に上がった。

「次もわたし、お膝がいい！」

「えー！　今度は僕が兄上とボート乗りたい！」

「そうだよ、兄上とがいいよね、兄さま？」

ライアが声を大にして主張すると、つられるように双子も訴える。呼ばれたテリーはちょっと迷った末に、双子を窘める方向に動いた。

「あまり困らせるな。兄上とお話をする機会が少ないのは母上も同じなんだ」

これはどうやら僕と妃殿下が話す必要があると考えての気遣いらしい。家族旅行なんだから、そんなことで迷う必要はないのに。少なくとも僕とボートで遊ぶことを拒否はしてないと思っていいよね。

見たところ妃殿下は普通に僕を誘ってくれただけで、父のような相談もなさそうだ。

「それじゃあテリー、オールの扱いを一緒に練習しようか。水が飛ばないように。妃殿下はライアと一緒に陛下と乗られてはどうでしょう。とてもボートの扱いに優れていらっしゃいました。お時間があれば、僕とはその後で。それでワーネルとフェルはどちらか好きなほうと一緒に乗ればいいよ」

たぶん二回ボートに乗れば、幼い弟妹は疲れてはしゃぐこともなくなる。僕とはその後でもいいはずだ。そう話を纏めて休憩に入れば、色々な話をして長くなり、結局次の一回でボート遊びは終了になったのだった。

＊＊＊

別荘に家族旅行をしに来て、連続で遊びに興じた。

そのせいで三日目は、僕まで弟妹と揃って昼寝をしてしまっている。その分夜は目が冴えて寝つけなくなってしまった。

ただ昼間起きていた父と妃殿下は普通に眠い時間。ライアもまだほとんど寝るので夜は静かにお休み中だ。

そこで問題は、元気があり余る双子だった。

「わーい！　兄上のお部屋！」

「早く寝なさいって言われない！」

「こら！　やめないか！」

ベッドにダイブするワーネルとフェルに、テリーは至極まっとうな叱り声を上げる。テンションの高いところを怒られ、双子は唇を尖らせるけど、ここはテリーが正しい。

「そうだね、埃（ほこり）が立つから今のは良くなかった。寝転がるくらいにしておこうか」

「「はーい！」」

「兄上には素直に従うのはなんでだ？　私の言うこともたまには聞いてもいいだろう」

今度はテリーが不服そうな表情になってしまった。

「テリーも、どうして駄目か言ったらわかってくれるよ。別に二人もテリーが嫌いなわけじゃないんだから」

「そう、でしょうか…………だったら、夜は騒いだら、駄目だ。ライアは寝てるし」

「「はーい」」

テリーに言い直されると、ワーネルとフェルは揃って声を小さくする。その素直な返事にテリーのほうがびっくりしていた。

「ほら僕たちもいつまでも立ってる必要はないよ」

僕はテリーを誘ってベッドへ上がった。大人でも大きなベッドだから、子供四人が乗ったところで狭さは感じない。

そして今日はこのまま、僕に割り振られた寝室で寝てもいいと許可はもらってる。なので僕たちは四人ともパジャマでベッドに横になった。

僕の寝室だから、控える人間はいない。ノマリオラには休んでもらっているし、部屋の外にはイクトが一人警護に当たっているだけ。

不用心ではあるけど、そこはセフィラがカバーしてくれる。だから僕たちは、完全に大人の目がない今、夜更かしする予定だ。

家族旅行で遊んだ内容から、話は僕の派兵に関して話し足りていないことに移る。

「石の上に寝転ぶのが気持ちいいなんて、不思議な気がする」

「僕も温泉入ってみたかったな」

「持って帰れなかったの、兄上？」

テリーは素直に岩盤浴についての感想を口にする。双子も温泉が何かよくわかっていないようで、無茶なことを言っていた。

「岩盤浴も温泉も、その土地の特性を利用した施設だから、宮殿では無理だね。お金と時間をかければできるけど、そうするくらいならカルウ村に行ったほうが早いかな」

冗談半分で言ってみたんだけど、弟たちは目を輝かせる。行けば体験できるんだと気づかされたってところか。

ただそうなると、残してきた設備を使い続けていられることを願うばかりだ。温泉は鉱物が混じってるから、温水を引くための管は定期的に保守点検が必要だ。そのために錬金術として教えたけど、基本的な理科知識どころか、学習をしたのも初めてという人ばかりで教えるのに苦労した。それに経年劣化で今ある物が使えなくなったら、購入し直す必要がある。だけどそれは、辺境の村だし金銭的に難しい。

だから捕まえた小領主の息子には、上手く村を発展させられれば陛下の覚えが良くなると囁いておいた。領主は一応の知識階級だし、上手く村人的に価値の下がった飲用温泉でも使って金儲けを思いついてほしいところだ。

「やっぱり……兄上には敵わないな」

沈んだ声に目を向けると、テリーは枕に顔を埋めてしまっていた。それでも落ち込んでる様子はわかるので、僕は双子と顔を見合わせる。

「私も十歳になるのに、出会った頃の兄上ほど、できない……。三年後に同じだけの成果を上げられる気が、しない」

「いや、僕も大したものじゃないよ。年齢が上で少しできることが多いから、そう見えるだけで。正直、今回の派兵は反省が多かった。それこそ僕のようにやるべきではないんだよ」

今にして思えば、あれだけわかりやすいなら、最初からワゲリス将軍に歩み寄っていればことは早く済んだはずだ。結果としては上手く利用できたからいいんだけど、あんな綱渡りをテリーが目指すと言うなら全力で止めますとも。

落ち込むテリーをフォローしようとしたら、テリーの向こうに寝転ぶワーネルとフェルが疑問を投げかけてきた。

「どうして兄上は評価されないの？　よく聞いてもわからないよ」

「どうして大人はすごいってわからないの？　よく見てもわからないよ」

幼くて素直だけれど鋭い双子の指摘に、枕に埋もれていたテリーも顔を上げて頷く。

大人の目がないことで、反応が素直になってくれているのは嬉しい。ただその話題は困るなぁ。

（僕は低評価のままでいいのに）

（仔細を求む。ワゲリス将軍の言によれば、主人が相応の評価を受けていれば、反乱などという武

力行使はされませんでした。主人の身の安全において、一定の評価は必要であると提言）

（ここで交じってこないでよ。少なくとも、宮殿で権勢を振るっている相手には、低評価でいてもらわないと困るんだ）

まだ父も、公爵たちが本気で僕を排除しようと動けば庇いきれない。それは僕の存在が父の足を引っ張ることになってしまう。だから、宮殿にいる間は大人しくする。その方針は変わらない。

ただ目の前の弟たちにそんなことも言えない。特にテリーは理解し始めているからこそ、負い目に感じてしまうかもしれないんだ。

「うーん、そうだなぁ……。たとえば、僕がファナーン山脈から持ち帰った石に、水に触れると燃える鉱石があるんだ。だから水に触れないように油に入れて保存してる。――こう言って信じられる？」

これは化学反応と燃焼をわかってないと、ありえないと言われるだろう現象だ。

「兄上が言うなら、そういうこともあるのかな？」

「じゃあ、テリー。それを僕以外、そうだね、テリーの家庭教師の誰かが言ったら？」

「信じられない、かも………」

僕が聞いたんだけど、驚いた。どうやらテリーにとっては、僕のほうが信頼は高いらしい。うーん、これもそういうバイアスだよね。

「僕だって失敗もすれば錯誤もあるよ」

「でも兄上なら見せてくれるよ」

「兄上は聞いても怒らないもん」

おっと、どうやら双子からも疑うことはされないようだ。ここまでの信頼は兄冥利に尽きるなぁ。

「そんな風に、ありえないと思ってることをどうやって知るかも影響するんだ。それなのにそもそも知らない人は考えもしないいんだよ。僕も宮殿に住むようになった時にはライアくらいの子供だった。本当に何もできなかったんだ。今の僕を知らない人は、そのイメージのままなんじゃないかな」

子供で無力だった上に、僕が皇子を名乗ることを正しくないと思っている人は正しくない人間だと僕にバイアスをかける。だからより無力を装って、時には戦場カメラマンのふりもした。

ただそれで誤魔化しきれるほど、政治に関わる人たちも思考は硬直してない。今回は軍側の報告もあるし、柔軟に可能性を受け入れられる人は気づくだろう。

「兄上は、いいの？」

テリーは不満そうだ。そこまで思ってもらえるのは嬉しいような、申し訳ないような。

だからって、今の時点で反撃しても気持ちは晴れるけど、敵が大きく隙を見せてくれるという唯一の優位がなくなってしまう。下手に持ち上げられると御輿に乗せようとする人もいるだろうし、血縁者同士で継承権を争うなんて絶対にごめんだ。

「よくはないけど、もっと嫌なことがあるから今はいい、かな」

「もっと嫌なこと？」

テリーが聞くのと被って、双子は起き上がり主張を始めた。

「だったら僕は勉強やりたくなーい」

「僕はね、僕はね、錬金術がやりたーい」

そんな弟たちの姿に、真面目に悩んでいたテリーは冷静になったようだ。

「やらないと駄目だ。将来知らないで困ることはあっても、知ってて困ることはないと母上もおっしゃっただろう」

お兄ちゃんらしいお叱りに微笑ましく思いながらも、僕は内心首を傾げた。

どうしてテリーはそこまで自己肯定感低いんだろう。嫡子なんだから蝶よ花よと育てられて調子に乗ってもいいくらいなのに。

いや、あの父と妃殿下からすれば、そこまであからさまな贔屓なんてしないだろうけど。ただ周囲は未来の皇帝にいい顔をして調子に乗せるんじゃないのかな。

(もしかして、逆か。安泰じゃないんだ。なんだったら父の帝位さえユーラシオン公爵という対抗馬がいるんだし)

(すり寄る者は実例がいます)

(あぁ、ハドスね。ただあれも抑圧的だったけど、テリーの嫡子としての立場を強めようという意気込みで僕を貶そうとしてただけだし)

(盤石を狙うためにこそ、次代を確かに育てる方針である可能性があります)

セフィラが言うとおりだろう。父よりも正統性の強いテリーにかける期待が大きい。だからこそ甘やかすよりも、今から帝位を見据えた教育を厳しく施す。

ただそれは、テリー個人の希望を無視して皇帝の理想像を押しつけることにもなる。

僕と違って本当に十歳にもならない年齢を考えれば、テリーは十分優秀なのに。そんな自分を認められないなんて、これはもう聞いてみたほうが早いかな？

「つまりテリーは、自分が必要だと思うから勉強をしているんだよね？」

まず探るつもりで聞いてみたら、双子が揃って唇を尖らせた。

「あのね、勉強の時負けるなって言ってたの。でもそう言ってた人たちは兄さまが嫌がっていなくなったよ」

「それが今は勉強が終わっても劣ってるって言ってるの。だからまだ頑張りが足りないって、今の人たちは言うんだよ」

たぶんテリーの家庭教師のことだろう。僕が派兵の間によく聞いて見たらわかると言ったことを、真剣に実行してくれた結果だ。

そして指摘されたテリーは絶句する。寄り添うように見えて、比較して争わせようとしてたのがわかったのかもしれない。

しかもテリーの焦りに沿って、僕や双子とも分断しようとしてるんだからたちが悪い。それにテリーの自己肯定感が低い理由もわかった。まず教える家庭教師たちが褒めない方向でテリーを追い詰めて勉強させようとしてるんだ。

「でも……やらなきゃ、必要な、勉強だからって言われてるし……」

「いや、本当に必要なことかどうか、それがわかるのはテリーだけだよ。だって、テリーの将来のためにやってる勉強なんだから。やりたくないってもいいんだ」

その上でテリーが必要だと思っていることは、さっきの言葉でわかってる。だったら、適度に休む方法を知ってもらおう。あと、双子も嫌々だけじゃ駄目だってことも、兄として教えないと駄目だよね。

「望まないならやらなくてもいい。けど望む道に必要ならやるべきなんだよ」

僕は言葉を選びつつ、強制するようなニュアンスにならないよう気をつける。

「だから何をしたいかをまず決めるほうがいいんじゃないかな。これだと僕がいい例かもしれない。今の双子くらいの時から、僕は錬金術がやりたくて今日まで学んだ。他にそんなことしてる人はいないから、僕が今一番なのは当たり前でしょう？」

実際は前世の科学含むから詭弁だけど、それでもテリーが劣ると気負ってしまっているなら、焦る必要はないと納得できるように言葉を選ぶ。

「テリーは何処を目指して頑張りたい？　それはきっと僕とは違う道じゃないかな」

「ぼ、僕、いえ――私は………」

迷うと言うよりも、考え込んでしまった。もう少し具体的に例示してみようか。

「大人だからできることもある。けど子供の内からやっていたほうが早いことも確かにあると思うよ。陛下もそうおっしゃっていた」

僕が言うと、テリーは真剣に耳を傾ける。

「多くを知ってるのは悪いことじゃない。けど時間は有限だ。だったら目標を決めて、そこに向かうために学ぶべきことを選んでみたら？　やらされてるんじゃなくて、自分がなりたいものになるために、やってるんだって」

「なりたいもの？　僕ね、錬金術師！」

フェルが真っ先に目標を掲げてくれた。だったら僕がすべき助言も決まる。

「だったら算数と歴史、あと難しい本を読まなきゃいけないから、国語も必要だね。ワーネルは剣術をやるとしたら、どうしたい？」

「あのね、兄さまとフェル守るの。兄上は強いから一緒に守ろう」

ずいぶん可愛いお誘いを受けた。

「光栄だ。けど、そのために軍に入る？　それとも爵位を得て私兵を鍛える？　どちらにしても礼儀作法がいるね。それに社会制度も知っておかないといけないよ」

その場で思いつくことを告げると、双子は顔を見合わせて悩みだす。

「勉強は、嫌ぁい。わからないこと聞いたら怒られるもん」

「でもなりたいよ。だったらやるしかないのかな」

僕はそんな双子にさらに問題を提示して、選択を広げてみる。

「錬金術でも何がしたい？　植物、動物、鉱物、扱う対象には色んなものがある。どれに注力するかでも勉強する内容は選ばなきゃ。それに守るのもやり方が色々あって剣を振るだけじゃない。外国を飛び回って平和を作るのも守ることだし、学者になって啓蒙することも守ることに繋がる」

僕が別の道を挙げると、双子はベッドに身を投げ出して悩みだした。そんな可愛い様子を眺めているとテリーがこっそり尋ねてくる。

「あの、兄上。…………立派な、強い皇帝になるには、どうすればいいかな？」

「難しい問題だね。何をして立派だと言われたいかじゃないかな？」

「私も、みんなを守れるようになりたい。意地悪する人が、いないように」

　これはやっぱりテリーには皇帝になる気があるし、僕にその気がないこともわかってる。あと強いってつけたのは、歴史を振り返っても権限の弱い父を見て育ったせいかな。もっと権限がない皇帝ってなると幼児で就いた人とか、完全傀儡だった人くらいだ。

　となると、もしかして意地悪されてるの、僕？　これはちょっとむずがゆい。けどそうして誰かを思う気持ちを持つ皇帝というのは、悪い気はしない。

「じゃ、みんなでそれがどんな皇帝か考えようか。別に一人で考える必要はないよ。それに正解じゃなくていい。まだ考えて、どう目指すかを調べる段階だと思ったらどうかな」

「はい！　優しい皇帝だと思う。そしたら立派って言われるよ」

「でも、強いのもいいよ。悪い人バンバン倒すのは立派でしょ」

　双子は早くも意見が割れてしまっている。

「僕は安心して暮らせる国を作るのも立派だと思うな。そのためにはうーん、暮らしを豊かにできる皇帝？」

「立派、えっと、文句を言われない？　怒られない？」

　そこは父がやっぱり反面教師なのかな、テリー？　弟たちにも父の皇帝としての立場は聞こえるものなんだろうな。

けどこれは考え直すきっかけにできそうだ。

「僕たちでも理想は違う。だったら、大人はもっと違う。テリーに教える人たちがどんな皇帝を理想としてるかで、別に間違ってはいないけど、考えも教える内容も違うと思うよ」

「考えが、違う……………」

「もし違いがわかるなら、テリーはいいとこ取りをしてしまうといい」

「え?」

「別に一から十まで従わなきゃなんてことはないんだ。他とは違う、テリーの目的のために学べばいいよ。教える人たちのあそこはいいけど、ここは嫌。あそこは違うけど、ここは合ってる。そんな風にテリーが学ぶために利用してしまおう」

僕の提案に、テリーはぽかんとしてしまった。これは飛躍しすぎたかな?

でも僕からすれば学校は選ぶもので、教育も将来も選ぶものだ。教えられたことをどう生かすかは自分次第。職業で国語を使う人もいれば、数学の人もいるし、理科が重要な人もいれば家政が一番役立つ人もいるだろう。

その上二回目の人生だからこそ、僕は完成図を描ける。けどこの世界は親から子へと職を継承するし、一から始められるなんて才覚がないと無理だ。

誰もそんな社会制度用意してない世界。だったらせめて、親から受け継ぐ中でも目指す方向は自分で選んでほしい。

そんな僕の勝手な願いからの提案に、テリーは疑問を投げかけてきた。

「じゃあ、兄上は？　何を目指しているの？　錬金術で何をしたい？」

「僕は――いや。今はね、まだ準備中なんだ」

寝転んだ姿勢からさらに身を低くして、口の前に指を一本立てて勿体ぶってみせた。するとテリーも一緒になって顔を寄せ、真剣に次の言葉を待つ。僕たちの内緒話に気づいて、双子も頬がくっつくほど近くに寄って来た。

つい笑ってしまったけど、そこは弟たちが素直で可愛いからしょうがない。

「僕はね、自分の力で、過去の帝国を造った偉い錬金術師を超える、すごい発明をするつもりだよ」

「すごい、発明………」

テリーは興味津々で繰り返し、双子も先を期待して頷く。

「まだ何を作るかは言わない。秘密だよ、驚かせたいんだ。ただそのためにはまだ注目されて、色んな人の相手をしなきゃいけなくなるのは嫌なんだよ。だから、まだ今は悪評も受け入れよう。いずれ、僕の発明が世に出れば、悪口を言う人なんていなくなるからね」

おおげさに言ってみせると、弟たちは揃って僕を見る。顔に何を作るつもりか聞きたいって書いてあるけど、実はまだ考え中だ。

電話はウェアレルに先越されたし、車は燃料の問題もあるけど、普及にインフラ整備が必要になる。目指すは、誰でも使えて便利な発明品だ。

できれば前世にもない、この世界特有の発明をしてみたい。前世の科学でも不可能だったことが可能になると思えば、夢が膨らむ。

「気になるなら、僕と錬金術で遊んで探ってみてくれていいよ」

「「「うん」」」

いつも元気な双子の返事に、テリーも交ざった。これなら次に誘った時には断られないかな？

僕の所へやって来ることで、少しでも息抜きになってくれるといいけど。

（仔細）

（だからぁ………）

セフィラは気が早いって。あと、略さなくてもいいでしょ。

「僕だってクリアしないといけない項目あるんだし――」

つい声に出してしまうと、また弟たちが顔を寄せて来る。

「克服しなければいけないこと？」

「兄上も勉強嫌い？」

「何するの、兄上？」

「いや、うん。苦手は克服するつもりだけどね」

実はやりたいことしかしてないなんて言っても、弟たちの意欲に関わるし。けど期待の目には兄として応えたい。

「……よし、別荘にいる間に、一つ苦手を克服してみようか」

「兄上が苦手なことって何？」

「何するの、教えて！」

「どんなことするの？」

ワクワクする様子は可愛いけど、ちょっと考える時間をください。

「今日はもう寝ます。明日、明日ね！」

僕はちょっと強引に話を切り上げると、弟たちの頭から上掛けをかける。風を孕ませて大きく広げれば、その様子に双子は高い声を出して笑った。声は出してないけど、見ればテリーも笑顔だ。

少しは力抜けたかな？　さて、まだまだお兄ちゃんは頑張らないとね。

（セフィラ、三人を魔法で眠らせて。宮殿から持って来たあれ、調整するよ）

（了解しました。主人が移動しますか、それとも持って来させますか？）

早速乗り気になるセフィラの現金さに苦笑いが浮かぶ。ほどなく健やかな寝息が聞こえだしたところで、僕は一人ベッドを抜け出した。

三章　水遊び

家族旅行四日目は、湖での釣りだ。そして貴族の釣りも、なんか僕が知ってるのと違う。
竿も餌もかかるまでの仕込みさえ、全て専用の人員が行う。じゃあ、釣りって何するのって言えば、かかったところで呼ばれて竿を引っ張るだけ。うーん、頭脳労働以外しない王侯貴族の遊びなんだろうけど、やりがいがなさすぎない？

「何か違うな」

「違いますね」

待ってる間、優雅にティータイムをすることになった父の呟きに、僕も頷く。
離宮での遊びには仕事で同行できずにいた父は、子供たちと釣りをするのは初めて。僕は一度誘われて船の上でこういう形式の釣りを経験した。
あれは船の上での安全を考慮した形式だと思ってたんだけど、どうやら王侯貴族はこうしてやってもらうのが当たり前らしい。まぁ、手や服が汚れることを思えばそういうものなんだろうけど。

「あら、兄たちもこうして釣りをして遊んでいたのですが、陛下やアーシャはどのような釣りをごぞんじですか？」

公爵令嬢だった妃殿下が、心底不思議そうに聞いてきた。すると父が僕を見る。

「全て自分で準備をして、針を投げたり竿を揺らしたりだな。だが、アーシャは何処で知ったんだ？」

「僕は、ぇぇと、近くの者の旅の話を聞いていたので」

実際、僕の家庭教師たちと宮中警護は野外活動の経験が豊富だ。だから野営する際には明るい内に川で魚を釣って夜に備えるなんて話も聞いたことがある。

「まぁ、どのような話をアーシャは聞いているのかしら？」

そう聞いてくれる妃殿下の膝の上には、何故か僕を凝視するライアがいる。誰だろうと言いたげな顔でずっと見てる。声をかけても反応はない。けどずっと見てる。

なんだか妹との距離が縮まらない予感に内心落ち込みながら、僕は聞いた話の中で妃殿下の耳汚しにならない程度のものを選んで聞かせた。餌にする虫とか、釣った魚の内臓を餌としてばら撒くとかそういうのはなしだ。

「…………釣れないな」

僕の話がひと段落着いても、竿にヒットはない。そんな父の呟きに、おかっぱが竿を見る者たちから話を聞いて戻って来た。

「湖に棲む魔物を駆除した際に、魚も逃げ散ってまだ戻らないのかもしれないと」

そう言えばこの湖、カジキみたいな見た目の魚が棲んでるんだった。そりゃ、皇帝一家がボート遊びするなら準備が必要だよね。あのカジキにぶつかられたらボート転覆してもおかしくないし。

逆に考えると、あれだけの大きさの魚が成長できるだけ、豊かな漁場なんだろうけど。今さらになってずいぶん危険な遊びをしていたんだと自覚した。

「そうか、では釣りは切り上げて――」

父が言いかけたところで、がさがさと草を掻きわける音が近づいて来る。

「兄上ぇ、どうしよう？」

「わかんないの、兄上」

近くの下生えを踏みわけて現れたのは、双子のワーネルとフェル。その後ろからはテリーも姿を現した。

「どうしたの、テリー？」

「それが、以前図鑑で見た薬草を見つけたけど、ちょっと違って」

テリーが説明すると、ワーネルとフェルがそれぞれ黄色い小さな花が咲いた植物を差し出した。

茎よりも細い葉っぱが折り重なり、長い茎の先にいくつかの小さな花が固まって咲いている。

どちらもよく似た形だ。けれどよく見れば、茎がわかれて行く様子が違うように見える。

「これはフユィヌかな？　それでこっちは、なんだろう？　たぶん同じ科の植物だね」

図鑑に載っていたのはフユィヌのほうだと思う。宮殿の庭園でも薬用や食用のため育てられてたはずだ。けど、もう片方はよく似ている分何かわからない。

「これは何処で？」

「この先の日当たりの良い辺りに群れ咲いていていました」

「せっかく覚えたのにわかんないの」

「僕ちゃんと覚えたんだよ、本当だよ」

テリーはあまり違いを気にしてないようだけど、自己申告で覚えたと言っていた双子は実際に見てもわからないことで落ち込んでしまったようだ。

「そうだな、勉強して覚えて、だが実際やってみると習ったとおりにできないことというのもあるものだ。精度を上げるためには、諦めず何度もやってみることだぞ」

父は大いに頷いた後に、ワーネルとフェルの頭を撫でた。

「違うと気づけただけ、よく覚えた証拠だろう」

ただそう言ったら双子は揃ってテリーを見て唇を尖らせる。

「『違うって言ったのは兄さま』」

「そうかそうか、だったら次は図鑑のものと間違えないだろう。学んだならば、次に生かすこともできる。そしてテリーも良く気づいたな」

双子の可愛い拗ね方にニコニコしつつ、父はテリーにも声をかけた。途端にあまり興味はなさそうだった二つの似た植物へと、テリーはもう一度目を向ける。

「根の付近が、片方は白いので気づきました」

言われてみればそうだ。これは宮殿の庭師に聞けば教えてくれそうだけど、わざわざ庭園で管理されて育てられているのに持ち帰るのもな。

いや、こういうところでこそ苦手を克服するためのチャレンジをしてみよう。

「ワーネル、フェル。その植物二つ貰ってもいいかな？　練習も兼ねてスケッチに残そうと思うんだけど」

　言った途端、双子が気づいた様子で顔を見合わせた。

「兄上、スケッチ苦手だから軍の人に描いてもらったって絵を送ってくれたよね」

「兄上、苦手なこと克服するって言ってたの、スケッチのことなのかな？」

「まぁ、良いことね、アーシャ。苦手だからとやらないよりもずっと良いことよ」

　双子の言葉に妃殿下が反応する。しかも僕に言ってるのに、見てるのは授業を逃げ出すというワーネルとフェルだ。

「これは、その、苦手の克服というほどでもないのですが」

「では何を克服しようと考えたんだ？」

　妃殿下の圧に黙った双子には気づかない父は、興味津々で聞いてきた。やろうと思ってたことは父の許可を受けたほうが早いし、言ってみようか。

「乗馬です。僕はロバにしか乗ったことがないので——」

「え？」

　テリーが驚くことで気づく。もしかして、テリーはもう乗馬教わってるのかな？

　考えてみればちゃんと剣や魔法の練習場所が確保されてるんだ。宮殿の敷地内に馬場もあれば厩舎もあるんだから、テリーが始めていてもおかしくはない。

　じゃあ、どうして僕がやってないかというと、帝室の馬の管理、近衛なんだよね。馬に乗る時って戦場だし、皇帝の周囲を守る近衛が管理するということが決められていた。だから貴族主義の強い近衛は、今まで僕に帝室が保有する馬を使わせることなんてしなかったんだ。

そんなことを考えていると、突然父と妃殿下が同時に椅子を立った。

「すぐに乗馬ができる場所を探そう。馬も宮殿から連れてくるよう命じなければな」

「初めてですから、気性が大人しい、良く馴れた馬を。それと子供用の鞍も忘れないようにしませんと」

父と妃殿下はお互いに頷き合うと、すぐに人を呼んであれこれと指示を出す。

これはたぶん、近衛が勢いを削がれた今、うるさい貴族もいないここでなら乗馬できると思ったからだろう。けど、釣りはいいのかな？

「あの、竿が………」

しかも父たちが忙しくし出した途端、ヒットがあったようだ。

「うん、よし。テリー、ワーネル、フェル。陛下たちはお忙しいようだから、疲れていないなら僕たちは釣りをしていよう。そしてその後はスケッチだ。時間があるようだったら、そのフユィヌが自生していた場所に案内してくれる？」

「「はーい」」

「ほら、テリーも。魚が逃げてしまうよ」

「あの、兄上――」

テリーは僕がのけ者にされていた状況を察して気に病んでしまったようだ。別にテリーのせいなんかじゃないのに。

「せっかくみんなで乗馬できる機会なんだから、楽しまないと損だ。楽しめるタイミングでできることを、僕は嬉しく思うよ」

「僕も楽しいこと好きー」

「僕もね、一緒にするの好きー」

「わたしもー」

ワーネルとフェルの楽しげな声に、いつの間にかライアも交ざる。僕たちが何をするのか興味津々でついてくるようだ。見れば乳母と侍女と女騎士も揃ってライアが走りだしても追いつけるよう構えている。

だったら大丈夫かな？

「ね？　楽しまないと」

僕は微笑ましい弟妹の姿に、テリーに笑いかける。僕が心から思っていることを察してくれたのか、テリーも双子とライアを見て、笑いながら頷いてくれたのだった。

＊＊＊

結局、突然馬の用意はできず、釣りをした日はそのまま子供だけで野草摘みをすることに。

見知った薬草と違ったのは、近縁種と交雑したせいだった。そう教えてくれたのは、ウェアレルだ。そのまま双子が競って図鑑で見た覚えのある野草を摘んでは、ウェアレルに正解かどうかを聞いていた。

さらにはその流れで、誰が一番珍しい野草を見つけられるかなんて競争になって、テリーもやる気になったり、僕はそんな他愛ない競争で本気を出そうとするセフィラを宥めたり。一人わからないライアに、花で作った指輪をあげたりした。

「ほぉら、キラキラー」

「すごーい！　きれい！　かあさま！　見てー、あ！　消えたー⁉」

不格好な白い花の指輪を、魔法でゲーミング色にして誤魔化したら、大喜びしたライアが走って行ってしまった。その上僕がそう見えるように魔法を当てていただけなので、すぐにただの白い花になって泣き出してしまう。

明日、乗馬をするための段取りをしていた妃殿下は、突然騒いで泣きだすライアに困惑する。僕はライアの後を追って妃殿下に弁明しなければいけなくなった。

「まぁ、魔法で色をつけたのですか？　それはどうするのかしら？」

「うーん、色というものがどう見ているかを理解していることが前提となる魔法なんです。僕は、錬金術を念頭に魔法を使っているので、一般的な魔法の理論では語れません」

実際は科学だけど、存在しない概念を説明するのは難しい。それに見える光が色になるっていうのも、色をわけるための装置が必要になる。口で説明するよりも、光の波長を変化させる様子を見せたほうがいいと思うんだよね。

そして光を操るって、実は火属性魔法の上位の魔法だし。僕からすればそれ光っていうか熱線じゃない？　って感じだけど。分類上はそう言われてる。

もちろん前世の無害な光のイメージで魔法を使ったから、ライアの小さな指に危険な熱線なんて当ててないけどね。そういう調整も、光と火の違いを理解できないとできないんだとは思う。

「まほう？　ぐす………魔法はきれいなの？」

妃殿下に縋って泣いていたライアは、聞き取れた単語を拾って聞いてくる。

「きれいなこともできるわ。でも、まだライアは小さいから、もう少し大きくなってからね」

ようやく魔法の練習を許可された双子を思えば、ライアにはまだ早いという妃殿下の判断だろう。テリーはもう少し早くから始めてたらしいけど、そこは普段の真面目さの違いらしい。

呪文が難解で集中力も必要となるから、確かに双子には早いと判断されるだろう。けど、イメージ前提で使っている僕からすると、呪文って慣れるまでは必要だけどやる気のある内に慣らすだけでもいい気はしてる。

まぁ、あくまで前世を持つ僕だから上手くいってる可能性もあるし。魔法を教えていた元教師のウェアレルに、その辺りのことを聞いてみてもいいかな。

問題は、魔法でキラキラやりたいと強請り出したライアだ。

金色の髪を揺らして、さっきまで涙に濡れていた金色の瞳を輝かせて強請る姿はとても可愛い。

「わたしもやりたい、おねがい、やりたいの」

必死にお願いしてる。まだ声や言葉からも幼さが拭えない感じが可愛らしさを強調してる。ただこれには、妃殿下が困り切ってしまっていた。

僕がやって見せても、ライアの興味は自分でやるになってるし、うーん。

「…………妃殿下、明日は乗馬なのですよね？　明後日の予定は考えていらっしゃいますか？」

「二日遊んだら疲れるようですし、午前は休むことを考えていましたよ」

「では、その午後に僕から遊びの予定を入れても良いでしょうか？　その時に、ライアにも綺麗なもので遊べるように用意しようと思っています」

「わたし？　ライアもできるの？」

言いながら、ライアの顔が輝くような笑顔になる。期待に満ちた笑顔が可愛い。最初に睨まれた時は嫌われたかもしれないと思ったけど、これは汚名を雪ぐチャンスでは？

「何をするのかしら？」

「錬金術で遊ぶことを考えて、道具を持ってきているんです。それで使うものを一部、ライアでも使えるように手を加えようかと。別荘に戻ってから実物をお見せします」

「まぁ、先に知ってしまっていいのかしら。テリーたちから羨ましがられそうだわ」

危険がないことを明示するために言ったんだけど、妃殿下は頬に手を添えて微笑む。これは僕への信頼なんだろう。危険はないようにしているつもりだけど、もうひと手間かけたい気持ちになる。

（キラキラさせるためにラメにできないか急いで考えてみようかな？）

（ラメとは何を指してのことでしょう？）

おっと、この世界にはない言葉を考えてしまった。けど疑問を持つとしつこいのがセフィラだし。

いや、この世界にもラメって言葉あるな？

あれか、思考って明確な言葉じゃないないし、日本語的に考えたからセフィラも意味が取れなかったとか？

（金属光沢の箔のことだよ。雲母や真珠を砕いて混ぜ込むやり方があるでしょう）

（雲母も真珠も主人は持っていないため皇妃の化粧品を借りるのでしょうか？）

この世界、ファンデーションがラメ入りだったりする。その上、ラメは砕いた真珠で作られてるんだ。海に面していない大陸中央部だととてもお高いし、だからこそ王侯貴族女性のステータスだったりする。

もちろん真珠入りのファンデーションは妃殿下も持っているだろう。けどそんな高価なものを遊び道具にくださいなんて言えない。しかもライアが遊ぶんだから最悪口に入れることを考慮しないと。

考え込んでいたら、足元に軽い衝撃と温かさが伝わる。見れば、期待の眼差しでライアが僕を見あげて足にしがみついていた。

かっわ………⁉

「ねぇ、いつ？」

「明後日——今日と、明日が終わった後だよ」

「今は？　今だめ？」

おっと、急かされた。けどそれも可愛い。

「ほら、ライア。あなたのために考えてくださる兄上を困らせてはいけないわ」

駄目と言えない僕の代わりに、妃殿下が宥めてくれる。けどライアはまた別のことが気になったようだ。

「アニーウェ？」

「兄上、よ」

「アニーウェ」

妃殿下に訂正されても、ライアの口ではまだはっきりと発音できないようだ。その上、アニーウェと呼びながら僕を見あげて笑いかけてくれる。

「うん、アニーウェだよ」

「まぁ、アーシャ。言葉を間違って覚えてしまうわ。…………ふふ、けれど陛下と同じことをするのですね」

妃殿下が口元を隠して笑う。どうやら父も、舌っ足らずなライアの呼びかけに喜んで答えたことがあるようだ。

いや、でもこれはそう答えちゃうよね。

「ライアは待っててくれるかな？　待てるいい子だと嬉しいんだけど」

「いいこ？　うん、いい子」

通じてるかどうかちょっと怪しいけど、これはこれで良し。

僕の妹も素直で可愛いことに違いはなかった。

＊＊＊

翌日は張り切る父に教えられながら乗馬をして、また昼寝をすることになった。ワーネルとフェ

ルもそんなにやってないってことで、騒いだり窘められたりしながら。僕一人乗れないわけじゃなかったのも気が楽で面白かったけど、やっぱり疲れたんだ。

あと驚いたのは、テリーがすごくさまになる様子で乗ってたこと。日本人的な固定観念かもしれないけど、やっぱり王子とか皇子とかは白馬に乗ってるイメージあるよね。

そのイメージどおりの白馬、にしては子供用に小さい馬だったけど、ともかく実際に白馬に乗った皇子さまを見れたのは感慨深かった。

僕は感覚が庶民だから、別に乗馬の必要はあまり感じないんだけど。実用として馬、必要なんだよね。車もバイクも、自転車さえないこの世界だと、馬こそが最も機動力のある移動手段なんだ。

「テリーがかっこよく馬に乗ってるの見たら、自分も頑張らなきゃって思ったよ」

「そ――！　そう、かな……。あ、ありがとう」

声が裏返りそうになったテリーは、一度口を閉じて言い直す。

これで照れてお礼を言うくらいに素直だからこそ、やっぱり乗馬してた時のかっこよさが際立つなぁ。前世ではよくわからなかったギャップ萌えとかいう概念を今になって理解した気がする。

そして乗馬からさらに翌日、僕は円形の壁の中にある中庭に出ていた。

「殿下、それ俺が持ちますよ」

「ではこちらは私が設置しておきましょう」

中庭で持ってきた道具の準備をしようとすると、手伝うヘルコフとイクトがさっさと重い金属製のタンクを持っていく。さらにウェアレルも近くに据えたテーブルに道具を並べるのを手伝ってくれた。

「遊ぶだけだから、眺めてるだけでもいいのに」

「ここ数日そうでしたから、少々気分を変えたいのですよ」

そんな言い訳をして手伝ってくれるのは、正直ありがたい。今回ちょっと気合を入れて道具を作ったからね。

そうして準備している僕たちを、父と妃殿下が防壁側から眺めている。付属屋の胸壁がある廊下に椅子とテーブルを出しての見物姿勢だ。

僕が持ってきた道具は、金属の容器、それと細長い物体、それらが管で繋がっている。だから眺めていても何かはわからないだろう。

先に説明しておこうかと思ったら、僕を呼ぶ弟たちの声が聞こえた。

「兄上、お待たせしま――」

「濡れてもいい服にしたよ！」

「何するの？　兄上それ何？」

「こら待て、順番だ。兄上がおっしゃるとおり、着替えとタオルの準備もしたから」

逸るワーネルとフェルを抑えて、テリーは僕からの事前の言いつけを守ったことを報告してくれる。

「ありがとう、それじゃ、今日やるのは水遊びだ」

弟たちは僕がお願いしたとおりの軽装。シャツにベスト、靴もブーツじゃなく柔らかい革の靴。

室内でもだらしないって言われる可能性のある恰好だからこそ、今日は敷地内で遊ぶため中庭を選んだ。

その上で居館の中では着替えなどを用意した使用人が、待機しているのが見える。

「「わーい、水遊び！」」

「え…………？　水……」

素直に喜ぶ双子とは対照的に、テリーは尻込みした様子で視線を逸らす。そして目が見慣れない道具に止まった。

「あぁ、これらは錬金術で作った玩具なんだ。水にしたのは濡れるだけで危険がないと思ったからなんだけど。別にあえて水を被る必要もないから安心して」

「そう、それなら…………」

どうやらテリーは濡れるのは嫌らしい。毎日風呂に入る習慣があるから僕は気にしないけど、こっちは清拭で済ませる人も多い。特に冬はお湯を作る時点で経済力の差が如実に表れるから、入浴の習慣ってないんだよね。

逆にお湯を使える施設があるのはお金持ちのステータスみたいなものだから、宮殿には寝室一つにつき、一つはバスルームがあるんだけど。

「まずは説明から始めるよ」

そう言うと、控えていた侍従たちが椅子を持ってやってきた。話が長くなるなら座れということらしい。

わざわざそんなことのために人手割いたことないから、びっくりした。本当、僕って宮殿に住んでるだけで皇子らしい暮らしってしてないんだなぁ。何をするにも他人の手を借りなきゃいけないのは面倒そうだ。

「この筒状のものは、水鉄砲という玩具だ。水を入れて噴射させるための道具だよ」

僕が作ったのは夏の定番玩具水鉄砲。と言っても前世は一人っ子だったから、使って遊んだ記憶は祖父母のいる田舎へ行った時に一度だけ。だからこそ、家族旅行で遊ぶってなった時に思い出してやってみたくなったんだよね。

僕は椅子に座って興味津々で水鉄砲を見る弟たちに向け、側面を取り外して中の作りが見えるようにした。もちろん、廊下で見物している父と妃殿下にも見えるようにちょっと掲げながら。

「これは少し複雑にしてあるけど、理屈はこっちと同じ」

中を見せた後、僕が代わりに取り上げるのは針のない注射器。本体がガラス製だから安全のため弟たちには触らせない。

そして放出口には栓をして、内部に水を三分の一入れる。さらに押し込む部分のプランジャーというものを注射器の筒に入れれば、水と空気が閉じ込められた様子が目に見えた。

「ここで一つ確認だ。両手を合わせて、自分で左右に押してみて？　力を感じるでしょう？　こういう押す力を圧力と言います。じゃあ、圧力は手だけで発生するか？　そうじゃない。石を載せた地面には石の圧力、水を囲んだ石にも水の圧力、押す力がかかってる。そして、実は空気にも圧力は存在するんだ」

僕はそう言って、もう一度注射器の中の水と空気、そしてプランジャーを見せる。

「水とこの棒の間には何も見えないでしょう？　でもここには確かに空気が入ってる。だからこの棒を押し込んでも――水には触れない。間に空気があって、邪魔をしている。この時、空気はプランジャーの圧力を受けている」

目に見えないものを理解するだけの理論がないこの世界は、空気というものがあることはわかるけど、どんなものかを理解してる人はほぼいない。だから僕が理科実験の初歩だと思った空気の分解も、ずいぶんと驚かれたくらいだ。

科学的な説明をするには、まず目に見える形にするのが理解しやすいんだと、弟たちと錬金術で遊ぶ中で気づいた。

「さて、それじゃあ問題だ。この状態で、こっちの栓を抜く。すると水はどうなる？」

「空気は外にもあるから……変わらない？　何も、起こらないと思う」

「うーん、うーん？　栓抜いたら水、零れる？」

「えぇ？　手で押すのと同じなら、水が棒につく？」

三人ともがそれぞれ真剣に考えて、違う答えを出してくれた。テリーは僕が言ったことを理解したからこそ、考えすぎたようだ。双子は理解が追いついていないけど、だからこそ正解に近い。

これは僕の説明をもう少し工夫すべきだったかもしれない。なので、早速答えを実演することにした。

「答えはこれだよ」

栓を抜けば、プランジャーは押し込まれ、水は空気の圧力に負けて注射器の先から勢いよく噴射される。

「今見たとおり、圧力がある空気は水を押せる。今これは僕の指の力を受けた分だけ、圧力が空気に伝わり水が押し出された。じゃあ、僕の指では押せる力は限られてる。そこで、空気という圧力をかけても痛まないものを使って、水に強くつよく力を入れるとどうなるか」

言って、僕は水鉄砲と管を繋いで下に置いてある金属製のタンクを叩く。

「タンクは二層構造で、片方に空気を、片方に水を入れる」

言いながら、僕は水を入れ、空気は手押しポンプで入れる。

ちなみにポンプはゴムがないから革や布を使ってあった。プラスチックもないから、注射器はガラスだし、タンクも金属製。本体は銃身があればいいから、見た目だけそれっぽく木で作ってもらってる。

蒸留器作りだけじゃなく、こういう実験道具や玩具もヘルコフの甥である三つ子の小熊に作ってもらってるんだよね。

グリップとかいらないんだけど作ってもらったし。やっぱり水鉄砲って言ったら、こういう握り欲しいよね。銃身だけだとホースだし。うん、形から入るのも大事だと思う。

「見えるとおり、この管を通って空気に押された水が中へと入る。そしてここが持ち手で、このトリガーっていう弁を動かすことで栓を抜くんだ。――それじゃ、行くよ」

内部が見えるようにしていた水鉄砲を組み立て直して、僕はトリガーを引いた。一度の放出で、水は放物線を描いて噴射。目算二メートルほど飛んだようだ。

しかもちょうど良く虹まで煌めく。それに歓声を上げたのは、妃殿下と一緒にいたはずのライアだった。いつの間にか侍女と女騎士を連れて中庭に下りてきている。

「テリー、順番に一度撃ってみるといい。ヘルコフ、イクト、お願い。――ライア、おいで」

「アニーウェ！」

僕は弟たちのことはヘルコフとイクトに頼んで、待ちきれなかった妹を呼ぶ。途端に弾むように駆け寄って来て、侍女と女騎士を慌てさせた。

転ばずにやって来たライアを抱き止める僕は慣れたものだ。ワーネルとフェルもこうして駆けて来てくれるからね。

「さ、色のつくキラキラをしようか」

「うん！」

僕がライアを相手にしている内に、ウェアレルがライアのための遊び道具を準備してくれた。まず見せるのは試験管に入った水。

「これは錬金術で作る薬液、エッセンスというものを改良してある。エッセンス自体は四属性に対応していて、火種を作る程度の威力しかない」

心配そうな侍女と女騎士向けに説明しつつ、僕は試験管をライアにも握らせた。

「こうして魔力を込めることで、四属性に対応した色がつく。これは、緑色だから風のエッセンスを素にした色水だね」

「色！　なかったのに色！」

自分が持つ試験管の中身が色づくさまに、ライアは楽しげな声を上げる。ただ、ほどなく流した魔力が霧散して、元の透明な水に戻った。

これはエッセンスを使って染色できないか研究する途中にできたもの。魔力を通している間だけ光るんだ。色つけには使えないけど、これはこれで面白い性質だと思う。

「流した魔力の量で色がつく時間が変わるけど、もとの液体の性質がもって一日。口に入っても不味いだけで害はない。——ライア、僕がやったようにこれに色がつくようにお願いしてみて」

湖でボートに乗る時、ライアは魔力の放出を行っていた。だからライアでもできるはずだ。

「色、いろ、いろぉ……………ついた！」

「すごい！　良くできたね」

試験管の水に緑色が戻ったということは、ライアはこの歳で魔力を操ったことになる。僕が褒めたことが嬉しかったのか、ライアは大喜びだ。

「次は陛下と妃殿下にもお見せしようか？」

「うん！」

上手く中庭からライアを廊下に戻す言い訳にして、僕はウェアレルと試験管や洗面器を持っていく。同じように色水の特性を説明した上で、試験管が魔力を通せば四色あることも実演してみせる。

「そしてこれらを洗面器に入れます」

魔力を帯びて色がついていた水は、洗面器に入っても混じり合わない。これもこの色水の特性だ。その上で魔力が発散されると全く見わけのつかない水になる。

「さぁ、ライア。指の先をつけて、魔力を通して」

「色、つけー」

言いながらライアが洗面器に小さな指を入れると、触れた先が黄色く色を変える。エッセンスは魔力を受けるとほのかに光るので、日の当たる中庭よりも屋根のある廊下でのほうが良く光った。

「すごい！　キラキラ！　ライアもキラキラできた！」

「おぉ、これは私が魔力を通しても？」

「もちろんです、陛下。長く魔力を保持しておくような効果はないので」

父が興味を示したので答えると、妃殿下が好奇心に動かされた様子で、指先を洗面器に入れた。途端に赤く色がつく。

「あら、色が濃いような気がするわ」

「はい、籠める魔力の量で差異があるようです。と言っても今くらいが一番濃い色でしょう」

思いの外ライアと妃殿下に好評な色水は、そのままそこで遊ぶことに。僕はウェアレルと中庭に戻るんだけど、それに父もついて来た。

「あれは的当てか？　水鉄砲と言っていたな？」

中庭では、許可を得て穴を掘り、そこに柱を立てて的を示す円を幾つも描いた白い布を張ってる。ちょうどフェルが水鉄砲から水を放つと、中心に近い辺りに緑色の水がついた。

「当たった！　僕の緑だったよ！」

「よく魔力を注ぎながら中心近くに当たるな」

「兄さま、そんなに力入れなくても色つくよ」

どうやら三人が順番に試し撃ちを終えたところのようだ。

「僕、いっぱい飛ばしたいから連射っていうの使いたいな。兄さまは、当たりやすいっていうこっち使ったら？」

「だったら僕はびゅーって飛ぶ放射っていうのがいいな。あ、でもこっちのほうが当てやすいかな？」

「どうだろう？　この弾速が一番速いというものが、一番魔力を込めるために集中する時間が短かったように思う」

きゃっきゃとはしゃぎながら、弟たちが仲良く水鉄砲で遊んでいる。微笑ましく見ていた僕は父に肩を叩かれた。

「あんなに種類を作ったのか？」

「はい、最初は的当ての得点がわかりやすいように水の色を変えるだけのつもりだったんですが、どうせなら装備は選べた方がいいかと思いまして。それに同じ武器だとどうしても年齢の低いワーネルとフェルが不利になりますから」

身長から支える筋力まで違うからね。ただ的を狙うセンスはなかなかにあるらしく、杞憂だったかもしれない。もちろん、武器を選べるっていうのはゲーム的で僕が燃える要素ってこともあるけど。

やっぱり弟たちと遊ぶなら、楽しさを感じてほしいし。結果もわからなければテリーも勉強を忘れて熱中してくれるかもしれないし。

「あと試作品を作った時に、ヘルコフが痛がるくらいの水圧になってしまったんです。調整をしている内に、性能を変えることを思いついたので作って――みました」

危うく作ってもらったと言いそうになった。けど父は気づいていないらしく、何故か近くのウェアレルに、もの言いたげな顔をしてる。

「何か気にかかることがありましたか？」

「いや、うむ……………アーシャに聞くのもどうかと思うのだが――それは、実用化できないのか？」

「陛下、アーシャさまはそのようなお考えで作られたわけではありません」

父が言い淀んだ末に聞くと、ウェアレルがはっきりと止める。

実用化って、つまりは武器ってことかな？　まぁ、鉄砲はないけど大砲はあるしね。ヘルコフが痛がる威力が出せたって言うのも、そんな発想に繋がったのかもしれない。

けど、魔法のある世界じゃねぇ？

「陛下、あれはあくまで玩具です。殺傷能力を高めたところで、魔法ほど融通は利きません」

「そうか？　あぁして子供でも抱えて的に当てられると言うのはずいぶんと性能が高いと思うぞ。魔法使いでも真っ直ぐに飛ばすには修練が必要だと聞く」

父が言うこともわかる。けどそれは、魔法を発動する時にどうしても集中力が必要だからだ。狙いをつける余裕はない。

だからこの世界の魔法使いは、弓兵と同じような運用がされている。数を揃えて同じ方向へ撃って、面を制圧するんだ。狙いを定める精密射撃の技術なんて最初からいらない。必要なのは確かに魔法を発動させる技術だ。

「まず、威力を高めることを考えれば、今使っているよりも大きなタンクで圧力をかけなければなりません。そうすると付属品が巨大化します。また、威力に合わせて支える人間も負けない力が必要となります。その時点で結局は修練が必要になるんです」

もっと夢のないことを言えば、水鉄砲の威力や飛距離を延ばそうと研究するよりも、魔法使いを歩かせて敵の前まで行ってもらうほうが、よほど機動力は高い兵器になる。

「だが、これは魔法ではないのだろう？　そうであるなら、魔法防御の向こうで余裕ぶっている相手にひと泡吹かせることができるのではないか？」

軍時代にそんなことあったのかな。確かに魔法技術が文明と歴史とともに発展してる世界だから、防弾チョッキレベルの防御が存在する。魔法を受ければ痛いし怪我もするけど、死にはしないって装備だ。

「そう言えば、魔法をそもそも使えないようにする魔法があるんだよね、ウェアレル？」

「はい、そのような魔法を使う魔物がいたために、研究開発された魔法です。難易度は高いですが、その魔法が行使されれば魔法使いは一定時間歩兵にも劣ることでしょう」

魔法に頼りきりでそんな魔物に出会ったら大変だろうな。

もちろんそんな魔法がすでにあるんだから、軍の主力も歩兵で魔法使いじゃない。何処の軍も魔法対策は大前提だからだ。

魔法を使える人が威力や派手さを求めるのも、一種そうしないと実用の場で通じない面もある。

そしてそんな常識がある中で、一切魔法と関わりのない方法で遠距離攻撃ができれば、痛打を与えることもあるだろう。ただし、初見一度きりで。

「一度だけならこけおどしに使えるかもしれません。その後は対策をされることでしょう。物が大きくなれば機動力は落ち、相手からも一目瞭然。そう考えれば、やはり魔法使い自身が地形をものともせずに動けるというのは、利点であると思います」

「あとで陛下も一式持ち上げられればご理解くださるとは思いますが、すでに相応の重量があるのです。呪文を構築するよりも速く撃てると言っても、威力も効率も魔法に劣るでしょう」

魔法の家庭教師であるウェアレルにも言われて、父はそういうものかと引いてくれる。僕としてはこんな玩具を見ただけで、行けそうだと思えた父の嗅覚に驚いた。

圧力を火薬にして、水じゃなく鉛玉を撃ち出せば殺傷力高められるんだよね。もちろん一般庶民だった僕が銃火器の構造なんて知るわけないから作れもしないけど。

それに、銃火器が出回ってない日本でも、僕が前世で生きる間に元首相が銃で暗殺されたんだ。歴史を紐解けば第一次世界大戦のきっかけも、何処かの皇太子が銃撃されて暗殺されたせいだった。

帝室に連なる家族がいる以上、個人の主義主張のために殺される可能性なんて生み出したくはない。父がこうして考えつくなら、水鉄砲は広まらないように父にお願いしておこう。

幸いここにはごく少数しかいない。ほとんどが遠巻きにしてて何してるかもよくわかってないだろう。道具も僕が一から作ってもらったから、他に作り方も漏れてはいない。

「すまない、アーシャ。足止めをしてしまった。遊んで来るといい」

気づけばテリーたちが僕を待ってこちらを見ていた。父に促されて、僕は弟たちの元へと向かう。

「……………よし、遊ぼう」

「「わーい！」」

「うん！」

切り替える僕に、ワーネルとフェルは両手を上げて喜び、テリーも期待に満ちた顔で同意してくれた。

「まずは的当てで点数を競おうか。自分の水の色は覚えた？　的の中央を十点にして、外に向かって五点、二点、一点にしよう。三回撃って、一番点数の高い人の勝ちだよ」

圧を入れるためのポンプを漕ぐ人たちの労力を思えば、それくらいに抑えるべきだろう。後は一斉に撃って競ったり、足を動かさない状態で撃ち合いをして当たったら負けのゲームもしたいけど。

「あ！　一点…………やった！　真ん中！　…………あ、また一点」

早速一番に撃ったワーネルが、とても極端な当たりを出した。そして一回ずつ交代を想定していたんだけど、まぁ、いいか。

「五点ー…………あ、一点。…………十点！　真ん中！」

フェルも真ん中に当てるというセンスを発揮する。双子の思わぬ才能に、僕とテリーは思わず顔を見合わせた。

「私が先でも？」

「いいよ、頑張れ」

「はい」

テリーは、力んだ様子で撃ち二点を二回出したけど、最後の一回で真ん中を当てた。そして弟たちが真ん中を当てたことで力を入れ過ぎた僕は、なんとテリーと同じく二点を二回出した末に、緊張しすぎて最後外して一点になってしまう。

「も………もう一回！」

あまりにも恰好がつかない僕の申し出を、弟たちは快く受け入れてくれ、整えられていた中庭は、すっかり水浸しになるまで遊んでしまったのだった。

＊＊＊

思いっきり水鉄砲で遊んだ結果、庭だけでなく僕ら兄弟も水に濡れ、早めのお風呂に入ることになった。ただ早くて夕食の時間までの間、男家族ばかりで談話室に集まる。

妃殿下とライアもいたんだけど、突然眠ってしまったライアを抱えて寝室へと移動していった。

「あれは魔力切れだろうか？　お前たちは平気か？」

父がことりと寝てしまったライアの様子に、不安を覚えたようだ。

「加減ができないライアには早すぎたでしょうか？」

「いや、元から突然魔力を発散させるため、物が落ちて怪我の危険もあった。ラミニアが言うには、魔力を向かわせる方向を無害なところに定めてくれたのはいいことらしい」

風呂に入る前、妃殿下からは色水でまたライアを遊ばせたいとお願いされたため、了承してたけど。どうやら魔法の誤作動防止の訓練に使うらしい。

「水に色つけるの、そんなに魔力いらないよ」

「兄さまいっぱい入れてたけど、必要ないよ」

「そんなに魔力を無駄にしたつもりもないんだが……」

ワーネルとフェルに言われて、テリーは首を傾げる。僕もそこまで気にはならなかったけど、もしかして双子は魔力を感じる能力が強かったりするのかな。

僕にわかるのは、テリーが力んでいたことくらい。後は、そう言えば水で遊ぶと言った時に、反応があまり良くなかった。

「テリー、今日の水遊び楽しかった？」

「はい、もちろん」

すぐに応じる様子に無理をしている感じはない。テリーも何故そんな確認をされたのかわからず首を傾げた。すると、ワーネルとフェルが僕たちを覗き込んでくる。

「兄さま、お水嫌いだもんね」

「お顔にかかるの嫌がるもんね」

「あ、そうだったの？　ごめん、テリー。水の撃ち合いはやめたほうが良かったか」

「それは！　……あの、そうなんだけど、大丈夫に、なったから。楽しかったのは本当で――」

恥ずかしげにテリーの語尾が弱くなっていく。水が嫌いってあれかな？　水泳でまず水に顔をつけるところから慣れるようなな？

「じゃあ、テリーも苦手なことを克服したんだね」

「え？」

「違う？　楽しかったならもう水平気なんじゃないの？」

「あ、そう、かも……………。楽しかったから気にしなかったけど、克服、したのかな？」

また語尾が小さくなるけど、今度は純粋な疑問、そしてそうかもしれないという期待が声に滲んでいた。

僕たちの様子を見ていた父は、大いに頷いてテリーを褒める。

「苦手なことを失くすのはいいことだ。そのためには苦手に向き合う勇気が必要だからな。水遊びは嫌だと参加しないこともできたのに、頑張ったなテリー」

褒められるテリーを見ていた双子は、何か考える様子で顔を見合わせた。

「どうしたの？」

「兄上は乗馬したでしょ、兄さまは水嫌いじゃなくなったでしょ」

「じゃあ、僕たちどうしようって思ったの。苦手なこと、したくないよ」

どうやら双子も父に褒められることがしたいらしいけど、素直に苦手なことはしたくないらしい。

そんな双子に、父はともかく聞いてみた。

「ワーネルとフェルは何が苦手なんだ？」

「「礼儀作法！」」

「うん、私もだ」

「陛下………。いえ、僕もですけど」

「え？」

双子に大いに頷く皇帝の父。だけどそれは僕もなんだよね。ただテリーは苦手意識を覚えたことがないらしく驚く。

「ワーネルとフェルは、挨拶してもすぐいつものとおりに戻るから苦手なのはわかるけど、兄上も？」

「あぁ、僕の所に来た時？　僕のことは練習相手とでも思ってくれていいよ。僕は——マナーを習おうと思っても上手くいかなくてね」

まず家庭教師が見つからないことをぼやかすけど、その紹介もできないでいる父が眉間を険しくしてしまった。

これは話を広げてしまおう。

「えっと、テリー。何か得意な礼儀作法の所作を教えてくれないかな？　一緒にやれば少しはコツが掴めるかも？」

「それじゃあ、この本を頭に乗せて——」

さっき父に褒められたことでやる気に繋がったのか、テリーは立ち上がると造りつけの棚にあった一冊の本を持って来る。そしておもむろに自分の頭の上に乗せた。

さらに座る父の前まで歩いて行くと、本を落とすことなく跪く。

「「「「おぉ………」」」」

思わず感嘆の声を上げたのは僕だけではない。父も双子も揺るぎないテリーの所作に目を瞠っている。

「膝の角度が難しくて、無駄な動きをしてはいけないと、ずいぶん練習させられたから」

本を下ろしてテリーは気恥ずかしげに立ち上がった。聞けば公式行事で陛下に跪く際、美しく見栄えがするように膝の角度を意識しなきゃいけないらしい。

そのため何度も鏡の前で練習させられ、家庭教師にできるまでどころか身について自然にできるまで指導されるそうだ。

もちろんそんな指導、僕は受けたことない。皇太子から皇帝になるまで一年くらいしかなかった父もそうだろう。そして礼儀作法の授業から逃げるという双子もたぶん受けたことはない。

「やってみようか、ワーネル、フェル。本を乗せるのは難しいから跪くだけ」

「「はーい」」

遊び感覚で誘えば、双子は乗ってくれる。そして真似をしてみるけど、足の力だけで一定のスピードと姿勢を保ったまま跪くのはけっこうな難行だった。

ワーネルとフェルはふらついて倒れるし、僕もやってみたけどテリーほど綺麗にはできない。しかもやってわかったけど、ちょっとした筋トレ並みに筋肉がいる。これはきつい。双子が嫌がって逃げる理由がわかった気がする。

「皆頑張るものだな。うむ、まずはやってみることが大事だ」

子供たちの練習台にされている父は上機嫌だ。倒れる双子を片手で立たせてそのまま遊び始めるくらいに。

「僕ね、あと名前と顔が苦手。同じ名前の公爵とか伯爵とか多くて困るの」

「覚えないとどの挨拶するかわからないなんて、多すぎるよね」

父相手にそんな不満を漏らすワーネルとフェル。どうやら僕のマナーは双子レベルのようだ。

「そこは地道に覚えて行くしかない。私もそうだ。挨拶の時でも一人一人覚えて……あ」

得意なこととして弟たちに教えていたテリーが、僕を見る。確かに顔を覚えるも何も、僕には挨拶に来る貴族なんていないね。けどそんなこと気にしなくていいんだよ。

ただ双子の不満に大いに頷いていた父が、僕とテリーの様子には気づかず双子にアドバイスを送る。

「人間得手不得手というものがある。どうしても無理ならそれを補う者を捜して、仕えてもらうよう召し抱えることをすればいい」

これは父に乗ろう。

「ワゲリス将軍もそのようにして、短い派兵の準備の期間に人を専門化させるよう配置することで対応していました」

ワゲリス将軍は完全に自分が向いてないことは、できる部下に振ってた。だからこそ即断即決で悩まない。部下も慣れてるのか、止める時には声を大にして止めてたし、あれはあれでバランスが保たれていたんだろう。

「なるほど、補う人物を側に………」

「あ、テリー。あんまり自分にいいように人揃えると、自分で応用が利かなくなるだろうからほどほどにね」

　テリーがワゲリス将軍のようなやり方をそのまま真似しては、暴君と呼ばれかねない。あれは戦場という特殊な場だからこそ許されるワンマンだ。臣下を従えて国を動かす皇帝がやっちゃ偏りが出てしまう。

　ただ僕の助言はテリーを悩ませる結果になったようだ。それまで楽しげにしてたテリーは、口を引き結んで考え込んでしまっている。

　ちょっと助言にしても早すぎたかな。

「テリー、焦る必要はない」

　僕がどうフォローしようか考えていたら、父が苦笑しながら声をかけた。

「そうだな、登山と一緒だ。一歩一歩進めばいい。一度に距離を稼いで山頂を目指しても息切れしてしまう。なんだったらテリーはまだ山を登る準備段階だ。そのために必要な物を集める段階だと言ってもいい」

　準備どころか、息切れさせられる勢いで皇太子から皇帝へと押し上げられた父の言葉には、切実さがあった。その状況を考え合わせれば、一度人生を終えた僕だから言えることがある。

「たぶんね、大人は登山に必要な物も、道のりも、最短距離さえ知っている。だからテリーを急かしてその自分が知った道を行かせようとするんだ。けど、それは最短だとしても、決して最善ではない。振り返ってこの道は良かった、そう思えるのはテリーだけなんだから。無理矢理歩かされた道だなんて思う道は、決して最善ではないんだよ」

失敗して学ぶこともある、経験して初めて知ることもある。それらを無視して最短で目的地に運んでしまうのは、傷や時間という点では短縮できる。けど、そこには達成感も目的意識もない。

僕が前世の自分の死に対して思うところがないのは、たぶん、そういうところだ。家族がいる、やりたいことがある今だからこそ、長生きしたいしこの人生が三十年で終わるなんて惜しすぎるって思える。

「そうだな。テリーも望むのなら、進めばいい。だが、誰かに選択させられたと思うような状況は避けなさい。それはいつまでも、他人に乗った自分の選択を後悔することになる」

「陛下――」

声をかけようとしたら、父は緩く首を横に振った。

「良い出会いがあれば、差し引き良いとも言えるがな」

父がそう言った時、談話室に妃殿下が戻る。父はそんな妃殿下に優しく笑いかけた。

「ラミニア、ライアは寝たか？」

「はい、ここにきて機嫌が良い時も多く。寝つきも良いようです」

どうやら流されて皇帝になったとはいえ、父にとって妃殿下との出会いは良いものだと言えるらしい。

「どのようなお話をしていたのかしら？」

妃殿下は目の合ったワーネルとフェルに問いかけた。すると双子は顔を見合わせる。

「苦手なこと頑張るのは偉いって、やりたくないことやるから」

「でも苦手でも、誰かにお手伝いしてもらってもいいって」

「大人は一番短くて済むやり方しようとするけど」

「それが正解じゃないかもしれないって話？」

「あらあら、ためになるお話を聞かせていただいたのね」

一見微笑ましいやりとりに、僕はテリーへと小声で確認する。

「ワーネルとフェルって、勉強を嫌がる割に理解力が高いよね？」

「うん、いつの間にか聞いてた大人の話を理解してることあるよ」

「七歳頃なんてそんなに大人の話なんて気にしていなかった気がするんだがなぁ」

今度は父が腕を組んで悩ましげになってしまった。そこは圧倒的に周囲に大人が多い、弟たちの環境のせいもあると思う。

「遊んでお風呂にも入って、喉が渇いてはいないかしら？　飲み物を用意しましたよ」

妃殿下の気遣いで冷えたジュースが用意され、ゆったりとした時間が流れた。

ただその時間も夕食前に変化が訪れる。

「陛下、おくつろぎのところ失礼いたします」

やって来たのは父の側近であるおかっぱ。この家族旅行中、父の仕事のサポートをしてたのは知ってる。宮殿とのやり取りを補佐してて、僕がボートで父と話したことは、このおかっぱ伝いに宮殿に残ってる父の部下に伝わっているはずだ。

そうして仕事をしているおかっぱだけど、僕たちが家族でいる時に邪魔するような無粋なことはしなかった。それが、僕や弟たちがいる所へやってきたのには、相応の訳があるんだろう。

父もそう受け取ったらしく許可を出し、一枚のカード状のメモ書きを受け取る。目を走らせた父は途端に口角を下げた。

「詳しく聞こう。済まないが――」

「どうぞお勤めを優先してくださいませ」

離席することに父は残念そうだ。その表情に困ったように微笑みつつ、妃殿下は応じる。そして、父がおかっぱから受け取ったカードを妃殿下に渡して退室して行った。

「母上、いったい何があったのでしょう？」

テリーの声に見れば、妃殿下もカードの内容に表情を曇らせている。

「………………あなたたちにも関わるかもしれないので、話しておきましょう」

妃殿下は考えた末にそう判断した。

「夏に、ハドリアーヌ王国から王太子が親善のため陛下を表敬訪問する申し入れがあったそうです。ハドリアーヌ王国については、知っていますね？」

この質問には双子も頷く。ハドリアーヌ王国は大陸北西にある国で、帝国を形成する主要国の一つ。しかもここ数十年で発言権を強めて主要国に仲間入りしたという、今勢いのある国だ。

帝国は歴史と共に主要十二カ国と呼ばれる発言権の強い国を形成した。別に必ず十二ってわけじゃないらしいけど、なんか切りがいいからそう言われるそうだ。

そしてハドリアーヌ王国って、僕は春に帝都で聞いたんだよね。

「ハドリアーヌ王国は、君主が床に伏していると聞きました」

市井（しせい）のモリーたちにも聞こえる話だ。テリーも知っていた様子で妃殿下に応じる。さっきまでのゆったりした雰囲気ではなくなったせいか、背筋を伸ばして皇子さま然としていた。その様子を双子が見ているので、ここは僕も雰囲気を作ろうか。

たぶん授業から逃げ出すという双子は、テリーとは逆の方向性で切り替えが苦手なんだろう。だったらお手本を見せるのがお兄ちゃんの役目だ。

「ずいぶんと革新的な君主で、辣腕（らつわん）を振るいハドリアーヌを強国へ押し上げたと聞きます。それ故に、今の君主が斃（たお）れた後には国内が落ち着かないだろうと」

「えぇ、そのハドリアーヌ王国です」

妃殿下の肯定で、ワーネルとフェルは初めて知ったとばかりの顔をする。主要国だから名前を聞いたことがある程度だったんだろう。

「ただ、王太子については聞いたことはありません。お教え願えますか？」

僕の問いに、妃殿下は頷き弟たちも揃って耳を傾けている様子を確かめた。

「まず、王太子は今年で十歳になる、唯一の男子です。生まれて一年で立太子され、次代のハドリアーヌ国王となることが約束された王子です」

僕はその時点で違和感を覚えたんだけど、テリーを見ても反応はない。これは聞いていいのか迷っていると、僕が反応したことに妃殿下が気づいた。

「何か気にかかることがあるかしら、アーシャ？　ここは公の場ではないから、発言を慎む必要はありませんよ」

「それではお言葉に甘えて――。一歳ですでに立太子しているということは、王太子に立つことで成人の儀礼を済ませたということでもないと思っていいでしょうか？　であれば、表敬訪問の意義に疑問があります。王太子を頂点としたハドリアーヌ一行は、社交をしに訪れるわけではないのでしょう？」

社交という社会の人づき合いを行うのは、社会に出られると認められた大人だけ。だから社交をする場ではお酒も出るし、礼儀を弁えていなければいけない。

そして王侯貴族の夏と言えば、別名社交期。田舎貴族も都会に集まって、文化文芸に触れ、人脈を作る季節だ。だから今回の家族旅行も、社交期前に行った。

けれど王太子はどうやら僕よりも年下。だったら成人すれば大々的に喧伝されて、僕の耳にも入るはず。つまり、聞かないということはまだ成人前。そうなると社交期にわざわざやって来る意味がわからない。

「そうですね。近く成人するとも噂はありますが、その前に陛下へ表敬訪問をするようです。それだけことを急ぐ理由は、王太子の健康問題にあります」

妃殿下の言葉に反応したのはワーネルだった。

「どこか悪いの？　フェルみたいに倒れちゃう？」

「だったら安静にしてなきゃいけないんだよ」

それに対してかつてアレルギーで困っていたフェルが、声をあげる。確かに倒れるほどの健康状態なら、大陸の端から帝都までやって来るだけ危険だ。

けどそれに答えたのはテリーだった。

「二十歳まで生きられるかわからないという声もあると聞きます。今すぐに新たな君主として即位しても、十年で代は替わるだろうと」

テリーが知るにしては他国の事情に深く切り込む内容。けど、テリーを帝位にと考えている者であれば、テリーが即位した頃は今の王太子が次の君主になってる可能性がある。今の内に教えておくのはありだろう。

何せ主要国の一つだ。そこで問題があれば帝国に解決を求められる事態も起きる可能性がある。

モリーたちが気軽に暴君とか言っていたし、父の即位にも文句をつけたと言うし。健康問題を抱えた王太子が倒れた後も、ハドリアーヌ王国は荒れそうに思える。

「えぇ、そこが問題です。ですが、誰がどれほど生きるかを決めるのは神の御心のみ。賢しらに語ってはなりません」

「あ、はい。申し訳ありません」

妃殿下は神とか言い出したけど、たぶん実際のところはデリケートな問題だから他で言ってはいけないということだろう。つまり、公然の秘密ということだ。それほど、ハドリアーヌ王国の王太子の健康状態は悪いらしい。

「王太子のために、ハドリアーヌ国王はルキウサリアから大量の治癒薬を購入しています。効果の高いものであれば、薬に限らず魔法で治療を行える者さえ国へと取り込もうと色々な手を使っているのです。その甲斐あってか、今王太子はすぐさま体調を崩すことはないとのこと」

つまり金に糸目をつけず、高い薬を買って、高給で魔法使いを雇ってようやく小康状態。そこでハドリアーヌの暴君自身が病に伏したとなれば、相当に焦ることだろう。

「つまり、ハドリアーヌの君主が存命の今、王太子に箔をつけようと言うのですね」

僕の返答に妃殿下は否定しない。ただ僕の袖が引かれる。見れば全くわからない顔の双子だった。

「なんで？　父上が病気なら一緒にいてあげるほうがいいよ？」

「なんで？　良くなってもすぐには動いちゃ駄目って言われたよ？」

うーん、百点。僕の弟の回答は全くもって間違ってない。

けどそうも言っていられない事情がハドリアーヌ王国にはある。

「………もしかして、ハドリアーヌ王国側は、無理をして今回、王太子を帝都へ送り出すのでしょうか？」

テリーの推測は間違っていない。ただ僕らに関わる問題点はまだ見えていないようだ。

ハドリアーヌの王太子の情報からして、たぶん生まれつきの体質に問題を抱えているんだろう。成長と共に回復しない、魔法を使っても小康状態となれば、それはもう今からではどうしようもないのだと思う。

いっそ子供の頃から体が弱くて、薬を使いすぎて内臓系弱っていたら、回復も何もないよな。魔法での治療も、基本的には治療する魔法使いが経験したことのある病しか治せないし。外傷になら強いけど、病となるといまいちなのが魔法による治療だ。

だからこそ、ルキウサリア王国では薬術が今隆盛しているとも聞いている。もちろんルキウサリアのお姫さまで文通友達のディオラ情報だ。

「妃殿下、僕が教えてもよろしいでしょうか？」

妃殿下は言葉を選んでしまったせいで、テリーが間違ったのではないかと不安になり始めている。だから、障りのあることを言っても子供で嫡子じゃないなんて逃げ道のある僕が教えることにした。

「テリーが言うとおりだよ。君主は病に倒れ、けれど王太子も年若く弱っている。そんな状態では無理をしなければ国外に出せはしない。それと同時に、周辺で最も大きな社交の場に送りだすのは、後ろ盾であるハドリアーヌの君主が存命の内に、王太子を次期国王として認知させる狙いがあるんだろう」

つまりは社交界に出すには早いけど、皇帝に会わせるということで社交期に集まった帝国内の王侯貴族に王太子をお披露目しようという魂胆だ。

自分が病に伏せて社交場開いてる余裕ないからって、こっちに押しつけてきていると言ってもいい。

「そして、成人前の王太子が訪れたとして、大人として遇するわけにはいかない。その場合、お相手を務めることになるのは誰でしょうか、妃殿下？」

話の主導権を戻すと、妃殿下はちょっと困ったように笑う。ここで戻さず最後まで言えばいいのにってところかな？

けど僕が知ってるマナーとか作法とか、基本的に前世準拠なんですよ。しかもビジネスマナーだ。お客さまには担当者がつくとか、相手の役職でお相手するのに上司が同席するかどうかとかそんな程度。

だからテリーに間違ったこと教えるかもしれないので、ここは妃殿下から確かなことを聞きたい。

「ハドリアーヌ王太子の表敬訪問には、共に二人の姉姫が同行します。そうなると、帝国に在住している妹姫が合流するでしょう。つまりハドリアーヌ王家の者が四人訪れることとなります」

これは新情報。聞いておいて良かった。そして、双子はお互いを指差すと、テリー、そして僕を順に指差す。

「四人？」

「僕たち？」

双子の仕草はとても可愛い。けど、たぶんそうはならない。

というか、暴君と市井でも呼ばれるほどの君主だ。そして来訪の報せをわざわざおかっぱが持って来た。何より父と妃殿下の反応からするに、他の面倒ごとが控えている気がする。

「――紙とペンを」

妃殿下は迷った末に、壁際に控えた侍女にそう指示を出した。そして書きだされたものを僕に差し出す。

そこにはハドリアーヌの暴君を頂点にした家系図。そして生まれた王太子や王女は見事に全員が母親の違う子供たちだった。

さらには妃だった人たちの出身国も違う。しかも王族までいる。つまりは、背後に別の国まで絡んでいるということだ。

これは、確かに荒れる。社交期になんて爆弾を放り込んでくれるんだとしか言いようがない。

「あの、兄上………。お顔が父上のようになってる」

「え、う、ごめん」

テリーに指摘されて下がってるだろう口角を揉みつつ、僕は一応妃殿下が書いてくださった家系図をテリーたちにも見せた。

テリーは何か問題があることはわかったようだけど、何が問題かわからないらしい。そして気づいたのは無邪気な双子だった。

「あ、母上が違うんなら同じだ」

「うん、僕たちと兄上と同じだね」

「あ………」

その言葉で継承争いが存在することに気づいたらしいテリーが僕を見る。合ってるってことは頷いて肯定しておいた。

「ハドリアーヌの君主については、詳しい者に直接尋ねるといいと思う」

「そう、します」

含みがあることに気づいたテリーは、僕の助言を受け入れてくれる。そしてそのやりとりを見た妃殿下は、胸を撫で下ろしたようだ。

僕もモリーたちに暴君と呼ばれるハドリアーヌ国王について聞いたからね。宮殿に戻って確認してみたんだ。途端にいつも専門外のことも教えてくれるウェアレルが言いよどんだよね。

何せ王妃を離縁して愛人を妃にするなんてことを六回も繰り返してるっていうんだ。ハドリアーヌの暴君は子供の教育に悪すぎる。

（最初の妃は、娘しか産めないからって離縁したんだっけ？）

（精神的な病と公表してのことであったはずです）

セフィラに訂正されたけど、どちらも間違ったことではないんだろう。結局は離縁して、次に妃にしたのは、王妃の侍女で愛人だった女性なんだから。

（元侍女との間にも娘しか生まれないから、姦淫を理由に処刑したって話だったよね？）

（皇妃の描いた家系図と一致しています）

そして三人目が待望の王太子を産んだ。しかし、三番目の王妃は出産後に死んでしまったという。家系図でも三番目と書かれた文字は斜線で消され、死亡を明示されている。

そして四番目もまた娘を産み、さすがに前例がいるため娘と共に故国へ戻って離縁。それが帝国に住んでいるというハドリアーヌ王女なのだろう。

五番目は浮気がばれて処刑され、今は六番目の王妃だ。さすがに暴君のほうが年齢も高くなり子供は記載されていない。暴君自身が病に倒れているため、この人が最後の王妃になるんだろう。

そういう王妃の入れ替わりは聞いてたけど、他国の姫を離縁してるとは思わなかった。国王との結婚となれば国同士の問題で、それを離縁したとなれば戦争待ったなしになってもおかしくない。それを二度もやらかしたらしいので、暴君と呼ばれてしかるべきなんだろう。

「妃殿下、ご挨拶をする場などはあると考えても？」

ハドリアーヌ一行が子供を頂点にした集団なのだから、こちらも同じ年頃の子供を表に出さないのは釣り合いが悪い。そしてその時に問題になるのが、第一皇子だけど嫡子じゃない僕だ。

正直、僕の出番はなしでお願いしたい。ただでさえマナーの家庭教師が見つからないんだ。

「ない、とは言い切れません。あちらは成人しておらずとも王太子なのですから、相応の遇し方をしなければならないのです。何より、他に任せることもできない案件となります」

「他に任せられない？　では陛下が直接？」

「それも、あまり望ましくはありません」

それはわかる。父だからこそ喧嘩を売るように、自らに帝位の正統性があると喧伝した暴君の王太子だ。受け入れて接待するような対応は、皇帝としての正統性を自ら否定するようなもの。

僕はもう一度妃殿下が書いてくれた家系図を見る。

第一王女の母親は、ハドリアーヌの隣国トライアン王国の王女らしい。そして第三王女の母親は、帝国内にあるレクサンデル大公国の公女。この時点でハドリアーヌを含む三カ国に利害関係のある貴族を対応に当たらせることはできない。

そう考えていたら、妃殿下が思わぬ名前を口にした。

「ユーラシオン公爵の生母は、ハドリアーヌ王女を母に持ち、ハドリアーヌの君主と関係性で言えば従姉妹に当たります」

「なる、ほど………」

それは、利害関係がないことに加えて、ユーラシオン公爵の圧にも耐えられる人材を据えないと無理だよね。そうじゃないと、ハドリアーヌ側と結託して何か仕かけてきそうだし。

そして名目上は臣下であるユーラシオン公爵を拒否できる相手と考えると、妃殿下、もしくは皇子ってことになる。さらに相手が暴君の世継ぎであることを考えると、陛下に次ぐ高貴な身分である妃殿下が接待役を務めるのも憚(はばか)られる。

なるほど、妃殿下が煮え切らない返答になるわけだ。

どうやら、楽しい家族旅行は楽しいままでは終われそうもない。

休日の後の月曜日、待ち受ける仕事、処理を急かされる案件。前世社会人を経験したからこそ、家族の時間を邪魔された父と妃殿下の辛さはわかる。

「妃殿下、どうか陛下の下へ。きっとお力を必要とされています。僕たちは夕食まではここで休憩をしていますので」

「そうですか？　では、また夕食の席で」

どう考えても面倒な王侯貴族の血縁関係が絡んでくる話。あまり大事にもされなかった伯爵家三男として育った父では荷が重い。きっとその辺りを把握している妃殿下の助力は有用だ。

そして妃殿下が退室すると、大人しくしていた双子が喋りだす。

「難しいお話終わった？」

「またお忙しいのかな？」

ちゃんと真面目な話をしているとわかって静かにしていたワーネルとフェルの頭を、僕は撫でる。

「今日のところは終わりかな？　静かにできて偉いね、二人とも」

「そうなの？　でもどうして僕たちにもお話ししたんだろう？」

「母上ね、難しいお話はまだ聞かなくていいよって言うの」

　本当にちゃんと周囲を見てるなぁ。今回この場で妃殿下が語ったことに意味があるとちゃんと理解している。

「夏にハドリアーヌの王太子一行が来るんだ。そのことで陛下と妃殿下がお忙しくなることはわかる？　――合わせて、テリーも今年は対応しなければいけないかもしれない」

「え、私だけ？　兄上は、母上のお話をあれだけ理解できていたのに………」

　黙って考え込んでいたテリーは、僕の発言に驚く。けど理解度じゃないんだよね。必要なのは対応するべき身分だ。

　嫡子でもない僕を対応に当たらせるなんて、表面上は取り繕うけどまともに相手なんかしてやらないと喧嘩を売っているに等しい。皇子という身分がなければ、後ろ盾もない僕は、貴族子弟として留まれるかも怪しい立場なんだ。

　僕個人は平民と同等でも気にしないけど、相手が顔に泥塗られたに等しい扱いに暴れられても困る。離婚なんて基本的に禁じられている世界で、それを五度もまかりとおした暴君だ。何をしてくるかわかったものじゃない。

「えぇ、忙しくなるの？　兄さま、一緒に離宮で遊べないの？」

「やだぁ、今年は兄上帰って来たから一緒に遊ぼうって言ったのに」

「う………」

「それは……」

眉を下げて嫌々するワーネルとフェルに、僕もテリーも同じ気持ちだからこそ言葉に詰まる。

「ま、まだ、ハドリアーヌの王太子一行が必ず来ると決まった訳でもない、から、ね？」

「そう、そうだ。王太子はお体が弱いというから、来られないかもしれないし」

苦し紛れに言うと、テリーも大きく頷いて双子を宥めた。あとこの話は暴君の行状のせいで子供の教育には悪すぎる。ここはなんとか楽しい家族旅行を続けたい。

「そうだ、派兵の時に兵たちが遊んでいたカードゲームがあるんだ。それをやってみない？　ワーネルとフェルは、カードゲームやったことある？」

「あるよ。でも絵合わせしか知らない」

「兄さまは札をこうやって持つ遊びしてた」

どうやら面白そうなことに反応してくれた。ただ僕も詳しくはない。

岩盤浴でリフレッシュしたり、順番待ちで時間を潰したりで兵たちがやってたのを見てそういうのがあると知ったくらいなんだよね。カード賭博とかもやってたみたいだけど、もちろん弟たちにはそんなこと教えない。

「どんなゲームをするの？　私も役は全て覚えていないんだ」

カードを用意させてくれたテリーが不安そうに聞いてくるけど安心してほしい。僕もそんなの知らないから。前世でもポーカーとか話には聞くけど実際やったことなかったくらいだし。

「大丈夫、簡単な遊びだよ」

兵士も必ず教養があるわけじゃない。だからルールはとても簡単。山札から一枚抜いて山札の一番下に隠す。その一枚とペアになる札を最後まで持っていた人の負け。つまりは、ジジ抜きだ。

しかもこの世界のトランプに似たカードゲームにはジョーカーがないから、これが基本的なババ抜きの遊び方になる。

「ルールはわかった？　まずはやってみよう。手札を五枚ずつ配って、自分だけで確かめて。同じ絵柄の札があったらここに捨ててね。そして最低五枚が手元にあるようにするんだ。それじゃ、僕から時計回りに行くよ」

「「はーい」」

初めての遊びにわくわくした弟たちは声を揃える。双子と一緒になって元気に返事をするテリーは、もう皇子らしさを取り繕う様子もなく、楽しく遊びに興じていた。

四章　夏に向けて

「家族旅行、短かったなぁ。一カ月は遊んでいたかった」

計十日を弟たちと遊び倒した僕は、帰って来た宮殿左翼棟でぼやいた。

場所はエメラルドの間。妃殿下にお願いされた色水を改良するため、僕は手を動かしながら口も動かしていた。

「ははぁ、そりゃ子供の夢ですなぁ」

「私は早く学園に戻りたかったですね」

同意してくれるヘルコフに、ウェアレルは逆のことを言うけど、それはそれで子供らしい意見だと思う。部屋の隅に控えているイクトは早々に自立して魔物専門の狩人になったというから、実感はないようだ。

「ウォルドは、兄弟と遊んだり、学園に通ったことは？」

「私は、兄弟はおりません。学園は下位ですが、通わせてもらいました」

僕と一緒に改良を試みるのは、家庭教師のウェアレルと財務官のウォルド。

ウェアレルは魔法が専門で、魔法の使い方の中に薬草を調合して使用するというものがある。だからエッセンスのような調合が基本の錬金術ではいつも手伝ってもらっていた。そこに今、一年錬金術を続けたウォルドも加わっている。

エッセンスに関してはウェアレルよりも熱心に身につけたお蔭で、精度も上。錬金術やろうって声かけたら乗って来るし、今後も手伝ってほしいな。

「学園で下位って、つまりは平民が通う学舎ってことで合ってる？」

「はい、えぇ。そうですね、王侯貴族の子弟であれば、学園と言えばラクス城校やアクラー校でしょうが、学園は学舎の集まりですので、私のような者も通える学舎があるのです」

つまりは学園という括りの中に、貴族用の学校と平民用の学校が別にあるんだ。ただ学園は名目上身分での隔たりを失くすとしている。だから王侯貴族専用とも言えるラクス城校やアクラー校にもごくひと握り平民はいるのだとか。

これも学園のあるルキウサリアのお姫さま、ディオラとの文通で知ったこと。そして学園には学舎から卒業して入れる研究機関もあるそうで、僕の図書室にもそこから出された論文が並んでいる。

僕たちは話しながら手を動かし、すでにある色水のレシピを変えて作った試薬の、結果を記録して回っていた。

「そもそもこれは皇女さまの玩具なのですよね？　毎日お使いになるほど気に入られたのですか？」

僕専任だけど、財務官っていう役人だから、家族旅行について来なかったウォルド。ライアがどれだけ気に入ったかも知らないし、この実験の説明も、妃殿下に頼まれて一日しかもたない色水を、数日保管しても効果が消えないよう保存できるようにすることと説明していた。

あとは……兄弟で楽しく遊んだことしか話してなかったなぁ。

「ライアはすでに魔力を扱えるみたいでね。本人も無自覚に放出するそうだよ。室内で不意に魔法を使うと危険だから、魔法の練習させて暴発を防ぎたいみたいなんだ」

「はぁ、この魔力を通すことで色がつくという性質が、魔法の練習に？」

色黒でエルフの外見をしているウォルドだけど、その実魔法の才能は人間準拠。つまり、魔法を使えない。けどエッセンスなら、作るのに魔力は必要ないし、魔法っぽい効果が得られる。

魔法を使えないからこその憧れで、錬金術に興味を持ったみたいなんだよね。今生では魔法が使える僕だけど、前世に魔法使いなんていなかったから、その気持ちはよくわかる。

「実際これは、学園に持ち込んでも教材として採用される可能性は高いです。魔力を流す強さというのは、身につけるために苦戦する者もいますから」

元学園の教師だったウェアレルのお墨付きが出た。けどこれは保存期間の問題もあるし、もう少し流す魔力の幅で色が変わるようにしないと、製品としては弱い気がするな。

何より色々手を加えたけど、やっぱり使用には一日が限界だ。

「これはもう、効果時間をどうこうするより、保存方法を変えたほうがいいかもしれないね。下手にレシピをいじると発色が悪くなったり、色が抜けなくなる。それじゃ駄目だ」

劇的に変わることがないとみて、僕は他のアプローチを考える。

「まずは瓶で保存して、三日様子を見よう。同じ日に作った色水を、同じ条件で保存。一日一本ずつ開封して、どれくらい変化が出るかを見る。変化が見られない場合は十日に延長して新たに経過を観察する」

言いながら、僕は前世にあった保存容器を思い出しながら、この世界で用意できる容器を書き出す。

ガラスの瓶にしても、色付きや遮光もあるし、金属のボトルなら金属の種類も考える。あとは蓋。密閉できるものを考えるか、コルクや綿につけ替えてみようか。

「うーん、できることからやろう。まずは――」

「アーシャ殿下、そろそろ休憩のお時間のようです」

イクトに声をかけられて見れば、いつの間にか侍女のノマリオラがいる。しかも手にはティーポットやティーカップを乗せたお盆があった。

「あ、はい。じゃあ青の間のほうでもらうよ」

派兵の時、不自由な山の上でも侍女を務めてくれたノマリオラ。どうやら先に用意して僕に断りにくくさせることで、強制的に休憩させるという対処を身につけてしまっていた。

「それじゃ、休憩がてら一つご報告をいいですか、殿下？」

青の間で腰を落ち着けるとみて、ヘルコフがそんなことを言う。応じると、モリー経由で届いた文句だった。

「あ、もうワゲリス将軍にホーバート行きの打診あったんだ？」

「上層に入ったところで、じっと座って命令だけなんてできないくせに、殿下が今度はどんな暗躍したんだと言ってたそうですよ」

「僕はただ陛下とボートに乗っただけなのに」

「あぁ、あの時に推したのですか。確かに陛下からの指名となれば名誉。軍としても信頼回復のために乗るでしょう」

ボート遊びの時も控えて眺めていたウェアレルが、思い出す様子で頷く。そして、イクトも何を思い出したのか呟いた。

「そう言えば、派閥内でも色々動きがあるようで。ストラテーグ侯爵の元に嘆願に駆け込む貴族を一度見ましたね」

「え、なんで？」

「元近衛の件で」

「今さら？」

イクトも同じ気持ちらしく、頷くだけでそれ以上掘る気はないようだ。

元近衛は冬に皇帝一家暗殺未遂という大罪を犯して、父とワゲリス将軍に捕まっている。未遂で被害なしってことで死刑ではないけど、他の貴族への見せしめ含めて無期限の奴隷落ちとなっていた。

さらに三親等の親族は爵位の降格や所領の没収。上は曾祖父母から、下は曾孫まで。元近衛自体が働き盛りの年代だから、曾孫はいなくても叔父叔母、甥姪、かく配偶者まで罪に問われる。さらにはこれが元近衛の配偶者親族、姻戚にも適用されるという。

最初から連座なんて制度ないよなって思ってたけど、前世では考えられない数の巻き込みが、犯罪者一人につき起きている。僕が犯罪者になんてなった日には……いや、そんなことしないけどね。うん、絶対しない。

「えっと、奴隷落ちって相当嫌な刑罰なんだっけ？」

僕は思考を別のほうに向けるため言葉にした。すると、ウェアレルが緑の被毛に覆われた耳を伏せながら応じてくれる。

「そうですね、貴族からすれば私刑よりも尊厳のない刑罰となります」

「そう言えば市井の演劇にあった物語ですが、自らの正義のために主人に反して処刑される主人公は最後、華々しく辞世の演説を残して死にますね」

ウォルドが当たり前に語るんだけど、何それ？

なんか、ウェアレルたちはあるあるって反応だけど。あ、ノマリオラはわからない顔してる。良かった。ウォルドが言うとおり市井でよくある展開ってことか。

そして、死刑は演説というか自分の正義を語るような死に方らしい。その反対に奴隷は、そういう自分の意思は全部否定されるそうだ。

「誇りだ尊厳だという貴族は、刑に処せられて人生を終える自分ってのに、何処か酔ってる感じあるよな」

「苦し紛れに自分は悪くないと盛大に喚く場が与えられるのは、誇りも尊厳もあったものではないですね」

何やら見たことあるような言い方をするヘルコフに、イクトはもっとばっさり見苦しいと言葉にする。ウォルド曰く、演劇では最後の山場になるらしいけど、実際見るとそうでもないようだ。

「元近衛のほうはもういいや。それより近衛の長官のほうは、まだ更迭できてないんでしょ？　引責辞任とかで辞めさせせられると思ったんだけど」

「もう辞職させることが決まっていたのだから、自らの管轄じゃないと悪あがきしてるそうです」

「では何故、職を辞しているはずの者が宮殿の門を通り、さらには内部にまで侵入できたというんでしょうね？」

ウェアレルの説明に、イクトが毒を吐く。確かに宮殿内に侵入した上に武装までしていたんだから、誰かの手引きがないと無理だ。

「自分で関与した者たちを調べ上げて突き出すならまだしも、関係疑われた途端に保身に走ってやいやい言うだけってのはなぁ」

「口だけの貴族は珍しくもないかと」

ヘルコフが呆れると、しれっとノマリオラまで毒を吐く。どうやら皇帝一家暗殺未遂ということで、僕の敵認定のようだ。

一応皇帝権力の象徴的な軍組織なんだから、敵に回さず信頼できる人を上に動かせられるよう、手綱を握る段階なんだ。変に長引いて瓦解されても困るんだよね。

ただこれ、ルカイオス公爵もユーラシオン公爵も父の行動を邪魔しない。どちらも皇帝の権威を削ぎたいわけじゃないから、近衛が今回のやらかしの禊をしてくれないと困るっていう立場らしい。

そんな話をしていると、ノマリオラも報告事項があったようだ。

「ご主人さま、一つご報告をよろしいでしょうか？　実は先日、例の侍従がご主人さまに動きがなさすぎると蒙昧なことを口にした上に、ルカイオス公爵側にこれ以上弟殿下方に接近させてはならないと強く申し上げなければとまで言い始めました」

「はい？　僕まだ戻ってきて数カ月なんだけど？」

ノマリオラが言う侍従というのは、妃殿下の侍従のことだろう。そしてルカイオス公爵と通じて、ノマリオラを僕の所へスパイとして送り込んでいる人だ。実際はノマリオラが二重スパイ状態で、侍従側から情報を抜いているんだけど。

「動きって何を疑ってるんだか」

「発言からしますと、エデンバル家による大聖堂での凶行はご主人さまの自作自演。派兵の論功行賞には過剰な報告を行い混乱を招き、元近衛はご主人さまのみを排除しようとして失敗し悪の芽を摘めずに終わってしまったと」

「僕どれだけ悪人だと思われてるの？　僕も十二歳で、継承問題に敏感になってるくらいはわかるけど、それにしても邪推がひどいね」

テリーに無理させてでも皇太子として早く成長させようとしてるのも、そういう焦りからだとは思う。長子相続が当たり前だという、他人の常識をいきなり変えることはできないし。

「一度宮殿を追われたにも拘らず、皇帝陛下のご意向もありお戻りになられたことで、帝位への可能性があるのではないかと窺う者もあるようです」

ノマリオラが言うには、別方向でも邪推が横行してしまっているようだ。そうして寄って来る者は決して僕の味方じゃない。僕をいいように使おうと思うだけの他人だ。

まさか独り立ちのための実績づくりが、そんな欲に走った誰かを呼び寄せるなんて思わないよ。正直迷惑だ。僕はただ、穏便に家族とも交流を続けられる形で宮殿を出たいだけなのに。

「何より根拠もなく、皇子方に降りかかる災いは全てご主人さまに起因すると思っているようです。ご主人さまと交流を始めたことから、周囲の者たちの欺瞞に気づき、そうした者たちを第二皇子殿下が意志をもって遠ざけたことも、悪影響であると」

一応、侍従としてはテリー派で有力者とのパイプである周囲を拒否することは、将来に影響するという考えらしい。侍従なりに、テリーの最近の様子を慮っての暴走だそうだ。

けど僕が何か悪いことしてると思い込むのはどうなんだろう。いや、僕と比べて落ち込んだり焦ったりしてたらしいから、あながち間違いじゃないのか？　ただそれにしても僕を悪者にしなきゃ気が済まないような言いがかりだ。

「エデンバル家や犯罪者ギルドに通じる証拠もない、将軍の来訪の理由も望むものではない、元近衛の件でもご主人さまに非があるという証言も犯罪者側からしかない。そのことを怠慢だと叱責されました」

「存在すらしないものを出せとは、捏造を強要することではないですか」

ウェアレルが侍従の乱心ぶりに呆れる。

「何処までを話したんだ？　そもそも近衛の反乱を見つけたのはロックのが先だった」

ヘルコフの問いに、ノマリオラもそうは言ったけど、そこはワゲリス将軍の職責の上で対応しただけで、大前提の僕へ反乱する理由というのが存在するはずだと言われたらしい。

「そんなもの、血筋の低い皇帝が気に食わなかった、そんな相手から左遷も同然の扱いが気に食わなかった、ただただ田舎に向かう旅路が――」

「あの、そ、それで、どう穏便に切り抜けたのでしょうか？」

イクトが他では言えないようなことを挙げ連ねるのを、ウォルドが聞くに堪えない様子で途切れさせる。うん、もう近衛に対しては、次必ず剣を抜いてやるっていう意気込みがあるからね、イクト。

「私に命じられたのは見張りであって探ることではありませんので、新たに探るよう仕事を追加するのでしたら、報酬も追加をと申しました」

無表情で告げられるあまりにもしたたかな返答に、僕は思わず拍手を送る。

「ノマリオラの機転にはいつも驚かされる。すごいよ」

ノマリオラは僕の称賛を受け入れるように礼を執った。

「探るにあたって何を疑い、何が問題になっているかを教えていただかなければやりようがないとも申し上げました。より良く情報を引き出す手段を作りましたこと、ご報告いたします」

なんと相手から持ちかける形を作った上で、情報を吐かせるようにしたらしい。本当に優秀な侍女だ。うん、侍女にスパイの才能が必要かどうかは置いておいて、僕には有用であることは確かだった。

「そうなると——ルカイオス公爵は僕が学園に入学することを阻止するかどうかって探れる？」

「ご命令くだされば」

「いや、ノマリオラに無理をしてほしいわけじゃないんだ。たぶんユーラシオン公爵は入学を阻止する方向に動くだろうから、ルカイオス公爵はどうするんだろうと思って。機会があったらでいいよ。ノマリオラから仕かける必要はない」

そこは安全第一だ。ばれてノマリオラが排除されるとしたら、僕はノマリオラの実家にも伝手がないからどれだけ庇えるかわからないんだ。

「今さら遅いとしか言えませんからね」

心持ち耳をそびやかすウェアレルは、ルキウサリアの学園に勤めていた教師だ。もうとっくに必要な勉強は終えてる。試験対策も問題を作る側からの見方で教えてくれるし。

僕自身が前世の杵柄か、勉強に苦を感じなかったから同じ年齢の子供よりも学習は早いと思う。それに一時期は庭園に出るのも自粛してたから、錬金術以外には勉強くらいしかすることなかったし。

「あ、殿下。目立ちたくないってことで学習状況も陛下に上げてないままですが、どうします？」

「あぁ、ユーラシオン公爵が妙な家庭教師を送り込んで来たのは今から邪魔できると思ったということでしょうね」

ヘルコフの質問に、イクトが以前送り込まれた使えない家庭教師の件を挙げる。確かに突然父と妃殿下が家庭教師を新たに求めれば、今から僕に勉強させると思うかもしれない。

そう考えれば、あれだけわかりやすく使えないタイプの家庭教師を紛れ込ませたのは、こちらの警戒を上げて進捗を遅らせるという目的もあったかもしれないのか。

うーん、無駄な心理戦。

「問題は人前に出ても大丈夫って言える礼儀作法なんだけどね」

この世界の礼儀作法って挨拶一つでも相手と自分の身分で変えなきゃいけない。つまり、初対面でも相手の身分や家名を知る謎スキルが必要になる。

家紋を象った服の模様やアクセサリー、何処の誰と一緒にいる何歳ぐらいの人物だとか。もしくは知ってて懇切丁寧に説明と紹介をしてくれる人脈が必要だ。日本で面倒にも感じる名刺交換って、実はシステマチックな文化だったんだなって思う。

「しかし礼儀作法となると、私たちでは臣下の礼しか」

「私自身、教養は蔑ろであるため、お力になれず………」

「俺も軍隊式がせいぜいですな。上流階級相手にはどうも」

普段なら頼りになる側近たちもお手上げだ。

「知る限りのことであれば、私は惜しまず微力を尽くしますが」

「皇子殿下に必要なこととなると、帝国以外の国々の貴族も把握するべきでしょうし」

伯爵令嬢のノマリオラは、言葉選びや挨拶の形式という面倒な礼儀作法を、最低限は押さえている。そこには帝国国内の貴族の血統や姻戚関係、家名にまつわる歴史、治める土地の来歴など多岐にわたる。

ただウォルドが言うとおり、一貴族ならそれでもいいけど、僕は名目上皇子だ。求められる水準が違ってしまう。

そして水準に満ちてないと判断されれば、皇子として活動は止められるし、無理に人前に出た途端、父を攻撃する材料にされてしまうんだからたちが悪い。社会人経験から、いくらか失敗を誤魔化す技を先輩や上司から教えられもしたけど、まずそれを使う場に出られないのが問題だ。

たぶん僕のマナー自体は悪くないんだよ。子爵家出身の乳母のハーティが教えられる限りは教えてくれたから。晩餐会でも特別おかしなことはなかったし。そりゃ、テリーに比べると慣れという時点で全然足りてないのは所作の美しさで目に見えたけど。

そこは元が大人しい日本人だ。変なことしないで黙って従順にしていれば、怒られる隙も作らないことができる。

さらに妃殿下が顔を合わせる度にそれとなく、こうするんだと教えてくれていたことは、なんとなく気づいているし。

「これはもう、回り道でも確実にいったほうがいいかな？」

僕は正攻法で礼儀作法学ぶのは諦めることにして、どう理由づけをしようか考えを巡らせることにした。

＊＊＊

久しぶりに宮殿本館へと出向くと、初夏を迎えた宮殿の庭園からは、花の香りを乗せた風が室内にも流れ込んでいた。季節的にはまだ肌寒い日もある。

今日は妃殿下に招かれたんだけど、弟たちと会う前に時間を取ってもらっていた。

「お時間をいただけたこと、感謝いたします、妃殿下」

「アーシャが話すべきことがあるというのであれば聞きますから、今後も必要であればいつでも連絡をくれてかまわないのですよ」

妃殿下はなんでもないことのように言う。けど皇妃という立場上、こうして僕のために余分に時間を取れば、誰かの予定を動かしてもらったことになる。この後弟たちも来ることを考えると、用件は隠さずお伝えしたほうがいいかな。

「このところ自分でもマナーを学べないかと思っていたのです。そうして改めて考えた時気づきがあり、妃殿下には日頃よりご助力いただいていたことを改めて感謝したく思いました」

「あぁ、そのこと……。ごめんなさい、あまり力になれなくて。私も力不足を痛感しています」

僕は立ち振る舞いをここで覚えた感じはあるし、それとなく間違いを指摘して、次はどうすべきかを教えてくれていた。場合によっては弟たちに注意するという形でもやっていて、帝室の者としてどう振る舞うべきかを教えてくれていたんだよね。

「今となっては帝国以外の国々が、帝室に人を入れるための足がかりにしようとしていることがわかっています。そのため、あなたにつける家庭教師を捜すことさえままならなくなっているのです」

ユーラシオン公爵から回された害のある家庭教師は、やっぱりこちらの警戒度を上げるための者だったらしい。僕が皇子として出られる機会を奪うことはもちろん、腹蔵のある相手も潜り込める隙があるぞと示すため。

そしてそこに潜り込もうとしている相手を探らせるヒントだ。敵方だからとは言え、やり方が回りくどい上に迷惑なんだけど。

「普段からアーシャは弁えた振る舞いのできる子でしたから、後に回してしまい。もっと早くから準備をしていなければいけませんでした」

前世の大人の記憶からの振る舞いが、礼儀作法は後でもいいという考えにさせてしまったらしい。

実際今まで問題になる場面なかったからってこともあるんだろうけど。

「ワーネルとフェルは今からやっても間に合うか不安になるほどなのに………」

「確かに苦手だとは言っていましたが、注意は受け入れてくれます。物覚えが悪いわけでもないようですし、他の要因があるのでは？　例えば教師との相性が合わないとか」

走って逃げ隠れするから、複数の家庭教師が見張ってるとは聞いた。ただ本人たちも我慢して授業を受ける時もあるらしい。

双子は周りの大人を観察しているから、従いたくないと思う要因を相手が何処かで作ってしまった可能性もある。

「相性、そういう考え方もありますね。——そう言えば、あなたの帰還を聞いた時には、大きな声を出して騒いだと、この一年で増えた家庭教師たちは驚いていたのですよ。考えてみれば、逃げ隠れすることは変わらないけれど、平素は騒がないということを覚えているのね」

徐々に変化して気づけていなかった双子の成長に、妃殿下は頬に手を当てて微笑む。さらには僕と今日会えると聞いて、朝から興奮していたとも追加で情報が来た。僕としては嬉しいから、兄として窘めるべきかどうか迷うなぁ。

ほどほど、そうほどほどが大事だって言ってみよう。

「元から家族以外に興味のないところのある子たちだったけれど、アーシャにはことさら懐いていますもの。再会できることが本当に嬉しかったのでしょうね」

元から懐っこいのだと思っていたけどそうでもないのかな？　出会ってすぐに手を繋いで庭園歩

いたんだけど…………もしかして、あの時すでに僕が兄だって気づいてた？

存在聞いてて年齢を考えればわかることだろうけど、三歳くらいでずいぶんと察しがいい。やっぱり礼儀作法から逃げるのは理由があるんじゃないかな？

「話を戻しますが、アーシャ。テリーの家庭教師にも声をかけたけれど――」

「それは、横取りするようで悪い気がしますので、遠慮させてください」

「テリーが言い出したのだけれど、やはり横やりが入ってしまったようなのです」

僕の家庭教師問題、テリーにまで気にされてるのかぁ。妃殿下も家庭教師を用意できないことを気にしているようだ。いや、それ以外にも気がかりがありそうな気もするな？

「その横やりというものに、何か問題が？」

「そうではないのですが、実は…………アーシャのマナーに関する家庭教師を捜しすぎて、それだけ見つからない、すぐに辞めてしまうのは、アーシャの側に問題があるからではないかと言われ始めているのです」

言いにくそうだった妃殿下の気遣いはわるけど、僕もあまりのマッチポンプにげんなりした。散々僕に近づく貴族がいないように圧をかけているくせに、さも僕の側に問題があるように使うとは恐れ入る。

僕が帝位を狙うような弁えのない子供だと思っている側からすると、マナーが壊滅的だという噂が新たに出ても、納得してしまうんだろう。僕にそもそも興味ない大半の貴族からすれば、否定材料もないしね。

「なるほど、マナーの家庭教師ばかりを捜すのも、悪い噂を補強するようになっているのですね。それほどの急務として改善しなければいけないのだと」

「もちろん、アーシャを知らない者から出た邪推です。ワゲリス将軍との軋轢や、今までの風評を合わせた類推で、誰の証言もありません。…………ただこの先、今以上に家庭教師を捜すことは難しくなるでしょう」

　妃殿下はすっかり落ち込んだ様子で俯いてしまった。けれどその状況は家庭教師捜しを諦めようと言いに来た僕からすればなんら問題はない。

「そういうことであれば、無理に家庭教師を捜すことはやめて、やり方を変えましょう」

「でも、それではあなたの今後に支障が出てしまいますよ」

「そうですね。ですが、今本当に足りないのは知識と認められるための場です。場を用意するには相応の時期を見る必要がありますが、知識であれば今からでも蓄えることはできます」

　一番の問題は本当、僕が皇子として動ける場なんだよね。派兵の経験から、皇子として遇される状況がないのは、この宮殿だからだってよくわかったし。

「過去の式典や儀礼を纏めた書物はありませんか？　読んで歴史的な背景と照らし合わせれば、どのような慣例があるのかを学べます」

「えぇ、それは典礼を司る役所にありますし、典礼官たちもそれらで学ぶと聞きます。皇妃として私が取り寄せられますが、それで大丈夫かしら？」

「もちろん足りません。ですが、時間を稼ぐ分には十分ではないかと思っています。――僕が学習する間に、近衛の件と合わせて現在皇子に配属された宮中警護にも改めてマナー講習を受けるよう働きかけていただきたいのです」

提案した途端、妃殿下は手を合わせて目を見開く。

「まぁ、それはいい考えだわ。それで幼い皇子たちをフォローすることも前提にして、帝室に必要なマナーも覚えてもらうことができるのですね」

すぐに僕の意図を理解してくれた上に、妃殿下はまるで双子のためを取り繕う言い訳まで出してくれる。確かにその言い訳が通れば、まず外戚（がいせき）のルカイオス公爵が邪魔には動かないどころか、場合によっては味方につくだろう。

宮中警護にマナーを覚えてもらうのは、もちろん僕の側にいるのが宮中警護だけだから。近衛に絡めるのは、嫌がりそうな宮中警護の長官ストラテーグ侯爵を動かすため。

皇子に反乱を起こした近衛と並べれば、宮中警護は大聖堂での暗殺未遂から皇子を守り抜いたという功績がある。そこで近衛のようなことがないようにと添えれば、プライドを刺激されるのと同時に、より足場を固める機会だと食いついて来てくれるんじゃないかな。

「確かに、宮中警護が学び、アーシャに伝えるためには時間が必要ですね。そして典礼を学ぶという形式を取ることで、目を逸らす………」

イクトは詰め込みになってしまうだろうけど、一応その時には知りたがりのセフィラを同行させて、様子を記録してもらう。後はストラテーグ侯爵に話を通せるように、レーヴァンを捕まえないと。

次にルキウサリアからディオラの手紙が届くのはいつ頃かな？　家族旅行の様子も書きたいし、

早い内がいいな。

「相手がストラテーグ侯爵であれば、ユーラシオン公爵とも関係性が悪いわけではないので、強く邪魔することはしないでしょう。やはり、アーシャはとても賢いわ」

「いえ、定石を知らないからこその思いつきです。安定と継続を意識するならば、伝手と縁故で確かな人を紹介する形がきっといいんでしょう」

実際、派閥の力強いしね。あるほうがスムーズに物事は進むと思う。

「では、私もできる限り手を打ちましょう。まずは必要な典礼の記録を取り寄せます。先帝陛下の御代の前例から、今も通じるものを選び出しましょう」

取り寄せてそのままじゃなく、中身も精査してくれるらしい。これはありがたい。

貴族相手だと妃殿下のほうが父よりも顔が利くし、礼儀作法に詳しいのも妃殿下だ。そう思って話を持ち込んだのは間違ってなかった。忙しい父には案が固まってから持ち込んだほうがいいと思っていたんだ。

ただそこに、室外に控えていた侍女がやって来て告げた。

「陛下がおいでてございます」

どうするかと言外に聞く侍女に、僕と妃殿下は顔を見合わせた。この後は弟たちとおしゃべりをする予定だから、父は今日僕がいることを知っていてもおかしくない。その上で弟たちがいない内にやってきたのには、意味があるんだろう。

僕と同じ予想を立てただろう妃殿下は、侍女に入室の許可を出した。

「ご予定は？」

「ありません」

僕が手短に確認すると、妃殿下は父の来訪は予定外だと教えてくれた。つまり、突発的に対応しなければいけない問題が起こっている可能性がある。

「二人とも…………すまない」

入ってきた途端、父は謝罪。もちろん僕にも妃殿下にも心当たりはない。というか、今現在妃殿下と密談に近いことをしていたし、謝るなら僕たちがのけ者にしたことだろう。

「実は、ハドリアーヌの王太子一行をもてなす役を、引き受けた」

「やはり来訪を拒否することはできなかったのですね。各所からすでに物言いがありましたし、不要な諍いを抑えるためにも、皇帝の名の下に取りまとめるべきでしょう」

ハドリアーヌの王太子一行の訪問自体を止めたかったけど、そこは各国要人が集まる帝都の宮殿。色んな思惑が絡み合った末に訪問は決定。相手国が帝位の権利を主張するハドリアーヌ王国だからこそ、弱腰と見られる拒否もできなかったようだ。

その上で、国内でいらない諍いを起こされないよう、皇帝が引き受けて管理。来るなら受け入れるけど、そのまま大人しく帰ってもらおうということになった。

それくらいなら政治的な駆け引きの末に決まったことだろうし、父が謝る理由にはならないと思うんだけど？

「それで…………接待役に、アーシャが決まった」

父は上目に僕を窺う。妃殿下は、父から僕へとゆっくり首を巡らせて驚いた表情を向けてきた。

「…………はい？　テリーではなく、僕ですか？」

「本当にすまない」

頭を下げるのは皇帝としてやってはいけないと止めるべきだろうけど、ちょっと考えがまとまらない。正直、僕を出す時点で相手を怒らせるようなものだ。もしくは子供だからと侮っていることを正面から突きつけるようなことになる。

そんな攻撃的な外交を父がするとは思えない。政治にも外交にも不慣れだからこそ、父は元近衛に対する処遇以外で強く出たことはなかった。国内に強く出たことで、国外の相手にもということはあるかもしれないけど、それにしては相手が微妙すぎる。

「その提案をしましたのは、どなたなのでしょう？」

妃殿下も同じことを思ったらしく、父に問う。

「ユーラシオン公爵だ…………」

僕にマナーの家庭教師を雇えないよう圧迫した上で、僕を接待役に？　つまりそれって、僕が失敗することを見越しての推薦？　いや、まず引き受けないことを想定してるほうかな。そうなると、父が無理だと言っていたら何をしようとしてたんだろう。

「たぶん、私が引けば自らが帝室に近い者として、取り仕切るとでも言うつもりだったのだろう。確かにユーラシオン公爵は外交に強いが、ハドリアーヌ王室の血縁だ。自らに益があるように動くことが目に見えているから任せられない」

父としても、政敵であるユーラシオン公爵の増長の可能性を止めたかったのはわかる。それに、ハドリアーヌ王国相手に皇帝本人がもてなすのは、暴君の無礼を許したなんて間違った受け取られ方をしかねない。

けど年齢的にテリーは不安が大きいし、次期皇帝と目されていても、今はまだ立太子もしていない第二皇子だ。そういう理由づけをすれば、嫡子ではない第一皇子で年齢が近い僕が推されるのはわかるし、失敗してもいいという前提が透けて見える。

「ルカイオス公爵は、止めなかったのですか？」

僕の問いに、父は難しい顔をしてしまった。

「ルカイオス公爵は、今の情勢であればハドリアーヌ王国には一切の関わりを持つべきではないという姿勢でな」

まず訪問自体を拒否するべきということらしい。なので、接待役に相応しい者がいないという理由で、父がユーラシオン公爵に反対すれば加勢してくれたかもしれないそうだ。

逆にユーラシオン公爵からすれば、僕を引き合いに出せば失敗を期待してルカイオス公爵も止めないと睨んでの提案だったとか。

勝手に僕を政治利用しないでほしいんだけど？　しかも父を困らせる方向で利用しようとか失礼にもほどがある。

「朝からその議題を話し合われていたはずですが、陛下の名代を立てる案はどうなったのでしょう？」

内情を僕より知る妃殿下からすれば、ちゃんと大人を出す予定だったのに、子供で嫡子じゃない僕にお鉢が回ってきたいきさつに違和感を覚えたようだ。

「そこを、ルカイオス公爵に止められた………」

「あぁ、そう、ですか」

妃殿下も実父が邪魔をしたとあって項垂れてしまう。

つまり、父は大派閥持ち二人に圧をかけられた末に引き受けたらしい。そこはまだ弱い派閥しか持てていないからしょうがない。ただ、何故僕なんだろう。

「それであれば、一番礼儀作法がしっかりしているテリーでも良かったのでは？　そこもルカイオス公爵が？」

「そうだな、将来互いに今と違う立場で見えた時には、遺恨となるだろうと」

ぼかしているけど、つまりは帝位と王位に就いた後の話だ。片や立太子もしてない第二皇子、片や帝位を標榜する暴君の王太子。後に上下が逆になる身分差の状態で、相手をつけあがらせる場を作るべきではないということだろう。

「それで言えば、アーシャはこれが活躍できる場になると思ったのだ」

思わぬ父の言葉に、妃殿下は考え込む。

「確かに、他国の王族の前に出たという実績は、現状望ましいことではあります。両公爵もそうしてアーシャが出ることを止めなかったのですから、以後はマナーを問題にしてアーシャを止めることはできません」

「そうだ、そうして公に出ることを決めてしまえば、国としての体裁のために家庭教師となる者を高官から用意する理由にできる」

父としては、いっそ両公爵に圧迫される状況を利用しようと考えたらしい。僕が皇子として認められるための場として。

そして大前提として、両公爵が望むような失態を僕が犯さないこと。ただそうなると、先ほどまで妃殿下と話していたことが逆になる。場がないからまずは時間をかけて知識を得るという話が、場はあるけれど時間と知識が足りなくなってしまった。

「だいたい、ユーラシオン公爵はところどころで自らの息子のほうができがいいとあてこすって。そもそもアーシャに騙されているくせに――」

「騙されている？　どういうことでしょう」

よほど父から失言を取りたかったらしいユーラシオン公爵の挑発に、父は拳を握って悔しがる。揚げ足を取られないためにも堪えたんだろうけど、僕が鈍いふりを言動でもしていたと知らない妃殿下が反応してしまった。ここは誤魔化しておこう。

「僕の実態を知らないはずですから、ユーラシオン公爵は」

「えぇ、そうね。…………アーシャの今後を考えるならば、今から皇子として相応しい人格があることを知らしめなければいけないでしょう」

「いえ、僕は今までどおり鈍い皇子と噂される程度でいなければいけません」

テリーが問題なく立太子できるまでは、僕が表に出るだけ面倒だ。その点においては長子相続の慣習を改めたいルカイオス公爵に頑張ってほしいんだけど。

妃殿下はテリーが帝位を望んでいることもあって、申し訳なさそうな表情でも何も言わない。ただ父は別の問題を挙げた。

「他の貴族たちから、アーシャ一人を前に押し出すのはさすがに国の代表としては能力不足だとする声が挙がった」

「それはそうでしょう。ですから、表敬訪問としては半ば受け入れないことを表明するために僕を出すのではないですか？」

ハドリアーヌ王国は王太子を掲げてやって来る。たとえ成人していなくても、九歳の幼さでも代表は代表だ。けど対して僕は第一皇子というだけで後ろ盾もなければ血筋も低い。最近軍事行動をしたけど、公に皇子として動いたことなんてないに等しい。

ハドリアーヌ王国からすれば、まともに対応する気がないと受け取ってもおかしくない。そもそも受け入れ自体に反対のルカイオス公爵と、だからこそ僕を前に出して父の失態を誘いたいユーラシオン公爵。それに懸念を表明するのはきっと他の勢力なんだろう。

「応じて、アーシャ以外にもハドリアーヌ王国の言語を習得した子女を話し相手として用意する案が出ている。その筆頭が、ユーラシオン公爵の子息だ」

「つまり、あまり鈍いふりをやりすぎてもお株を奪われるということですか」

そう考えると、僕のほうで守らなければいけない最低ラインを決めておかないと。

僕はそう考えながら室内を確認する。妃殿下とお話をするために人払いがされていて、室内には家族旅行にも同行した少数の侍女や従僕がいるだけ。ルカイオス公爵に通じてる侍従はいない。

そこに父が単身やって来た形だから、ここでなら斬り込んでも大丈夫だろう。

「浅学で申し訳ありませんが、確認をさせてください。ハドリアーヌ王国は、女子の相続が認められていたように思いますが？」

「そうだ。男系男子が優先だが、いなくなれば男系女子にも相続が可能だ。ただ、あんさ――」

「陛下、お言葉にお気をつけを」

声を低めた父に、妃殿下が注意をする。さすがに皇帝が暗殺と口にするのは穏やかじゃないので、僕も伝わったことを報せるために頷いて見せた。

「そうか、では………ハドリアーヌ国王には庶子の男児がいる。自らが存命の間に王太子が亡くなれば、そちらを後継者に指名すると言ってはばからないそうだ」

言葉を選んだ父の発言の裏を読めば、暗殺なんてすれば庶子の男系男子が玉座に座る手はずになっているようだ。だから、王位を望む王女による暗殺は警戒しなくていいらしい。

王太子の姉妹にあたる王女たちがハドリアーヌの王位を望むなら、暴君が死んだ後にその座を譲らせるしかない。

しかもそもそも王太子は短命と言われている。この表敬訪問で儚くなられても庶子が王位を得るだけ。王女たちは王太子を守りこそすれ、死に近づけさせはしないと思っていいのかもしれない。

「王女方の背後にいる者たちも、王太子の安寧と帰還を願ってはいるでしょう」

妃殿下の含みのある言葉に促されて、僕はその辺りをおさらいすることにした。

「第一王女は生母がトライアン王女でしたね。ですが、隣国とハドリアーヌ王国とは問題を抱えていたと記憶していますが？」

「えぇ、ハドリアーヌ国王との婚姻が決まった時には、まだトライアン王国の名君は存命でした。しかし、第一王女を産んだ後から、トライアン王国の情勢は傾いてしまったのです」

つまりは、トライアン王国の名君が国を立て直そうと勢いに乗っていた時には同盟国として婚姻を結んだ。けれど次に暗君のせいで国が乱れると、王妃を離縁してトライアン王国の領土をかすめ取ろうとまでしたそうだ。

「領土的野心の強い君主だからな。実際その手腕で領土を増やし、国を富ませた。相応の犠牲もついて回るが、そのやり方を止められないだけの結果を出していた」

最近病に伏したのなら、父が軍人をやっていた時にも何かやらかしたのかもしれない。そんなことを考えていると、妃殿下がさらに情報をくれる。

「ただ今は、トライアン王国の内乱も落ち着いており、第一王女は現トライアン国王を後ろ盾にする姿勢を見せています。その結果、トライアン王国の王子を夫に迎え女王として立つ準備をしているのです」

妃殿下の説明に、僕と共に父も生徒のように聞き入っていた。

新たに主要十二カ国に入ったハドリアーヌ王国と、かつて強国だったトライアン王国。その二国が結べば、大陸中央部で唯一海運を行える地域を牛耳れるほどの同盟が生まれることだろう。

暴君以後の安定が欲しいハドリアーヌと、名君の頃の復権の兆しを取り戻したいトライアン。第一王女の後ろ盾は随分としっかりしているようだ。

「では、第二王女はどのような身の上の方なのでしょう？　まだ独身でしたか？」

「ええ、そうです。生母がハドリアーヌ王国貴族であるため、ハドリアーヌ王国国内の一部貴族から支持を受けています。ですが、国王とは道を違える思想の方々だそうです」

妃殿下が言うには、第二王女は国内勢力と結んでるけど、暴君への反抗勢力を背景にしているそうだ。父が言った相応の犠牲を看過できない勢力と言ったところか。

「ただ第二王女はあまり警戒しなくとも良いでしょう。生母が王太子と血縁関係であるため、王太子の外戚と支持者が重複している部分があるのです」

「それは、王太子への継承を望みながら、現国王の政策には反対の立場ということか？」

父の問いに妃殿下は応じて宙に円を二つ重なるように描く。

「王太子の外戚が、すなわち第二王女の外戚でもあるので、支持をするとすればまずは王太子。その後のことを考えて、第二王女とも通じているというところでしょうか」

どうやら外戚から見ても、王太子の延命は難しい上に、継嗣を残せそうにもないようだ。

「では、第三王女は帝国にいると言うことですが、母方はどのような？」

僕の問いに答えたのは父だった。

「レクサンデル大公国の公女だな。大公国は帝国傘下の国で、形態としては連邦に近い。大公として取りまとめる者は帝国のレクサンデル侯爵。従うのは侯爵領周辺を領有する諸侯だ。レクサンデル大公国で有名なのは、毎年行われる競技大会だな」

父がついでに挙げた競技大会は、古いしきたりの槍試合をスポーツとして大々的にやる風物詩的なもの。冬に槍試合を題材にした演劇を見たから挙げたんだろう。

ただ問題は、けっこう面倒な立ち位置の国ってことだ。帝国貴族であると同時に、大公国君主。そして従う者たちも同じく帝国貴族と大公国を形成する領地の君主でもあるようだ。

この世界の歴史でも、古い時代には都市国家が形成された。たぶんその名残を今に引き継ぐ歴史ある国ってことなんだろう。それだけでも血筋の歴史が浅い父に対するスタンスが想像できる。

「第三王女の後ろ盾はレクサンデル大公国及び、レクサンデル侯爵自身と思ってよろしいでしょう。孫娘が王位に就けば、海運で得られる物資と利益を自らの領地に注ぐことができるのですから」

妃殿下曰く、直接ハドリアーヌ王国をどうこうしようというわけではなく、内陸国だからこそ海運という希少性と優位性を取り込みたい勢力らしい。

王女たちは、暴君より先に王太子に死なれては困る。けれど、暴君が亡くなればすぐさま玉座を争うため、すでに対立してしまっているそうだ。

「帝国としては、継承順位に物申すことはないと思ってよろしいでしょうか」

「もちろんだ。レクサンデル大公としてはお墨付きが欲しいようだが、そこはユーラシオン公爵が牽制していた」

暴君と血縁のあるユーラシオン公爵としては、王太子側ってことらしい。

これは、確かに今の状態でハドリアーヌの王太子一行を受け入れるだけ面倒ごとだ。まずそこからして止めるルカイオス公爵は、帝国の負担を軽減させるよう考えたのかもしれない。

そして受け入れたからには、王女たちのほうが最大の社交場を利用しようとするのは目に見えている。

任せられる僕がするべきことは、誰も目立たせず現状を変えさせず無難に終わらせること。継承問題なんて国に帰ってからやってくれってことだ。

「お教えいただきありがとうございます。――妃殿下、典礼に関する書籍は過去のハドリアーヌ王国関連と、王位継承者を招いた場合の実例をお願いします」

「えぇ、そうですね。帝室の皇子として改まる必要はありませんが、先例を蔑ろにしたと言われることは避けるべきでしょう」

わからない顔の父に、僕が先に知識を得るようにしつつ宮中警護に礼儀作法を習得させる案を教える。もっと詰めてからと思ったけど、これはもう今言うしかない。

「そうか、アーシャのほうでも考えがあったか」

「いえ、僕はまず出られる場を作ることができないために、できることからやろうと考えた結果です」

それに、相手の思惑を利用しろって父に言ったの僕だし。それで派兵に出たわけだし。ここは父の案に乗ろう。

「宮中警護に習得させるのは、ワーネルとフェルのためにもなりますから、アーシャの言うとおりに進めたいと思います」

「あぁ、そうだな。アーシャのために高官をつけるつもりはあるが、一度で覚えるのは難しいからな」

社交期を狙ってくるならハドリアーヌの王太子一行がやってくるのは夏。初夏の今、多くて三カ月程度の習得期間だ。

効率を考えるならハドリアーヌ王国に有用な部分だけを抜き出すことになる。本当に名目だけで習得したことにされても、後で困るかもしれないから、妃殿下の申し出はありがたい。

礼儀がなってないなんて言うのは、体面が大事な貴族が良くやるいちゃもんらしい。実際それで蔑ろにされたと逆恨みをして襲われる、という歴史的な事件もあったと習った。

その時には、異世界の吉良上野介だぁなんて思ったけど、まさか自分に降りかかってくるとは思っていなかったよ。

＊＊＊

早めに妃殿下とお話をしていたら、父までやって来てハドリアーヌの王太子一行の相手をすることが決まった。大まかな話だけを駆け足で決めた頃には、約束していた弟妹が妃殿下のサロン室へとやって来る。

「兄上だ！」

「父上だ！」

「ワーネル、フェル、走るな！　――あ、ライアまで！」

「きゃはは」

今日は同行が侍女一人だったせいでテリーが大変そうだ。双子の真似をして駆け出したライアが転ばないよう受け止めて、妃殿下へとお任せする。

妃殿下のお茶会で初めてライアも同席してるんだけど、どうやら最初から上機嫌らしく金色の髪を揺らして全身で楽しさを表してた。

双子とライアのみならず、父の姿にテリーもそわそわと嬉しそう。その様子に父も喜んでるんだけど、それもあまり長くは続かない。

「すまないな、まだ仕事の途中なのだ」

「そう、ですか。お忙しい中お時間をいただきありがとうございます」

テリーは残念さを隠すために言葉を選ぶんだけど、その硬い物言いに父のほうが悲しそうな顔になってしまう。しかもこれから社交期という今まで以上に来客の対応なんかで忙しくなる季節。父も名残惜しいだろう。

「時間が取れなくてすまないな。ただ、それはアーシャも同じになる」

父が切り出してくれたので、僕はテリーたちにハドリアーヌの王太子一行の接待役になったことを告げた。

「妃殿下にもご協力いただいて、これから準備をしなければいけなくなってしまったんだ」

「えぇ、ですからお茶会も回数を減らさなければならないかもしれません」

妃殿下も僕が持ちかけた典礼や宮中警護へのマナー習得要請のために動いてくれる。公務もある中でやることを増やしてもらうんだから、どうしてもプライベートを削るしかない

「ごめん、テリー、ワーネル、フェル。それにライア」

弟たちは別荘でハドリアーヌの王太子一行について聞いていたから、忙しくなることは想像がつ

くようだ。テリーは驚きながらも、頷く。

「兄上もお勤めがあるのでしたら、謝罪なさる必要はありません」

ただ双子はそんなテリーの大人な対応にも不服そうな顔を向けた。

「また兄上忙しいの？　派兵に行くこと決まった時みたいに？」

「寂しいよ。兄上とまた錬金術できると思ったのに………」

確かに、派兵の時にも冬に決まって春まで準備にかかってしまった。そのせいでほぼ会えず、時間を作っても錬金術で遊ぶ暇なんてなかった。

さらにその後には一年僕は帝都を離れたんだ。そこでさらにこの後夏まで時間がない。

「アニーウェ？　ごめんなさい、なぁに？」

ライアだけが状況がわかっていない様子で首を傾げる。今はただ全員が揃っている状況に嬉しそうにしているばかりだ。笑顔でみんなの顔をきょろきょろと見ている。

僕が意味もなく会わないわけじゃないとわかってるテリーは、だからこそ我慢してくれる。わかっていても双子は不満と寂しさを抑えられない。これでまた会わない内にライアに忘れ去られたら僕も大ダメージだ。

ここは仕方ない。ちょっとずるい手を使って時間を捻出しよう。

「妃殿下、お時間が許すようでしたら、僕をお招きいただけますか？」

「ですが、アーシャ。ここまでの移動などを考えるとあなたに負担がかかりますよ？」

妃殿下は動かせる人手に任せることもできる。けど僕は今から学ぶし、それを他人に委ねることができないと思ったからだろう。

けど僕にはセフィラという記憶や記録に特化した存在がいる。前例や貴族の名簿を丸暗記してもらって、必要な時に誰にもばれずに知ることができた。後は作法なんかの僕自身が動かなければいけない場面での対応を練習するだけ。

「より良く集中するには、一度息抜きをして見直す余裕を持つことも必要ですから。それに、方々が夏に訪れるとなると――」

僕が言葉を濁すと、父が気づいた様子で妃殿下と目を見交わす。そう、たぶん今年も僕は離宮での遊びには同行できない可能性がある。夏と言われてテリーも思い至ったらしく、瞬間寂しげな顔になった。けど僕が見ていると気づいて表情を改める。

「もちろん、兄上のお邪魔はいたしません」

「邪魔なんかじゃないよ。僕だって残念なんだ」

本当に僕も楽しみにしてたんだよ？　正直今も、ハドリアーヌの王太子一行にはさっさと帰ってほしいくらいだ。まだ来てもいないけど。

この世界、自動車なんてないから移動には相応の時間がかかる。同時に目的地に着いたら休憩も兼ねて季節一つかけて滞在するなんてこともあるんだ。それくらいの予定がなきゃ、移動するだけお金と時間の浪費でしかないからね。

王太子の体調次第で早く帰ることもあるかもしれないけど、逆に滞在が延長することもあるだろう。そうなると、ここで離宮に行けるなんて安請け合いもできない。

何より皇帝のお膝元である宮殿で、王太子が倒れるなんてことになられても困る。どんな言いがかりつけられるかわかったものじゃない。一番いいのは王太子には元気に早い内に帰ってもらうことだ。

そう考えると、まともに接待する気もないと明示する僕があてがわれたのはありかもしれない。相手も、時間を無駄にするだろう滞在を切り上げる可能性がある。

「陛下、ハドリアーヌの王太子一行はどれほど滞在予定なのでしょう？」

「今申し入れされている期間はひと月を予定している」

それで言えば、夏の終わりに離宮で遊べるかもしれないけど、やっぱり断言はできない。判断が難しい上に、滞在も長い。そんな思いが顔に出ていたのか、僕と目が合うと父は頷いて見せた。

そんな僕たちの様子にテリーは聞いていいものかどうかを迷う様子で視線を向けてくる。さらにそんなテリーに双子も気づいた。

「これは、もう話したほうがいいでしょうか？　まだ可能性はあると思いたいですが」

「それは、私が後から説明しましょう。今は自分のことに集中なさい」

妃殿下は僕を慮って引き受けてくれた。たぶん夏の離宮での遊びがなくなったと知れば双子はとても悲しがるだろう。だから早く帰ってくれる可能性もあると伝えたい。

そう思って双子に目を向けると、お互い顔を見合わせていた。そして僕と目が合えば質問を投げかけてくる。

「兄上、ハドリアーヌってどんな国？」

「兄上、ハドリアーヌって何処にあるの？」

双子がなんでと繰り返していた質問を、具体的な問いとして聞いてきた。これは成長だろうし、今問題になってるのがハドリアーヌの王太子一行だってことも気づいてるようだ。

そんな弟たちに、テリーが何やら思いついた様子で呟く。

「………兄上は、帝室図書館には、行ったことがないはず」

「うん、ないね。そう言えば手紙に三人で帝室図書館へ行ったとあったね」

派兵先から手紙を送った際の返事に、僕が道中で見つけた薬草を図鑑を使って調べたと報告してくれた。そこからいろんな本を見たとあったし、きっと双子が薬草を覚えたというのもそれがきっかけだろう。

その時に一緒にいたかったなぁ。書籍にはお世話にはなってるけど、場所が右翼棟の端で、広い宮殿の中僕の住む左翼棟の端とは対極にあるから足を踏み入れたこともないんだよね。

そして左翼棟から本館まで自分で歩いて思うけど、これ以上の距離を足繁く通わせていたウェアレルには後で感謝をしよう。

「兄上………帝室図書館に、一緒に行かない？」

「え？」

テリーからの思わぬ誘いに聞き返すと、ワーネルとフェルが声を上げる。

「うん、行こう！」

「兄上も一緒に！」

楽しげな声を聞いたライアも歓声を上げた。

「いくー！」

よくわかってないけど、どうやら一緒という言葉に反応したようだ。その様子に妃殿下も微笑ましく目を細めた。

「まぁ、ふふ。そうね、学ぶことに興味関心を持つのは良いことです」

「いいんじゃないか。ウェアレルが往復しているとは聞いていたが、アーシャも行ったことはないんだろう？」

「はい、自分で行ったことはありません」

「興味があるならお行きなさい。すぐに手配をしましょう」

父に応じると、妃殿下が人を呼んで指示を出す。思わぬ成り行きに戸惑っていると、帝室図書館に行ったことのある弟たちが口々に誘ってきた。

「兄上、ハドリアーヌについて学ばれるなら、その、お時間を無駄にはしないと思います」

「あのね、いっぱい本あるよ。絵が描かれているのも多いの」

「地図もあったよ。見たら何処かわかって面白いんだよ」

気遣いや楽しげな誘いに、僕は口元が緩みそうになりながら応じる。

「それじゃあ、一緒に――」

「ライアもー」

よくわかっていないけれど、一緒がいいというライアも連れて、僕たちは突発的に帝室図書館のある右翼棟へ移動することになった。

父も仕事に戻らなければいけないし、妃殿下も今後の予定を早い内に調整しなければいけない。だからちょうどいいとも言える予定変更だった。

皇子につけられた宮中警護と、皇女につけられた女騎士を連れて、僕たちは右翼棟へ。今いる場所は一階だけど、かつてここの二階から大聖堂へ向かったことがあった。そこで襲われ、命の危機に見舞われたというあまりいい思い出のない場所だ。

右翼棟との連結部分で人が待ってるのも同じで、ちょっと警戒してしまったけど、待っていたのは物腰の柔らかい白髪の男性だった。

「お久しぶりでございます、殿下方。そして、第一皇子殿下におかれましては、お初にお目にかかります」

妃殿下の連絡で対応してくれた司書は、口周りに生えそろった髭を持つ老人だった。

「髭が――」

「どうしたの、テリー?」

「いえ、以前案内された時には髭がなかったもので。一年も経っていないのに……」

数年整えたように髭が生えそろっていることに驚いたようだ。そんな言葉に、司書は自分の髭を撫でて困ったように理由を答えた。

「書籍の管理の邪魔で普段は剃ってはいるのですが。ドワーフの血があるため三日手入れを怠るとこのように伸びてしまうのです」

案内してくれる司書はドワーフとの混血らしい。けど髭以外は人とあまり変わらない見た目だ。エルフの外見を強く受け継いだウォルドとは逆に、人間の血が姿に大きく出た人なんだろう。

「ドワーフって大陸の西に国を持ってるんでしょ？」

「女の人にも、お髭があるって聞いたことあるよ？」

双子の問いに、案内のため先を歩きながら、色の濃い肌と豊かな髭を持つ司書は穏やかに答えた。

「ドワーフの特徴は、人間の子供ほどの身長と濃い肌の色、そして髭ですね。人間の中では、七歳で老人のような髭が生えると言われますが、女に髭はございません。風俗として髪を髭に見えるように結う習慣があるのです」

初めての相手じゃないからか、双子も気安く司書に話しかけている。双子が警戒しない程度には、髭の司書も差をつけるような対応をしない。

以前大聖堂の案内役をしていた人たちを思えば、そのフラットさは確かに好感が持てる。警戒の必要はなさそうだ。

そんな話をしながら案内された先は、大聖堂よりさらに向こう。突き当りにある両開きの扉を開けると、体育館ほどもある空間が広がっていた。

天井は高く、柱もごく少ない大空間だ。

「ここが、帝室図書館……」

セフィラが何度も出入りして、収蔵された書籍はほぼ網羅してるくらいだ。話にも聞いていたから、僕は左手の壁にある大きな人物画を確かめた。

帝室図書館を造った四百年くらい前の皇帝だという肖像画。学術と帝室の歴史を後世に残そうと志し、この図書館を造ったらしい。ただ数年観察していたセフィラ曰く、司書は日々書籍の修繕や整理に追われているそうだ。

(表に設置された書籍に面白みはなく、地下にこそ有用な書籍が死蔵されています。案内できますが向かいますか?)

(しなくていいから)

セフィラが当たり前のように、今日来た目的を変えようとする。確かに地下の倉庫には保管庫と隠し部屋があるとセフィラから聞いてたし、僕も面白そうだと興味を持った。

百年単位で整理されない本の山は、司書も把握しきれず出入りも少ないんだとか。その中には暗号化された錬金術書の他に、宗教批判や表に出せない独自の実験記録なども紛れている。

表には出せないけれど捨てるには勿体ないと思った過去の司書たちが、注釈や手記を紛れ込ませてあったりもするそうだ。

確かに興味はある。だけど今日は、僕を気遣ってくれた弟たちの気持ちを酌んで、ハドリアーヌ王国についての書籍をあたろう。

髭の司書に目を向けると、案内のために説明をしてくれる。

「今日はハドリアーヌ王国に関連した書籍をお求めとのこと。ただ今ご用意中でありますので、騒がしくしていますことご容赦ください」

確かに若い司書たちがメモを片手に本棚を行き来している姿が見える。

一階は窓もなく本棚が壁を埋め、二階は天井近くまである高い窓が本棚の間にある。そして二階には廊下を巡らせるだけで吹き抜けが広がっていて、司書のみならず図書館の利用者らしい者の姿もあった。

それが三区画並ぶ造りの帝室図書館で、僕たちは案内されて帝室図書館に隣接された机と椅子のある小部屋へ移動する。

「前は貸し切りだったんだけど」

近いとは言え、帝室図書館から移動することになって、テリーは眉を顰める。けどそこは時間が問題だと思う。

「さすがにいきなり足を運ぶと決めてから、すぐさまの対応は無理だよ。それに僕も他の人の学びを邪魔したいわけじゃない」

「ご高配賜り、いたみいります」

髭の司書は最初から僕への対応にテリーたちとの隔てがない。これは、宮殿に広められた僕の悪評なんて真に受けていない人ってことかな。もしかしたら妃殿下が派閥色のない人を選んでくれたのかもしれない。

「それではこちらが、ハドリアーヌ王国が発行しております、王国史になります。そして今広げていますのは、最も詳しく地形を表した地図になります」

「最も詳しく？　地図の管理はここでしているのかな？」

僕が聞くと、髭の司書はちょっと眉を上げた後頷く。衛星もなければカメラもないこの世界では、地形を詳しく知れることは国防に関わる重要な情報だ。許可があれば他国の者も出入りできるこの図書館で、それはちょっと危うい気がした。

「もちろん、妃殿下のお許しあってこそでございます。普段は施錠して管理保管しておりますとも」

地図の閲覧には帝室の許可が必要ということらしい。だからこそ、皇子と皇女が揃ったこの機会に出したということだろう。ちなみにライアはずっといるけど、見知らぬ人が多いことで、女騎士に引っついて離れない。同時に見たことのない場所や本の装丁に興味も引かれているようだ。

「では、見させてもらおう。——できればライアでも楽しめる、絵の多い、色が鮮やかな本を一つ用意してほしい」

「かしこまりました」

髭の司書は請け負ってくれる。そういう本があるのは、セフィラが勝手に見たことあるから知ってた。確か刺繍か織物の本で、各地の特徴的な祝いごとの服の絵を極彩色で描いているんだ。

セフィラに絵図を投影できるようにさせる実験で、色が何処まで表現できるかってことをその本で試したんだよね。

「ハドリアーヌ何処？」

「あ、あったよ、ここ」

双子が地図に興味を示したので、王国史よりも先に地図の下へと向かった。地図は二メートルから三メートルはありそうなものが壁にかけられている。

地図の中心は帝都で、帝都のある大陸中央部が四つの山脈に囲まれている様子が描かれていた。

「山脈同士がぶつかっている周辺は、とても険しい地形なんだね」

「そうなのですか、兄上？」

どうやら地図の見方がわからないテリーは、お勉強モードで僕が見ていた南東の辺りに目を向ける。

「ほら、山頂を示す三角があるでしょ？　大まかに、最高峰がある辺りを中心に集中線が引かれてる。その辺りが山から降る地形だと示されているんだよ」

最高峰と周辺で高さが違っている範囲に集中線が引かれている。等高線じゃない分、正直見にくい。さらには山脈同士が隣接する辺りは、集中線も入り乱れて描かれてる。

しかも山脈だから山の連なりの分、集中線が折り重なった線がごちゃごちゃと広がるばかりだ。

見てわかるのは、それだけ起伏に富んだ地形だってことくらいになる。

「これは、内陸に向かって延びる別の山脈もあるのか。帝都周辺は平地が多くても、大陸を隔てるほどの山脈周辺は起伏に富んでいるんだろうね」

そうして見ていると、見慣れた国名が目につく。僕の文通友達ディオラが住むルキウサリア王国だ。

大陸中央部に所属してるけど、位置としては帝都よりも南で南方の山脈に近い。そしてその東西に走る南方の山脈から押し出されるように、南北に大陸中央部に向かって延びる別の山脈の中にある国として描かれている。

「確かに、帝都は宮殿の水源になる山が一つあるだけで、こんなに三角は並んで描かれてない。

――そう言えば、最も詳しく地形を表したと言っていたけれど、詳しくない部分もあるということか？」

テリーの目のつけどころがいい。髭の司書も良い質問を受けて笑顔だ。

「距離に関しては、この地図は帝都から離れるほどにずれていく形で描かれています」

「何故そんな描き方を？」

「世界は球体だから、平面に描こうとすると何処かをずらさないと歪むばかりなんだよ。だからこれは方角と地形を表すことを重要視した地図なんだ」

図法が違うから前世ほど精密ではない。それでもこの世界、専門の学者なら世界が球体であることを知っているんだよね。

そんな僕たちの会話に、双子も興味を持った。

「球体って、丸いの？　でも僕たちの足元、真っ直ぐだよ？」

「そうだね、ワーネルの足は地面についてて、頭は天を向いて真っ直ぐだ。じゃあ真っ直ぐって何かな？」

「斜めにならないことじゃないの？　地面に足がついてて、頭が天を向いてたら真っ直ぐ」

ワーネルの疑問にさらに問いを重ねたら、フェルが狙いどおりに答えてくれる。だから僕は拳を作って見せた。そしてもう片方の手で人差し指を立てて、拳の裏に隠すようにする。双子から見れば、丸い拳の上に指が立ってるように見えるはずだ。

「じゃあ、この拳が球体の世界だ。指の先が天を向いてる。そして指の根元は地面についてる。これをこう動かしたら真っ直ぐ？」

僕は拳をそのままに、指を立てた手だけを時計回りで横に動かして見せた。

「違うよ。斜めになってるから真っ直ぐじゃないよ」

「あれ、でも天向いてて、地面についてるよ？」

フェルが気づいたことで僕は拳ごと、反時計回りに動かして見せる。つまり、人差し指が進んだ地点を、双子から見て真っ直ぐになるよう調整した。すると、立てた指だけ動かした時と同じ形になる。

球体の上を歩く限り、地面は下、天は上。これは変わらない。真っ直ぐなままだ。

「僕たちの先祖が世界は球体であると気づけたのは、長大な距離を大移動したためなんだ。その時のことに関してこんな話が残っている。――正午に日が中天に達すると、底まで真っ直ぐ照らされる井戸があった。そこからひと月真っ直ぐ西に歩いて旅をした時、同じく中天を通る際に底が照らされる井戸を見つけた。でも正午ではその井戸には影が差していた」

昔の頭のいい人は、それだけで太陽からの距離に変化が生じる角度が存在することに気づいたそうだ。そこから角度を計算して、球体だと気づいたらしい。

「でも、平らに見えるし、地面が曲がってるようにも感じない…………」

「僕たちはこの目で世界の全てを見ることはできないものだよ、テリー。けれど計算なら証明もできるんだ。前に言った、近くだったり離れたりで見えるものが違うのと同じだ。見方を変えれば見えることもあるんだよ。次に会う時には、世界が球体であると証明する計算式探しておこうか。何で読んだんだったかな？」

「おや、帝室図書館にございますが、大変高度な理論書であったはず。それを理解なさっているとは——第一皇子殿下に、あの書籍を貸し出した記録はなかったような…………？」

「か、家庭教師が、本を貸してくれることもあるから」

しまった。セフィラが盗み読みした本だったみたいだ。というかこの髭の司書、僕が借りた本把握してるの？　下手なこと言わないようにしよう。

「えっと、球体だとよくわかるのは地平線や水平線だと聞くけど？」

「よくご存じで。船乗りであれば、外洋の水平線が湾曲していることを目にすることもあるそうですが、私も見たことはございません」

髭の司書は、経験がなくても知識はあるようだ。話をそらすためにも、僕は南ばかり見てた目を北に向けた。

西方の山脈と北方の山脈が交わる辺りに、ハドリアーヌ王国がある。入り組んだ海岸線はひび割れのように大地を削って内陸深くへと続いている。しかも幾つも枝わかれしては行き止まりになっていた。

「北西の地形は、神が千切り取ったような土地だと言われます。大きな山に囲まれていたり、山を回るように蛇行していたり。ただの川の流れとも違う地形となっているのです」

髭の司書は、テリーたちに向けて大陸内部から外海へ出て、ようやく開かれた航路だという説明をしている。神がどうこうというけど、僕から見ると前世の地理で習ったフィヨルド地形なんだけどね。

氷河による浸食でできた複雑な地形というやつで、大型船を浮かべられるだけの深さもある。だからフィヨルド周辺には、内陸だけど港を持つ国々がひしめいていた。

「名前を消されている国があるのは何故だろう？」

テリーが気づいて指す先は、確かに上から紙を重ねて名前を消されている。そんな国々は、ハドリアーヌ王国周辺にあった。

「ハドリアーヌ国王が侵略した国々かな？」

「そのとおりでございます」

パッと見、隣接する四つの国を制圧したようだ。しかも周辺では比較的大きな国で、数えればもっと小さな国や都市国家も併呑されているはずだ。

これを一代でやったなら、確かに暴君と呼ばれもするだろう。

「これでいうと、トライアン王国と隣国になったのは最近なのかな？」

地図上では名前が消された国を併呑したことで国境を接する形になったように見える。

「いえ、元より港が向かい合う形の国でしたから。かつてはトライアン王国のほうが勢い強く、ハドリアーヌを従えていたこともあり、長く国としての関わりはあるのです」

髭の司書は博識らしく色々教えてくれる。ハドリアーヌ王国だけじゃなく、それ以前はトライアン王国が強国として一時代海運を牛耳っていたことなんかだ。

時代の皇帝が別荘に様式を取り入れるほど隆盛した時期もあり、大陸中央にある帝国の中で河口から海に出られる地形を持つことは大きな優位だったとか。

「ですが、帝国から独立したことが斜陽の始まりだったのでしょう。力をつけ、帝国からは独立し、対等な同盟を求めもしたのですが――」

トライアン王国は帝国からインフラ関係を全て切られ、自らが賄うとなった時、海にばかり注力していたつけを払うことになった。国内産業が上手く回らず、情勢不安となって傾いたという。そのせいで独立してからは国力が弱まり、主要国から転げ落ちた歴史がある。

「その斜陽の裏で立ち上がったのがハドリアーヌ王国なのです。継承戦争などを行っていた小国の一つが、大国の傾きを追い風に成り上がりました」

僕とテリーは髭の司書の話を真面目に聞いていた。インフラの話とか、トライアン王国が周辺国をまとめきれない隙を突いたハドリアーヌ王国の話とか、今までとは違う視点での歴史の話だ。

蔵書は全てセフィラが網羅してしまっているから、帝室図書館行きは見物気分だったんだけど。思ったより良い学びになる話が聞けてる。

「テリー、ありがとう。来られて良かったよ」

髭の司書の話がひと段落した時、僕は隣にいたテリーに心からお礼を言った。きっとテリーが言い出さなかったら自分で足を運ぼうとは思わなかったし。

「そう、良かった……。私が、兄上を手伝えることがあるなら言って。必ず兄上を助けるから」

テリーは何処か安堵した様子で笑みを返してくれる。そして、決意を表すように胸の前で固く拳を握ると、自信を持ってそう言ってくれたのだった。

五章　ハドリアーヌの王太子一行

楽しかった春と初夏はあっという間に過ぎ去ってしまった。そして夏になった今、僕は宮殿の離宮でハドリアーヌの王太子一行を出迎えた後だ。

場所を宮殿じゃなく離宮にしたのは、表向き代表者である王太子が成人していないから。裏の理由はハドリアーヌの暴君が、帝位を主張したことを許していないアピールと、帝国の貴族からの手出しを極力避けるため。

宮殿から庭園を挟んだ場所にある離宮で、僕の凱旋の晩餐会をやったり、夏に船遊びをしたりした場所。旅行はできないけど普段とは気分を変えるような目的で使う離宮だ。

つまり、庭園を歩いていてたまたま来るには距離があるし、人の出入りも確認しやすい。そこに、言ってしまえばハドリアーヌの王太子一行を押し込めるんだ。

「毎日あれなのかな？　生母がそれぞれ違うっていうのは聞いていたけど、あんなにギスギスしてるなんて」

「そこまでですか？　やはり私も離宮内に待機していたほうがいいのでは？」

外交を行う離宮に同行できる身分のないウェアレルが、耳を下げて心配してくれる。出歩くのは禁止だけど、宮中警護のイクトと侍女のノマリオラは、僕の休憩室として用意された離宮の一室に待機してくれていた。

ウェアレルは僕がハドリアーヌについて準備する手伝いもしてくれたから、気分的には頼りがいがあっていてくれたら嬉しい。けど、離宮に最初から配属されてる人たちの仕事を奪うからって、イクトもノマリオラも決まった時間以外に出入りさえ嫌がられてる。

そこにウェアレルまで拘束されるのはあまりいい手ではないと思う。

「僕はあくまで名目上の接待役。実務は父が用意した人たちがいるし、離宮には離宮専門で働く人たちもいるから、準備も指示も僕がする必要はない。そこは大丈夫なんだよ」

さらにハドリアーヌ側も外交するために役人を引き連れてるから、そっちの対応は宮殿の役人が行う。つまり僕がいなくても、離宮では物事が進んでいくようにされていた。

なのに僕をあえて据えたのは、もちろんハドリアーヌの王太子を抑えるため。好き勝手されないためのお目付け役だ。だから歓迎のためと歓談しては時間を浪費させ、親睦のためと言ってついては周りに目を光らせる。

「今日は旅の疲れが出たからって早めに休んでくれたけど、僕は日が落ちてから宮殿に戻ることもありうるよね」

正直、初日で僕も疲れた。何が疲れたって、あのハドリアーヌの王女たち、全員仲が悪いんだ。表面上は笑ってるのに、裏を読んだらチクチク嫌み言ってるんだもん。もう完全に敵同士って感じだった。

「あの暴君、ようやく大人しくなったと思ったら、結局女関係でのしこりを解消もしないでとんでもない遺恨残しやがって…………」

　まだ暴君生きてるよ、とか言うには、ヘルコフには言うだけの根拠があるようだ。

「なんだか実感がありそうな言い方だね？」

「俺が現役時代には、あの暴君も元気なもんでして。親も小国で王位争う戦争やってて、勝った後を継いだのがあの暴君です。最初から隙あらば国を奪い取ることしてたんですよ」

　そして攻められる側の国からは、帝国に対して助けを求める要請が届くそうだ。またハドリアーヌ王国が国土を広げるとともに、帝国の領地とも境が接するようになったとか。

「攻める姿勢見せる度に、国境のほうから防衛強化の嘆願があってですね。実際挑発ひどくて派兵されたこともありました」

「帝国領内の端も端に、この帝都から？　ご苦労なことだ。いや、もしや治安維持や食料供給のためか」

　イクトが推測すると、ヘルコフは肯定するためか口の端を引き上げて笑って見せた。僕も地図を見たからわかるけど、ハドリアーヌは帝都から北西の端の端。それでも境を接するのは帝国領だから、そこに争いを避けて逃げて来る避難民がいると対処しなければいけないそうだ。

「しかもハドリアーヌ側は、大砲誤射したとか言って帝国を戦争に巻き込もうとする」

「そんなことをして、なんの意味があるのですか？　もう少し言いつくろい方というものがあるでしょう」

　驚き呆れるウェアレルに、ヘルコフは苦笑いで手を左右に振ってみせた。

「これがけっこう馬鹿にできない戦略でな。そうやっていちゃもんつけて突発的な戦争状態に引き込む手だ。これで近隣併呑した実績がハドリアーヌ王国にはあるんだよ」

戦争の準備万端で当たり屋行為をし、怒って対応すれば戦争に引きずり込まれる。攻められた側は準備が足りずに占領され、実効支配でなし崩し的に併呑されるという。

距離があるから帝国に助けを求めても、動き出した時にはもう助けを求めた側の国の上層部は挿げ替えられた後。助けを求める側が手の平を返す形で、帝国の口出しを封じるそうだ。

だから、帝国の国境に嫌がらせをするのもその土地の領主を攻め落として、帝国が本腰を入れる前に土地を削るための行動。国家レベルでのヤクザ行為なんて、暴君の名をほしいままにするしかない。

「それになぁ、やっぱり距離があるから兵出すのも金がかかって腰が重いんだ。軍が通ると港との商売に滞りが出るから調整も面倒らしくて」

思い出して溜め息を吐くヘルコフ曰く、いざ帝都から国軍を送っても、しつこかった挑発もやめるんだとか。

「勝てない戦いはことごとく逃げるんですよ。その上で敵対する相手の悪評は大声で喧伝する。恥ずかしげもなくむちゃくちゃやるからこそ、周囲の対応が遅れれば呑み込まれる。呑み込まれれば力にされ、次の乱暴狼藉が繰り返されるってもんです」

暴君の名に恥じないことを平然とやってのけた、それがハドリアーヌの君主らしい。

「面倒なところは暴君と国内からも批判があるにも拘らず、国王オクトヴァスは領土を広げ、国力を増強し、強兵を実現した名君の側面もあることですね」

ウェアレルに言われるまで、暴君で気にしてなかったよ。もう暴君で定着した気がするな、オクトヴァス国王。口に出す時は言っちゃわないように気をつけないと。

それに暴君と国内からも呼ばれる人物が父親だと、あの王女たちみたいになるとすれば、とっても世知辛い気分になる。

僕が明後日の方向を眺めると、イクトは離宮がある庭園の方向へと顔を向けた。

「国の安定のためには直系男子が欲しい。けれど何人もの妻を替えて得られた嫡男はたった一人。しかも安定的な継承と国の維持を望むには心もとないとは……まさに因果応報」

「子は親を選べないっていうし、そこは別で考えたいな」

思わず前世の両親を思い浮かべてしまった僕の言葉に、イクトはすぐさま謝罪する。別に皇帝になった父を怨んでなんていないし、僕を産んだ母は覚えてもいないしって、因果応報だとしたら母が死ぬほどのことをしたって解釈にもなるのか。

僕は手を振って見せて許しを与え、話を戻すことにした。

「暴君在位中だけでも内外に軋轢生んでるっていうのはわかった。そういう感情が今も巻き込まれた人々にあるってことは心に留めておくよ。ただ今は、僕が直接対応する王太子や王女について取りこぼしがないようにしたい」

「では、妃殿下より追加で入ったハドリアーヌ側の情報をお伝えしましょう」

王太子が来る前に、ハドリアーヌ王国と外交官の行き来があった中で、妃殿下が入手した生の情報というやつだ。

「まず第一王女ヒルドレアークレ。第一子であったため出生当初は暴君も大変寵愛したとか。生まれてすぐに王国最上位の女性称号を与えたそうですが、王妃の失脚と共に庶子に落とされた際、その称号も失っています」

ウェアレルは手元の書類を速読しながら教えてくれる。ぱらぱら眺めてるだけに見えるけど、ちゃんと読んでるらしい。そんな特技あるなんて今回のことで初めて知ったよ。

そして続くのは、生の情報だからこそわかる最初の王妃の流産経験や、時を同じくして起きた故国トライアンでの政変の影響。

「例の名君が没した後の暗君の時代のことでしょう。つまりは流産の苦痛と後ろ盾が揺らいだ不安、そして男児への期待というプレッシャーが重なった結果、精神的に参ってしまったと」

イクトが大変なことを淡々と纏めた。しかもウェアレルから資料を受け取ってさらに続ける。

「精神を病んだため離縁するも、国許へ送り返すにはトライアン王国が政変中。受け入れ先がないため離宮に捨て置いたそうです」

生母が死ぬか、外戚が失脚したら庶子落ちなんて珍しい話じゃない。どちらかと言えば僕が皇子を名乗れている状況のほうが奇特な例だ。

ただ、暴君の女性関係は思った以上に非情だった。

「はぁ、次の王妃は最初の王妃の女官？　つまりは離縁する前からの愛人ってわけか。しかも生まれたのが娘ってことで落胆して寵が薄れた？　あぁ、主人への裏切りってことで周囲からの評判も悪かったのか」

イクトから資料を回されたヘルコフの熊顔がどんどん渋くなっていく。どうやら第二王女ナースタシアの生母は、ストレスから病んだ最初の王妃とは対照的に、ストレスから第一王女を継子虐めすることで発散していたそうだ。

「いくら妃殿下が集めたとはいえ、そんな情報、外に出るの？」

「殿下、ここは人少なすぎるくらいですし、出入りも限られてるんで。参考にするなら、弟殿下方に会いに行かれた時の人の多さと、出入りを考えてください」

ヘルコフに苦笑いされた。そう言えば普通の王侯貴族は常に誰かが侍ってるから、プライベートなんてないね。

「二番目の王妃はすでに故人ですから、死人に口なし。今だから言えると口の軽くなる者もいたでしょう」

またイクトが非情なことを言うけど、まぁ、そういうことなんだろう。そして二番目の王妃は浮気の冤罪で処刑。うん、冤罪ってところも今になって証人をしていた人が偽証を懺悔したとか話が出て来てるそうだ。

「そして第二王女のナースタシアは、あまり追加情報はありませんね。後ろ盾の外戚の大半が王太子側についていているせいで、注目度も低いようです」

ウェアレルは僕が微妙な顔をしていることに気づいて話を進める。三番目の王妃は王太子を産んで亡くなったことと、二番目の王妃と血縁があった以外には特筆することはない。

「四番目の王妃がレクサンデル大公国公女。この頃トライアン王国に新たな王が立ち、その者は最初の王妃の従兄で、元王妃の処遇に大変立腹したそうです」

妃殿下の情報では、この頃から今までハドリアーヌ王国とトライアン王国は仲が悪いらしい。一方的に最初の王妃を離縁した暴君は、そのまま情勢不安になったトライアン王国にも攻め込んでるから当たり前だけど。

「持ち直したトライアン王国に宣戦布告の気配があったそうです。ハドリアーヌを守るために帝国の有力者と結ぶ政略結婚だったと。レクサンデル大公国は武勇を誇る国でもありますし、港の船来品を商う街道にも面していますね」

ウェアレルが追加情報をくれつつ、第三王女ユードゥルケの背景を語る。

本当に勝てない戦いはしない暴君だ。それだけあくどいからこそワンマンができるんだろうけど、子供の状況を考えると父にもテリーにも見習ってほしくはない。

「……………けど、そうして離縁して庶子に落ちた王女たちは、今継承権を持つ王女として来ているよね？　そこもまた何か政治的な動きがあったのかな？」

「そこで六番目の王妃、今も健在の方が関わるようですよ」

ヘルコフが僕の疑問に答えつつ、本当に浮気して処刑された五番目の王妃は飛ばす。子もいないから、今回のハドリアーヌの王太子一行とは関わらないしね。

「六番目の王妃は第二王女ナースタシアと王太子フラグリスの血縁者だそうです。二人を養育し、ナースタシア王女に国内の有力者と結ばせる橋渡し役をしたとか。これは政略的な動きと言えばそうでしょう」

今の王妃の血統は、三人も王妃を出してる。つまりハドリアーヌの有力貴族ってことなんだろう。

「王太子の看病も率先し、今は病に伏した暴君につきっきりだそうです。その上で、女子相続が可能な王家に、王女三人を復帰させる働きかけをしたと」

「つまり、六番目の王妃は国の存続を重視したわけか」

暴君が引っ張って来たからこそ成り上がったハドリアーヌ王国だ。王太子一人が死んで終わるような王統じゃ安定しない。だから病で弱った暴君を説得して、庶子にした王女たちを嫡出子に戻した。王太子が斃れた後も王位と国が続くように。

「陛下は継承に口を挟むつもりはないし、王女たちに順位をつけることはない。もし優先順位をつけるにしても王太子一択だ。けど帝国にいる貴族はそうじゃないんだよね。――帝国貴族と関わりが深いのは、第三王女ユードゥルケだけだと思っていいかな?」

祖父が帝国の侯爵で大公だから、派閥持ちだと思っていいだろう。そう考えて聞いたら、ヘルコフが肩を竦めて見せた。

「そうでもないようですよ。第一王女は、トライアン王国の後ろ盾を受けています。それをより強固にするため、トライアン王国の王子と結婚したとか。このトライアン王国と所縁ある帝国貴族は後押しをするだろうとの皇妃のご意見です」

妃殿下からの情報に警告が書いてあったそうだ。妃殿下しっかりトライアン王国関係の貴族をピックアップまでしてくれていた。

イクトもヘルコフの横から資料を見直して応じる。

「その中でもトライアン王国に関わる筆頭は皇太后であるので、決して近づけないようにと注意書きがありますね」

「へ？　皇太后って、あの…………？」

予想外の名前に目を瞠る。

皇太后は本来皇帝の母親のことだけど、父の母はニスタフ伯爵夫人で妃ではない。今皇太后と呼ばれるのは、先帝の正妃だ。

先帝が存命の内から離宮に住む人で、今まで父に接触したことはない。それは無言の反発で、父を皇帝だと認めない意思表示だ。

「陛下が皇太子に立てられるまで、自らの娘の子を皇太子にしようとしていたと聞きますね。それ以前にルカイオス公爵との政争に敗れ、宮殿の最奥にある離宮に幽閉されていたのですが、皇太子を巡る争いでさらに幽閉をきつくされたとか」

「えぇ？　娘のって、つまりは自分の孫ぉ？」

思わず言ってしまったのは、春に一人皇太后の孫にあたる人物を知ってしまったから。同じ場所にいたヘルコフも眉間に皺が寄る。

「ニー…………ギン…………なんでしたっけ？　いや、奴はどうでもいいですね」

思い出せないヘルコフにつられ、セフィラに聞いたらニヴェール・ウィーギントだと教えてくれた。けど、うん、確かにどうでもいい。

（ルカイオス公爵は、レクサンデル侯爵と領地が近いことで関係が悪いこと。その後見を受けている第三王女が利益を得るような場は用意したくないと読める箇所があります）

（今からでも第三王女が有利になるよう計画を始めますか？）

セフィラが妃殿下の情報を見たらしく、婉曲に描かれたために漏れた情報を教えてくる。

（する意味、ルカイオス公爵への嫌がらせ以外にないじゃないか。それにレクサンデル侯爵は、自分の利権を守るために陛下の反対勢力に回ることも多いって聞いてる。そんな相手に力つけさせるメリットないよ）

不穏な提案をしてくるセフィラをあしらって、僕は目の前の側近たちに意識を戻した。

「ルカイオス公爵と競るくらいの人が出て来られると厄介なのはわかった。――けど、警戒するにしても顔と名前が一致しないのが問題かな？」

妃殿下に警戒すべき貴族の一覧をもらったけど、相手から来て名乗ってくれないと今のところ警戒のしようがない。

「ふむ、では我々よりも貴族関係に明るい者を離宮で待機させましょう。いないよりましなはずです」

そういうイクトは、貴族の端くれだけど貴族としての社交なんてしてない。使える伝手と言えば仕事関係で、それだけ雑に扱う相手となると……レーヴァンかな？

僕がゴーサインを送った翌日朝、離宮へ向かう馬車の前には不服を隠さないレーヴァンが待っていた。

「あのですね、今回の件はごぞんじのとおりユーラシオン公爵が噛んでるんです。姻戚関係の近いストラテーグ侯爵は中立決め込んで巻き込まれたくないんです。俺を呼びつけるのやめてもらえません？」

「僕の宮中警護ってことになってるんだから、こういう時くらい役に立ってよ。名簿の人物の顔を教えてくれるだけでいいから」

「正直、なんの名簿か聞きたくもなければ見たくもないんですけど」

抵抗するレーヴァンは放っておいて、僕は馬車に乗り込んだ。そして同じ宮殿の敷地内にある離宮へ向かう。

宮殿の敷地には三つの離宮があって、向かう先は一番小さく宮殿に一番近い離宮だ。そして二番目に近い離宮は一番規模が大きく、専用の庭園も付随している。最後に、一番遠い場所、庭園の先、運河の先、そして狩りができるほどの林の先に、皇太后が幽閉された離宮があった。

ハドリアーヌの王太子一行が宿泊する離宮に着くと、離宮に詰める者や使用人たちからお出迎えを受ける。その中には、僕と同じくらいの年齢の少年もいた。

「やぁ、おはよう……ソティリオス、早い、ね……」

紺色の髪に緑の目をした少年は、鈍さを演出する僕の声かけに苛立ちを抑える様子で口角を下げる。

「第一皇子殿下、お待ちしておりました。すぐに、お時間をいただきたい」

言葉つきは大人っぽいけど、イライラが隠せてないのはまだまだ十二歳らしさってところかな。

「そして、その口調はできる限り早く、はっきりと、直してください。また昨日のように笑われることになりますよ。あなたがどれほど笑われようと僕、失礼、私はかまいませんが、帝室が笑われ

るに等しいということを自覚してください」

過去一度だけ顔を合わせたことのあるユーラシオン公爵の長子ソティリオスは、ずいぶんと怒りっぽくなっているようだ。

まぁ、帝室の代表で来た僕が、昨日はこのふりのせいでハドリアーヌの王太子一行に笑われたからね。自分の上に立つのに何笑われてるんだってことなんだろう。

けどこのキャラ今さら崩すのもなぁ。今以上に警戒されたり排除に動かれたりしても面倒だし。ユーラシオン公爵とソティリオスには、まだまだ騙されてほしいところだ。

そしてできれば、ハドリアーヌの王太子一行もこんな第一皇子つけられるくらい歓迎されてないとでも思って早く帰ってほしい。そうすれば僕は弟たちとこの夏、遊ぶ時間が取れるかもしれないんだから。

＊＊＊

僕の願いもむなしく五日後、離宮の使用人を取りまとめる人のほうからヘルプがあった。

離宮にハドリアーヌの王太子一行が来てからの日課は、朝の挨拶から今日の予定の確認。外交官たちはそれぞれに会談をもって、必要な段取りをさらに補佐をする人たちが行う。

僕のほうでは音楽会を催したり、庭園の散策に誘ったりと用意してあるレクリエーションの案内役をしている。そしてもちろん僕一人じゃレクリエーションの準備や調整なんてどうしようもないから、周りには父が用意した人たちが常に働いていた。

それぞれ仕事があって、僕は進捗を確かめたり、最終調整まで終わったことを受けての裁可を下したり。後は接待役としてうろうろするだけのはずだった。

助けを求める侍従長が現われた時には、進捗を確認した後。手が空いてるのはちょうど僕だけという状況。

休憩室にいるイクトとノマリオラもここにはいないから、十二歳の子供が相手をする。不安なのか申し訳ないと恐縮してるのか微妙なラインの表情を侍従長は浮かべていた。

「王女さまへ面会希望の貴族方が、その、遺憾ながら………困ったことになっておりまして」

「それは、許可………してあったはず、だよね？」

僕はこの五日、口調を装ったまま対応している。優雅を旨とする貴族が多いから、ゆっくり話すのを邪魔する人もいないし、けっこう時間稼ぎと皇子という優位を誇示するのに使えてた。

そして離宮にやって来る帝国貴族は許可制で絞ってはいるけど、拒否はしてない。遥々大陸の北西の端から帝都にやって来るんだ。この機に遠い姻戚や利害関係者と顔を繋いだり、他国の情報を得たりと外交を望むのは帝国貴族側からの要望もある。

だからちゃんと予約と手続きをして、王太子一行が孕む継承者としての争いを焚きつけるような人じゃないと精査していた。…………はずだったんだけど、どうやら上手くいかなかったようだ。

「まず、どの…………王女……かな？」

「第三王女ユードゥルケ殿下でございます」

数日見ていての印象は、良く言えば天真爛漫。悪く言えば傲慢で命令し慣れた王女らしい王女。

今年七歳くらいだったかな？　双子を思えばまだ周りを困らせることもあるかもしれないとは思える範囲だ。

ただ前世の記憶から、三文安という失礼な言葉が浮かんでくる。まだ小さいし、教育の成果で立派な淑女になる可能性もあるんだから、変な思い込みはしないようにしよう。

「……対応は、君が…………したのかな？」

「はい、勝手は困りますと申し上げましたが、聞き入れられず。こうして皇子殿下を煩わせてしまい、申し訳ございません」

侍従長は実務や人との繋ぎを担う役職で、正直偉い。相応の経験と知識、場合によっては身分も必要になる。この人は離宮における僕の侍従長という立場だから、ここにおいては実務の代表みたいな人のはず。

それが言って聞かないって、つまり穏便に説いたり、機嫌を取っても駄目ってことなんだろう。さらには皇帝が用意した外交官ではなく、あくまで離宮の仕事をする人を困らせるって、どういう状況？

「出入りは…………氏名と、目的を……記録して…………あったはず、だね？」

「こちらにお持ちしております」

侍従長も解決を願うための段取りは考えてあったようだ。そして名簿に目を通した僕は、予想外のため思ったままを呟く。

「多いね」

今日ユードゥルケ王女への面会のため離宮にいるのは、ざっと三十人。名前を聞き取れずに人数だけを急いで示したところもある。

「どうして、こう………なったのかな？」

「お連れさまが。日に日に増えておられました。数度、ご予定にない方のご同伴は遠慮いただくよう申し入れましたが、一人か二人だった同伴者が、今では一人につき五人、六人と」

なるほど、それなら許可する者を絞っても、三十人くらい増える。こっちとしては穏便にしてほしいから、パワーゲームしないように人数を絞ったのに。そんな無理を押し通すなんて。

あと、出迎えの対応は上級使用人がしていたため、王侯貴族相手には強く止められなかったそうだ。侍従長が一度出ても、引いている間にまたやって来るとか。さらに離宮の見張りには宮中警護もいるんだけど、使用人側からは宮中警護にものは言えないから連携もできない。

「注意は、したんだよね？」

「可能な限り、失礼のないよう対応させていただいております。ですが、王女殿下の決定に口を出すとは無礼だとお叱りを受けました」

侍従長は自分の裁量の内でできることはやった後。今回離宮の実務を任されているから、ルカイオス公爵派閥の人でも、相応に有能な人が回されてるはずだ。

そんな人が対処できないって、面倒だな。レクサンデル侯爵は帝国貴族としては小さい派閥持ちだ。もちろん両公爵には劣るけど、新興のハドリアーヌ王国の外交官よりも宮殿では顔が利く。

つまり、侍従長側の背後関係なんかも透けてる可能性がある。もしくは、侍従長という職責では手が届かないところを見極めて動いているか。

あちらが、ここで王太子よりも目立って存在感を狙いたい目論見はわかる。だったら、余計な争いを起こさない内に僕のほうから止めておく必要もあった。

「ちょっと…………様子を、見に行こうか」

これは放っておいたらもっと面倒だ。後継者としては王太子が一強だけど、健康に問題がある。そして王太子の次を睨む者たちからすれば王女三人は横並びに近い。

未だ復興途中のトライアン王国と繋がる王女、王太子の外戚と近く国内の支持を受けやすい王女、ハドリアーヌとは距離があっても安定したレクサンデル大公国の王女。帝国という社交場で存在感があれば、国内外からの声望を集めた者がリードできる状況だ。

「困るなぁ…………」

僕は一応代表だから、動くと他の者たちも仕事の手を止めて対応しなくちゃいけない。

父が用意した実務者や外交官も、事態をフォローするためについてくる用意を始めた。

今はいないソティリオスにつけられたユーラシオン公爵側の人もついてくるようだ。

（セフィラ。ソティリオス、何してる？）

（訪ねて来た貴族と面会中です。王太子との顔繋ぎを願われていました）

セフィラがすでに覗き見した後か。客対応で来られないなら、口出しされない間に済ませてしまおう。

「少数で、構わないから…………」

ついてくるなら急ぎの仕事がない者だけと婉曲に伝えて、僕は侍従長の案内を受ける。行く先はユードゥルケ王女が貴族を引き込んだという歓談のための一室。三十人以上が集まる賑やかさが廊下からでも窺えた。

この中はどうせアウェーだ。さっさと終わらせよう。

僕は内部の許しを待たずに入って注目を集めた。もちろん僕は名目上離宮を任されてるから、失礼ではあっても咎められるわけじゃない。

あと、僕が誰かなんて黒髪の子供でわからないほうが潜りだ。じっと何も言わずに見てると、ざわざわし始めた。

「まぁ、なぁに？　――誰か来たの？」

一人大人に囲まれて座ってたユードゥルケ王女が、ようやく僕の来訪を知らされて前に出てくる。赤みを帯びた金髪に大きなリボンを結ってあって、ピンクのドレスがお人形のような女の子。赤い瞳が僕を映すとわかりやすく侮りを浮かべた。

だからあえて笑いかけて見せる。

「レクサンデル大公国では、この対応が……礼儀に、適っている……のかな？　帝都では……ないこと、だけど……」

やんわり注意すれば、察しのいい人は慌てて目上に対する礼を執る。けどユードゥルケ王女はそのまま立ってて、僕の指摘の意味もわかってないようだ。

（七歳相手に通じるわけもないか。でも……。セフィラ、僕の後ろの反応わかる？）

（王女の礼を知らない様子に呆れています）

で、社交で来てるレクサンデル侯爵側の人たちは、帝国の外交官の印象が悪くなったことは察したようだ。そうなると社交場で声望を得るには、現状マイナスだともわかっただろう。

だったらもう子供相手だし、まずは注意一回でいいか。

「勝手な…………集会は、困るんだ。ユードゥルケ王女……」

「お話をしていただけの何が困るのかわからないわ」

子供らしい早口で、顎を上げる様子は愛らしさもある。けれど王位を望む人物としてはそれじゃ駄目だ。

これがハドリアーヌの暴君の娘としてなら、挑発としてはありだろう。けど状況を見るに、ユードゥルケ王女はレクサンデル侯爵の孫としてこの場にいる。皇子を相手に帝国貴族の縁者がそれじゃあね。

「…………だったら、わかるよう…………周囲に、尋ねては……どうかな？」

これで周りの大人が自重を促すかな。第三王女は見たところ、完全にお人形だ。たぶん兄姉と争うことや、人を集めることくらいは言い含められている。けど年齢からしても大人の事情まではその場で読み取ることはできない。

けど僕がこの集まりを快く思っていないと言外に告げたので、集まっていた大人は二回目があれば、もっとユードゥルケ王女への対応が悪くなるくらいは想像できるだろう。

「どう教えるか…………」

邪魔されて不機嫌になったユードゥルケ王女を残し、部屋を後にする。思わず呟いて顔を上げると、行く先から見知った相手が近づいて来ていた。ユーラシオン公爵子息のソティリオスだ。

「ユードゥルケ王女と予定にないお話をされると聞いてまいりましたが。すでにお戻りでしょうか？　何故ひと言もなく？　勝手をされては困ります」

「そう、集会を………していた、から。困ると、言いに………」

「そのような言い方をしたのですか？」

僕の返答に、すぐさまソティリオスは責めるように聞き返す。なんだかこの子は日ごとに怒ってる感じなんだよね。

名目は僕の補佐だ。ユーラシオン公爵が周りを巻き込んでマナーが不確かな僕だけじゃ不安すぎるって煽って寄越した。今のところ狙いどおり、鈍いふりする僕よりも、ソティリオスのほうに面会希望だとかの大人の誘いは行ってる。

ただそのソティリオスにも、ユーラシオン公爵家から補佐ついてるけどね。今はいいや。

「そんなことだからハドリアーヌ王国の王女方に笑われていたのを忘れたのですか。恥ずかしげもなく続けるのはいかがなものかと。そもそも何故僕に言わずに動いているんです」

こっちも感情に走る子供らしい早口でお小言だ。僕からしたら、十二歳が一生懸命にやってるなって感想しかない。肩肘張った様子を隠せてもいないし、ティーンの小憎らしさくらいしか感じないんだよね。

（ソティリオスはいいや。セフィラ、今度は周りどんな反応？）

（ここで言い出すことに呆れています）

だよね。ユードゥルケ王女たち固まってるから人いないけど、そういうことはちゃんとお客の耳に入らない場所まで移動してからがいいよね。

（注意事項に賛同もしています）

（気の抜ける喋り方だからねぇ。正しいことを言っても、印象が弱いんだよ）

それで言えば、ソティリオスみたいにはきはき喋るほうが上に立つ者として正しいとみられるだろう。けど僕は面倒ごとなんてごめんだ。僕が上に立つような振る舞いするだけ、弟たちと争わせようって人間を引き寄せることになる。

だからハドリアーヌの王太子一行の前では、この暖簾に腕押しなキャラでやらせてもらう。手応えからして、たぶんユードゥルケ王女は次があっても一日あれば、抑えられる。

「聞いているのでしょうか？　第一皇子殿下」

「…………あ、うん」

聞いてませんでした。なんて言ってないのに、聞こえたような顔でソティリオスが僕を睨む。

「ともかく、行動される場合は周囲の者へ声かけを行い、説明をした上で了承を取ってください。一人で勝手に動かれては困ります」

「…………善処、するよ」

日本人的お断りだ。ソティリオスは見張りのためにいるし、なんだったら僕のお株を奪うために送り込まれてきてる。そんな父に迷惑になるだけの相手を慮るつもりはない。

ソティリオスに対しても、のらくら逃げさせてもらおう。大人の狡さかもしれないけど、勝手をやるのは君のお父さんも同じだからさ。

あ、でも次があったら投げてもいいかも。こっちは手順踏んだっていう言い訳に使えそうだし。後はレクサンデル侯爵の側に王女の手綱を握る人がいるなら無用な備えだ。けど、いないなら次もまたユードゥルケ王女は問題を起こすだろう。

そして僕の想像どおり、ユードゥルケ王女はこちらの警告を無視して、また人を集めた。

「そこまでにしてもらいます、ユードゥルケ王女」

「今度は何？」

また怒るとうるさいから、今回はソティリオスを前に出して、許可も取らず人を集めたユードゥルケ王女に文句を言いに来た。けどユードゥルケ王女は年相応に嫌そうな顔をするだけ。

うん、二度目だから周りのほうが困ってる。これはこの大公国のお姫さまの手綱握れてないな？

（…………セフィラ、面会希望者にレクサンデル侯爵いたか知ってる？）

（離宮で作成される書類の類は朝夕に走査しています。――該当あり。すでに面会の申請は却下されていました）

そこはさすがに通さないよね。引っ掻き回されたくなくて父が引き受けたんだし。となると、手綱を握れるだろう相手はこの場には来られない。

（手紙の類は？）

（第三王女の右後方、巻き毛の人物がペーパーナイフと共に所持）

つまり手綱を握れるレクサンデル侯爵からの指示書きを、聞かせる直前に来てしまったらしい。

これは、うん、ソティリオスがやる気だし任せよう。

「姫君であるなら慎みを持たれてはいかがか」

「私がお話をするだけで慎みがないなんて、ひどい言いがかりよ」

ソティリオスも子供の割に言葉を選んでるけど、もっと子供のユードゥルケ王女には通じてない。

大人ぶってる子供と、子供らしい子供だから道理を説いても駄目なようだ。

こういうのは感情を動かすほうが刺さる。つまり塾でやってる勉強へのモチベーションを上げるのとは逆のことをすればいいんだろう。

「じゃあ、僕が……お話、しようか……」

口を挟んだことで、ソティリオスはむっとする。けど散々礼儀だとか慎みを語った後だから、皇子である僕に譲る以外にない。

そして引かないユードゥルケ王女には、しっかりとやる気をなくしてもらう。

「まずは、とても……基本的な、ことから……話そうか？　ここでの集まりは……君が、主催、して……いるのかな？　君は、ここへ……招かれて、来たはず、だよね？　……ハドリアーヌ王国の、王太子殿下が……主賓、と言って、わかるかな？　まず、君は……王太子殿下に、ことを――」

ひたすらゆっくり。そして間を空けて、続きがあるぞと身構えさせることを続けた。含みを持たせてるけど、内容は大したことない確認だけ。ただ相手には口を挟ませないまま延々喋り続けた。

もちろん相手の返答を求めるようでいて聞かない。この答えを聞かないって、言われる側からするとけっこう負担なんだよね。もちろん、十歳にもならないユードゥルケ王女は我慢しきれず癇癪を起こした。

「もう！　なんなのですか！」

「ユディさま！　お静かに、皇子殿下のお言葉を遮ってはなりません………」

「だって！」

「………可愛らしい、ことだね？」

涙目になって訴えるユードゥルケ王女に向けた言葉は、もちろん文字どおりじゃない。そんなに子供連れて来て何してるの？　って意味だ。

ただ僕が鈍いふりに騙されてたら深読みしない。けど聞いた側も幼稚すぎると思っていたら、僕の言葉の裏を考えてしまう。だからレクサンデル侯爵側の大半が、気まずそうに視線を逸らした。

「今日は、これで………。またお話、する機会も………あるかも、しれない……」

ちょっと可哀想だったし、できればもうなしでお願いしたいのが本心だ。僕がユードゥルケ王女のいた部屋から出ると、ソティリオスも後に続く。そして疑うような視線を僕に向けてきた。

「あれは、わざとですか？」

「何が………？」

なんでもない風を装う僕に、ソティリオスは考えあぐねる。出会った時から鈍いふりとか思わないよね。それに今まで僕は悪評を放置してるし、対処能力があるとは思っていないだろう。

仕かけた側のユーラシオン公爵自身ならまだしも、ソティリオスじゃ僕が噂どおりかそうでないかは真偽不明だ。そうして悩んで、このまま時間だけ潰れてくれればいいな。

まぁ、そう上手くいってはくれないだろうけど。

あ、でも後学のためにって、テリーから離宮の様子知りたいって言われてたんだ。どうしよう、今のところまともに話せる内容がない。無難に昼餐の様子でも話すしかないかな？

＊＊＊

離宮での接待役として、ハドリアーヌ王国の王太子一行と昼餐をするのがお決まりのスケジュールになっている。

正直、父に晩餐会してもらって良かった。前世的に言えば会食のような、格式ばった食事だ。そんな正餐の流れが経験としてわかるだけ、気持ちに余裕が持てた。

席順は僕が上座で、上座の対面になる席には主賓の王太子がいる。そして僕に近い所にソティリオス。その他昼餐に参加する外交官や顔繋ぎが許された貴族が同席してた。王太子の側には年齢順で王女たち。そしてそちらも外交官と貴族が並んでいる。

外交官と参加貴族の顔ぶれは日によって変わるけど、話は基本的に外交官たちが主導して問題ないように調整してくれた。だからたまに外交官たちが笑顔に隠してチクッとやるけど、基本は子供同席の昼餐で危うい会話もない穏やかさ。

けど今日はちょっと違った。

初対面で僕の喋りに冷笑を向けてきたはずの第一王女ヒルドレアークレが、食後のお茶の間に話しかけてきたんだ。

「――それで、第一皇子殿下にご許可をいただきたいことがございますの」

「何、かな…………？」

どうやらこういうことを言いたくて、今までほぼ無視してた僕に話しかけてきたようだ。

金髪に金の瞳という、外見上は僕の妹とよく似た色をしてるけど、ライアのほうが白金って言える繊細な色だ。身長も高いし体も豊満なほう。表情は素直で可愛らしいライアとは対照的で、神経質で疑り深そうだ。笑みを作っても何処か攻撃的な雰囲気が残る。タイプとしては第三王女ユードゥルケに似てるかもしれない。

その上で大人だから、嫡子じゃない良い噂もない僕を相手にしない方針だった。つまり今回絡んで来たのは利用する価値が出たってことか。

感情的なユードゥルケ王女に比べて、ヒルドレアークレ王女は宮殿にいる王侯貴族と同じく、情に流されはしないってところなのかな。

「わたくしも人を呼んで見聞を広げたいと思っておりますの。こちらへ招待してもよろしいかしら？」

「それは…………困るな……」

「まぁ、何故でしょう？　すでにユディ王女がこちらに人を呼んだと聞いておりますが？」

この姉妹、仲の悪さが呼び方に出てる。愛称は別に仲良しだから呼ぶってものじゃなく普段呼ぶからだ。名前そのまま呼ぶほうが上からの呼びかけになったりする。

その点ユディ王女と呼ぶヒルドレアークレ王女は、腹違いでも妹に対して王女と身分だけで呼びかけた。殿下とはつけないし上からで、敬う気もないことを匂わせている。

「注意、したんだよ……。もう一度、言わないと……いけないかな？」

妹のユードゥルケ王女がしたから、自分もなんて。そう言われて本当に鈍いなら、僕のほうが公平を期して引くくらいはするだろう。けど僕はふりだ。そんなことさせるわけない。

だから、君も帝国皇子を無礼にも困らせたと言われたいのかと裏に潜ませる。裏を読まなくても、表向き鈍いやら悪童やら言われてる皇子に注意されるって立場的によろしくないよね。

「まぁ、お手を煩わせることはいたしませんわ」

さすがに裏も表もどっちにしてもマイナスしかない状況に、ヒルドレアークレ王女が退く。

笑顔は維持してるけど、あまり諦めた様子もないようだ。

「ふふん、私は三十人は呼んだわ。次に会いたいって人はいくらでもいるの」

前世的に言えば小学一年生なユードゥルケ王女が、裏も表も読まずに調子づいた。子供らしい反応だけど、反省してない。さらに自分から退いたヒルドレアークレ王女を逆撫でしないで。

「田舎から来てるから、私ほどに人を呼べもしないのでしょう。無理はしないほうがいいわ」

完全に上から言うユードゥルケ王女だけど、実際地の利としては優位だ。

ヒルドレアークレ王女はトライアン王国の後援を受けてるから、帝国にいるトライアン王国所縁の貴族を呼ぶことはできる。ただ数には限度があった。

本拠が帝国内にあるレクサンデル大公国のほうが、所縁の者も多くいる。

「――二度も三度も多く者の前で恥をさらすなんて、わたくしにはとても真似できませんわ」

「ヒルデ王女は、できないのね。私には恥じることなんて何もないからできるのよ」

ヒルドレアークレ王女のわかりやすい皮肉に、ユードゥルケ王女が全く気づかず言い返す。失笑と嘲笑で噛み合わないけど、ヒルドレアークレ王女とユードゥルケ王女の間でバトルが始まってしまった。

今までヒルドレアークレ王女はけっこう大人しかったのに、何か火がついてしまったようだ。

「……では、困ったことがあれば、僕に…………言って、ください、ね」

声をかけるとユードゥルケ王女は嫌そうに口を閉じた。ヒルドレアークレ王女はたぶん裏でもかこうと考えていて、表面上は大人しく応じる。

無駄に揉めそうな昼餐が終わり、僕はソティリオスに小言を言われた後、周囲に声をかけた。

「少し、食後の休憩を…………するよ」

そう言ってソティリオスからも離れると、僕の移動に合わせて動いていた者は立ち止まって礼を執った。その中に、父の近くで見たことある者がいる。

「君……手が空いているなら、先に行って…………僕の侍女に、休憩のことを、伝えて」

「かしこまりました」

声をかけてみるとすぐに応じて動き出す。そして後から休憩室へ行くと、父の部下だろう人物は部屋で待ってた。

「さて、話を聞こうか」

僕はノマリオラが整えていた椅子に座り、父の部下に声をかける。何か言いたそうな顔してるけど、何？

そして今日もこっちに引き摺り込んだレーヴァンが頷いてた。

「どう切り替えてんですか、あれ？」

「いや、自分でもあれで合ってたかわからなくなってきてるんだよ。あの時思いつきでやったからさ」

最初にとぼけてみせた時にいたレーヴァンに、僕も久しぶりで上手くできてる自信がないことを告げる。けどイクトとノマリオラが複雑そうな顔をするから、たぶん鈍い皇子のふりはできてるんだろう。

一緒に離宮へ移動してるから、僕がそういうふりをするの見てるんだよね。それで悪評と騙されている相手を見て止めるに止められずいるって感じらしい。

「陛下からかな？」

「はい、お察しのとおりです。以前いただきました貴族の動向についてのご報告を」

僕はお飾りだ。それと同時に目くらましでもある。

離宮を名目上任されてる僕が動いてないってことで、安心してこそこそする人がいるんだよね。その中にソティリオスに働きかけて王太子側と懇意になろうとする者もいた。

ソティリオスは真面目らしく、ユーラシオン公爵から指示された人以外は寄せつけてない。王女たちもそれぞれ隠れて有力者と繋ぎを取ろうと動いてはいた。

今のところ表立って動く様子のない第二王女ナースタシアもそういうことはしてるんだ。対比としてはユードゥルケ王女が一番派手に、次いでヒルドレアークレ王女、そして王太子がユーラシオン公爵の伝手で貴族と繋ぎを取ってる感じかな。

けどそんなの僕の蔭で、他に動いてる者がいる。そういうの全部、セフィラが把握してた。レーヴァンにも顔と名前を確認してもらってリスト化し、父に回してる。その件で人が来たってことは何か動きがあったんだろう。

「こちらの貴族に関しましては宮殿のほうで対処を行うことをお知らせします」

新たに渡されたリストに目を通すと、説明が続けられる。

僕の派兵時に敵対勢力として目をつけていた貴族がいて、そこは去年から引きずり下ろす算段が進んでいた。そして僕の渡したリストはちょうど良く利用できるということになったそうだ。

つまり返ってきたリストに書かれた貴族は父の礎になってもらう相手。問題はリストに入ってない者だ。

「こっちで対処していいのかな？」

「可能でしょうか？」

「王女たちの出方次第かな。…………いや、もう一人やる気の人いるし、そっちに押しつけてしまおうか。彼らは野心家の新興貴族で合ってる？」

僕はレーヴァンに、リストを見せて確認を取った。

「そうですね。エデンバル家の没落やら、近衛の内部分裂やら、財務の更迭やら色々あったんで。

派閥の再編で繰り上がった者や、上が飛んで次男や三男が出てきたところもあります」

嫌そうにしながらも、やっぱりちゃんと貴族のつき合いはあるらしく、レーヴァンは逆に地盤のしっかりしてる貴族にチェックを入れ始めた。

元からハドリアーヌ王国の王太子一行を揉ませそうな貴族は弾いていたんだ。だから実際離宮に出入りできるのは、名の通っていない新興貴族。野心のある人が、自分の知名度を上げるためや大貴族の使い走りで寄ってきてる状態だった。

「つまりは体制が揺らげばつけ入ろうと動く人たちなわけだ。だったら、僕よりも良家の嫡男とお近づきになりたいと思うはずだよね？」

曲がりなりにも皇子だから、みんな一瞬何かわからない顔をする。けどイクトが気づいた様子で問い返してきた。

「ユーラシオン公爵の？」

「うん、どうやら僕のお目付役を自認してるみたいだし、その人を見る目で通すかどうかは見極めてもらおう」

ようは押しつけてしまおうってことだ。

というのも、ユードゥルケ王女の件から何故か僕への当たりが強くなってる。会えばお小言が来るし、僕ものらくらしてるから余計にソティリオスを怒らせるばかりで悪化の目途しかない。

ソティリオスが年相応に考えた一番いい対処を推してくるけど、それは僕のやり方じゃないし、目くらましにもならないから却下する。そんなお小言も繰り返ししてた。

「ここの人たちはハドリアーヌ王国が揺れるとわかってて、自分の利益が得られないかと狙ってる。だったら、僕よりも美味しそうな餌に食いつくはずだ」

「見る目のない者ばかりでございますね」

ノマリオラは無表情に毒を吐くんだけど、見る目があっても僕が困るよ。

「見る目ねぇ。ユーラシオン公爵のところのお坊ちゃんにあっても困るでしょうけど………。文武両道で社交も達者っていうんでけっこう押し出し強いですから、食いつきはいいんじゃないです？」

レーヴァンはソティリオスの対外的な評価を教えてくれた。

「へー、そうなんだ？」

「一応、第二皇子殿下と引き比べられる相手なんですから、知ってるかと思ったんですが」

「そうなの？　けど年齢違うんだし、比べるだけフェアじゃないね」

「いや、ユーラシオン公爵の嫡子は、同じ年齢のディオラ姫が帝都でその働きを認められたってことで勉学に励みつつ、武芸も疎かにはしないって評判になりまして。遅れて第二皇子殿下も家庭教師を増やして張り合ってるような形になってるんですよ」

言われてみれば、ディオラが帝都に呼ばれて表彰されることがあった。その後エデンバル家関係でバタバタした上に、翌年には僕も派兵されたからすっかり抜けてたよ。

「第二皇子殿下が見据えていらっしゃるのは、アーシャ殿下であって、ユーラシオン公爵令息に対して言及されたことはない」

イクトが聞いたままを言うけど、レーヴァンと一緒に父の部下まで苦笑いを浮かべた。

「そりゃ、第一皇子殿下見える所に出てきませんからね。評価されたいなら見える所に出てきてはどうです？」

「そんなこととしてもいいことなんてないでしょ。せっかくユーラシオン公爵が息子で十分と思ってくれてるのに。公爵本人が出てきたらどうするの」

「それ逆に、公爵本人くらいの大物じゃないと、相手にならないって言ってません？」

「言ってないよ、言ってない。——それじゃ、陛下にはこちらで対処することを伝えて。離宮の外に問題は出さないようにするから」

僕はレーヴァンとの軽口を切り上げて、父の部下に声をかけた。

というわけで、ソティリオスには教育の行き届いた嫡子のやり方を教えてもらうことにする。僕はふらふらと離宮を歩き回るように装って、セフィラのリークで入り込もうとする貴族を捕まえる。

そしてあえて対応にソティリオスを呼びつけること数回。ついでに侍従長たち実務の人たちのところにも自分で足を運んで、そっちにちょっかいを出そうとする人も見つけて追い払った。

そうして対応をソティリオスと、ユーラシオン公爵からつけられた人員に丸投げすること数日。

「王女方、ご自重を」

昼餐で顔を合わせたところで、ソティリオスがあえて注意を告げた。

「えぇ、もちろん」

口だけのヒルドレアークレ王女は笑顔で受け流す。

「離宮は広くても、人も呼べない狭さなのね」

そして誰かに言われたらしい嫌みという、これも口だけのユードゥルケ王女の返答だ。ソティリオスが苛立ちを抑えて平静を保とうとしているのを、僕は見てるだけ。

頑張りが見える分応援したくなるけど、僕としてはソティリオスごとユーラシオン公爵側にも足の引っ張り合いをしてほしい状況だ。そしてもちろん王女たちの後には僕も小言を言われる。

「感謝してほしいとは言いませんが、よくよく僕の、いえ――私の言うことに耳を傾けてください。これは第一皇子殿下のためなどではなく我が帝国の威信のために、務めを果たす上で必要なことでもあります」

ただソティリオスも王女たちも含めて注意しているせいで疲れてるようだ。

「王女方は人を呼ぶこと自体が目的です。この離宮で自らの名前で人を呼んで自らが主のように振る舞う。そうすることで宮殿の社交場に噂を広げる。そしてより多くの貴族の興味関心を誘う」

「…………うん」

「本当にわかっていますか？　その後にどうなるかは周りの者に――外交官に聞いてください。ともかく、そもそも自儘に振る舞えると思わせていることが間違いなのですから、あなたがその振る舞いをまず改めるべきなのですよ」

「そう……かな。――ねぇ、僕が…………昨日、誰と会ったかは……知っているかい？」

テリーと比べられると聞いたせいで、ちょっと試してみたくなった。けど、ソティリオスの返答は年齢に見合った予想の範囲を超えないもの。

「そんなこと知るわけがないでしょう」

素直に答えるソティィリオスは、もしかしたらユーラシオン公爵が僕を左翼棟に押し込むようなことをしているとも知らないのかもしれない。それだけ僕が他の貴族と結んで帝位に近づくことを警戒してるはずだけど。

今回完全にハドリアーヌの王太子を推すユーラシオン公爵の思惑は、そもそもハドリアーヌ王国と関わるべきじゃないっていうルカイオス公爵とぶつかってる。もしかしたら宮殿のほうでは、両公爵の鍔迫り合いが起こってて、僕なんか警戒してる場合じゃないのかも。

そしてソティィリオスの返答に慌てたのは、ユーラシオン公爵からつけられた補佐のほう。まぁ、社会人なら補佐するべき人間の動向知らないなんて、言ってられないよね。そこら辺はやっぱり年相応だ。

僕はソティィリオスの失言に気づかないふりで、休憩室に退いた。

「さて、ソティィリオスの奮闘により帝国で縁故を作りたい王女たちの動きは上手くいってない。ただ、それをさせないために離宮に隔離した陛下の思惑も、完全には機能してない状況だ」

休憩室にはイクト、ノマリオラ、レーヴァンだけ。

「最初の内はアーシャ殿下に近寄る動きもありましたが、擬態によって今はそれもありませんので、機能していないというほどではないでしょう」

イクトが言うとおり、僕の喋りにつき合うのを嫌がって訪ねて来る人はもういない。最初の内は名前だけの代表だから僕に接触して口車に乗せようという人はけっこういたんだけどね。

時間をかけて喋って、何一つ言質を取らせない。その上やって来た者を漏れなく父経由でルカイオス公爵に回すことをしてた。するとそういう扱いを受けるという話が回ったのか、僕を利用しようとする人はいなくなった。

セフィラ曰く、派兵時にあった僕が悪童だという噂は下火になり、代わりにとても鈍い皇子だという噂がまた広まってるそうだ。

「ソティリオスのほうは毎日誰か訪ねて来て大変そうだけど。断れないって面倒だね」

「逃げ回るの上手ですね、殿下」

「いやぁ、しつこく止める人たちが昔からいたからね」

レーヴァンの嫌みを叩き返す。僕が宮殿から抜け出してるって知ってるからこその言葉だけど、それだけ邪魔してる側に言われてもね。

「それで、そろそろ王女たち焚きつけてる人の目星はついた？」

僕が出て、ソティリオスに回してもまだ王女たちの争いが落ち着かないのは、外から焚きつける者がいるせいだ。ユードゥルケ王女はレクサンデル侯爵なのは間違いない。ヒルドレアークレ王女のほうは、トライアン王国から来ている大使なんかが外交官伝いには接触してる。

けど中心人物がわからない。誰がレクサンデル侯爵に一番近いか、トライアン王国と利益供与してるか。そういう繋がりは王侯貴族なら押さえておくべきだろうけどね。わかる人に集中して探ってもらったよ。

「第三王女に関しては、レクサンデル侯爵の懐刀の伯爵家から、姻戚の頭切れるって若手の貴族が指示出してるようです。ここはまぁ、辿りやすかったですね」

出入りしてるサロンでの注目度や、姻戚関係を隠してないからだってレーヴァンは言うけど、その辺りの伝手もまずこっちにはないんだ。今後も貴族関係の時にはレーヴァン引き摺り込もうかな。

「で、第一王女のほうはトライアン王国関係かと思ってたら違いましたね」

「そうなの？　姻戚とか血縁の関係かと思ってたけど」

「その関係と言えば関係なんですけど。殿下、ウィーギント伯爵家ってわかります？」

僕は聞き覚えのある家名に、知ってることを並べる。

「皇太后の長女が嫁した、継承権を持つ家でしょ。今は皇太后の孫が継いでるって」

「おっと、接点ないと思ったら知ってましたか。――その伯爵家の三男の、ニヴェール領主が動いてましたよ」

「え？」

ちょうど思い出していた相手の名前に、僕は聞き返す。その反応に、レーヴァンも眉を上げた。

「殿下と会ったことはないはずですけど？」

レーヴァンは左翼棟の出入りを見張る側だからこそ、宮殿では接点がないことを調べられる立場だ。

「帝都に戻ってから、ヘルコフが変な貴族に絡まれたって聞いたんだ。それがニヴェール領主って名乗る、若い貴族だって」

「えぇ？　あの人、貴族と問題起こしてたんです？」

「絡まれたのはヘルコフの知り合いで、困ってたから助けただけだよ。居合わせたワゲリス将軍と一緒にね」

「そう言えばけっこう親しい間柄らしいですね」

派兵前にはそんな噂もなかったけど、派兵中のやり取りは多くが目にしていた。帝都に戻って兵の身内から話が広がり、今になって親しいなんて噂が回っているらしい。

僕とは険悪な噂ばっかりなのに、ヘルコフだと親しいになるのはなんでだろうね。

レーヴァンは一度肩を竦めて仕切り直す。

「話を戻すと、ニヴェール領主は新興貴族で派閥なし。だからこっちもノーマークでした。けど生まれの家は名門で、生家なら伝手が広い。血縁辿ればトライアン王国に縁故もある。そこらへん使って繋ぎ取ってるみたいですよ」

ハドリアーヌ王国の王太子の後に、順当にいけば年齢順で王位は第一王女であるヒルドレアークレ王女に巡ってくる。そこに取り入って甘い汁を吸おうという新興貴族の意図はわかりやすい。

けど実際に見たニヴェール領主を思えば、そうは思えなかった。自らニヴェール・ウィーギントと名乗るその精神性は、帝国貴族として、帝位の継承権を持つ者としてのプライドを隠しもしていない。

それは執着とも言えるこだわりだ。他国の王女の下につくなんてイメージと違いすぎる。

「新興貴族なら、ヒルドレアークレ王女に与して、将来ハドリアーヌで成り上がり？」

「わざわざ自家立ててるんですから、そうでしょうね」

レーヴァンからすれば、ニヴェール・ウィーギントは生まれ持った縁故を使って取り入るために人を紹介していると考えているようだ。

ただ思い返しても、そんな成り上がりを望むようには思えない。これが未婚の王女なら自らが王配として血筋を他の帝位を主張する王統に載せることにも意義がある。

実際に、未婚で適齢期の第二王女ナースタシアには、貴族家の次男や三男などからアプローチがあると聞いてた。けどヒルドレアークレ王女は既婚者だ。相手は傾いているとはいえ一国の王子でもある。

「最大の後ろ盾だから、そこと争うような目算でヒルドレアークレ王女に近づくとは思えないし……………」

僕の呟きにレーヴァンは疑うような目を向けてきた。

「なんの話です？」

「ニヴェール領主には他の目論みがあるんじゃないかと思う。ウィーギント伯爵家と、引き合わせた相手の派閥や政治思想なんかわかるだけ教えて」

「……………伯爵家は、ユーラシオン公爵派閥と足並み揃えるってところで、政治思想は理解してほしいですけど」

僕の腹の内を疑う以上に、レーヴァンは言いにくそうだ。

つまりは父の帝位を認めない派。けど足並みだけで同じ派閥ではないってことは、自らが帝位にと望むのがウィーギント伯爵家ってことらしい。

レーヴァンは離宮への来館記録として残された書類を眺めて、眉を寄せる。

「ウィーギント伯爵家は派閥ってほどの規模もないですし、トライアン王国との縁がうっすらある程度ですよ。そこの三男なんて表立って面会を省かれるような裏も考えられないですし」

　ここはレーヴァンに何か糸口を見つけてほしい。イクトは貴族と言っても名ばかりで、ノマリオラは社交界への出入りがないから詳しくはない。

　そうしてレーヴァンに紙と睨めっこしてもらった翌日、離宮へ向かう馬車の前で言われた。

「俺じゃわからなかったんで、ストラテーグ侯爵さまにお尋ねしました。そしたらありましたよ、繋がり。なぁんで俺よりも疎いし若いはずなのに、こんな繋がり予見するんですかね」

「話すなら乗って」

　誘うとレーヴァンは素直に馬車へと乗って来た。

「今は解散した正妃派閥に所縁ある人たちでした」

「正妃派閥？　もしかしてそれ、皇太后のこと？」

「えぇ、今から二、三十年前までは政治に手出ししてて、そういう派閥形成してたそうです。嫡男を産めないとわかってからは、実家のトライアン王国も乱れてたんで、自分の足場を自分で作ろうとしてたとか」

　その頃はレーヴァンもまだ子供で実際のところは知らない。だからストラテーグ侯爵からの受け売りらしい。

　ちなみにその時の皇帝は、嫡男を作るために愛妾を抱えるのに忙しく、政治に正妃が口を出すのも止めなかった。代わりのように皇太后も房事に口を出せる立場だったけど、先帝は放置で自分の派閥作りに勤しんでいたとか。

結果、父を含む先帝の年齢の割に若い子供たちが生まれることになったらしい。

「ルカイオス公爵と競って負けたって聞いてるよ」

「そうですそうです。皇太后は自分の孫息子を皇帝にって。そのために邪魔な政敵陥れることをしてました。で、ルカイオス公爵が敵対してたエデンバル家と組みそうだったから、先にルカイオス公爵のほうが皇太后を潰して幽閉に持って行ったとか」

「うわぁ………」

「先帝は正妃を降ろして息子を産んだ愛妾をお妃にしたかったそうですけど、そこは皇太后が徹底的に抵抗したんだそうで。幽閉されてもなお頷かず、結果、先帝のほうがお先に――」

レーヴァンは明言せず両手を開いて見せることで、先帝が亡くなったことを示す。そして少し迷ってから続けた。

「皇太后にとっては運良く、邪魔な皇子が軒並み先帝より先にいなくなりました。実は幽閉先から、孫息子を奉戴(ほうたい)して宮殿に乗り込む計画とかあったそうですよ」

「乗り込むって………穏やかじゃないね」

「それもルカイオス公爵が潰しましたけどね」

「あぁ、言いたいことはわかったよ。そんなルカイオス公爵の後見を受けてる陛下を、歓迎はしていないって。そして、元正妃派閥に所縁ある貴族たちが、陛下の穏便にことを済ませようっていう気遣いを酌む気がないことも」

レーヴァンは言質を避けるように笑って見せるだけ。

うん、無礼でもそうやってはっきり言ってくれて良かった。

「じゃあ、もう、敵だ」

「うへぇ、犯罪者ギルドと同じ括りに入れるんですか…………。いちおう敵の敵は味方って言いません？」

「少なくともルカイオス公爵は陛下のお役に立ってるから敵ではないよ」

だから役立つどころか邪魔しようっていう皇太后は素直に敵だ。

「…………はぁ、殿下の目につくところうろついたのが間違いか」

そんなに警戒しなくても、僕は接点のない皇太后をどうこうできないし、現状皇太后が動いているかも確定じゃない。だからその伝手を利用して確実に動いてる、ニヴェール・ウィーギントを名乗る孫のほうを邪魔させてもらうつもりだ。

「それで元正妃派閥を動かして、ヒルドレアークレ王女をどうするつもりかわかる？」

「そこはまだ。かつての正妃派閥と結ばせてるのは、今のところ宮殿での話題作りみたいなもんで。ここで縁作って、すぐさま動くとも思えませんね」

「離宮でさ、園遊会の話をしてるんだよね、王女たち」

「あ、それは――」

レーヴァンもニヴェール・ウィーギントが動く理由に気づいて口を閉じる。

園遊会は皇帝主催で行われる、ハドリアーヌ王国の王太子のための催しだ。というか、基本僕が接待役で、皇帝が相手にするのはそこだけっていう塩対応。

対外的には歓迎はした、けど歓待はしてないっていう微妙な扱い。来たからには儀礼的なもてなしはするけど、それ以上の扱いはしないよって意思表示だ。

大人しくそれで帰ってほしいけど、向こうは歓迎されてないことも含めて来てるんだから、何かやるだろうっていうのは予想してた。

「完全に、今離宮に呼びつけてる貴族の誰を園遊会に入れるかの密談してますね」

「だよね。こっちで決めるって言ってるのに」

「連れだとか、迷い込んだとかで紛れることも苦しいですけど言い訳にしそうですし」

「そうして何すると思う？」

「まぁ、取り巻きぞろぞろ引き連れて回って示威行為でしょうね」

「陛下の主催なのに、挨拶もしない取り巻きで？」

「そりゃ、正式な客じゃないから挨拶なんてできもしないですし？」

「よし、陛下にお願いしてストラテーグ侯爵を園遊会に招いてもらおう。で、レーヴァンも一緒に参加して。それで顔と名前一致してる邪魔なのいたら排除お願いね」

「はい⁉」

「こっちでもできる限り連れてこないよう手は打つから」

話す間に離宮に到着した。レーヴァンは突然の参加は困るとか、準備があるとか、予定の調整だとか言ってるけど聞かないふり。僕は鈍い皇子の口調で話は切り上げた。

「それじゃあ…………行こう、か」

＊＊＊

園遊会当日、離宮の裏手に広がる緑地には、ガーデンパーティーの準備が整えられていた。茂るよう育てられた木立の下には幾つもの机と椅子。離宮側には色とりどりの飲み物や食べ物。

庭園のような花壇がない代わりに、植木で育てられた花木が道を作るように並べられている。花瓶って言うか、足つきの鉢のようなものには、切り花も半円を描くように綺麗に生けられて、各所に飾られていた。

夏の日差しの中、招かれた客は小粋な帽子を被ったり、可憐な日傘を携えていたり。楽器持ち込んでたり、いきなり歌い出したりする人いるけど、こういう集まりでの演芸披露は教養の内だそうだ。

うん、元庶民の僕にはわからない感覚だね。それより僕には気になることがあった。

「あ、また………」

僕は足元に転がる薔薇の花房を拾い上げる。するとすぐ後ろから注意が飛んだ。

「そうした物は自ら拾わずに、供回りに命じてください。第一皇子殿下」

そういうソティリオスは、すぐに自分の補佐に身振りだけで命じて、僕が拾ったごみを回収させる。確かにそういう命令し慣れてる感じは皇子っぽいんだろうけど。

皇子らしいことしたくないから、妃殿下に相談して目立たない程度の服にしたんだし。

僕は華やかな場にあって、周囲に紛れるよう緑を基調にした礼服を着ている。しゃれっ気と言えば、青いタイと薄黄色い布地に小花が刺繍されたベストくらい。空色に銀糸で大きく百合を刺繍したソティリオスのほうが華やかな印象の礼服だった。

もちろんそんなソティリオスがついてくるから、必然的に僕も目立ってしまう。だから他人の目のあるところで皇子らしくないことをするなというソティリオスの注意はごもっとも。ただ言えるなら、君がついて来なければいいんだよって言いたい。

（いや、そんな大人げないこと言わないけどね。ソティリオスはソティリオスなりに考えがあってやってるんだし。なんだっけ………子供を叱るな来た道だ、老人を嗤うな行く道だ、だっけ？）

（仔細を求める）

（そのままの意味だから、特に詳細なんてないよ）

ともかく僕はソティリオスに睨まれながら、園遊会の会場をふらふらと歩く。離宮でもやってたから、この行動自体を怪しまれはしない。

この皇帝主催の園遊会は、言ってしまえば帝国貴族による、ハドリアーヌ王家の次の後継者を品定めする場だ。そこで注目を浴びて名を売ろうと取り巻き集めをしていた王女たちは、現状、両手で足りるだけの人に囲まれたまま、大人しく木陰で談笑していた。

内心は、僕がうろついて散々邪魔したから、ぐぬぬってしてるかもしれない。けどヒルドレアークレ王女もユードゥルケ王女も、ことさらこの集まりを楽しんでいる風を演出してる。

自分が目立てないなら、相手も目立たせない。その上で少しでも周りに好印象を与えようと愛想良くしてるようだ。もうそのまま成果なしでお国に帰ってほしい。

一番目立つ会場の中央には、妃殿下を連れて父がいる。王女たちが勝手に取り巻きを作って練り歩くなんて阻止した甲斐があった。

中心人物がわかってからは、父に報せて、そっちから離宮に改めて指示を出してもらってる。お蔭で面会予約を取る時点で弾けたし、王女に紹介される人は減った。

父には妃殿下という心強い補佐がいるから、この園遊会は任せて大丈夫だろう。僕は僕のやりたいことをやらせてもらう。

（全く、ひどいことするよ。せっかく庭師たちが用意してくれた花を折り取るなんて）

今日一番綺麗に咲くっていう花を選りすぐってくれたのに、会場に飾った花が高確率で被害に遭ってるんだ。

（九時方向にて躓いて掴み、折り取った者あり。十一時方向では花の美しさを語りつつ持ち去る者あり）

セフィラの報せに左手正面から横を確認すると、花をふりふり女性を口説きながら去っていく若い紳士と、掴んで折れた花に見向きもせず去っていく老年の淑女が見えた。

（貴族の癖に手癖が悪いな！　――セフィラ、侍従長何処にいる？）

（離宮内にて指示を出したのち移動中。屋外へ出るルートです）

僕は折られた花を回収しつつ、セフィラの案内で侍従長の下へ。見た目が悪くなった花や、荒らされた木々などについて不備を告げて予備に替えさせた。

こうなると、長く宮殿に仕えてこういう荒らし行為があると知ってた庭師たちが、最初から替えを用意していてくれたことに感謝するしかない。

今度リン酸で肥料を作って持って行こう。そのためにも前世のホームセンターでなんとなく読んだリン酸肥料の説明書きを思い出さないと。確かイチゴの実をつけるのに使うとかで苗と土とセット売りにされてたような？

考えながら、僕は会場の不備を見つけては改善して回るということをして歩く。そうして動き回ることで、気づけばソティリオスの後追いも振り切っていた。

「これは……チャンス？」

皇帝が主催する、ハドリアーヌ王国の王太子一行を主賓にした園遊会。誰もが仕事でいるようなものだ。仕事上価値のない第一皇子に目を向ける人なんていない。あとは侍従長には定期的に会場の様子を報告してもらう形で、僕サボっても気づかれない気がする。

人目につかないところから離宮の休憩室へ向かおうかな。そう思って人気のない端へ足を向けると、何故か一人俯きがちに歩く少年を見つけた。

「失礼、大丈夫ですか？　……フラグリス、殿下……」

辺りに従者などはおらず、周りを見る余裕がなさそうな顔色をしているから、つい普段の調子で声をかけてしまった。雑に誤魔化してみたけど、この状況はおかしい。

相手は主賓であるはずのハドリアーヌ王国の王太子。しかも会場の端に向かって隠れるように移動してたのはどういうことだろう。

僕に顔を向けようとして動いた王太子は、体を揺らしてバランスを崩しそうになる。すぐに手を添えて支えると、呼吸が短く浅い。どう考えても体調不良だ。

「お疲れ、でしたら……………こちらへ……………どうぞ」

ゆっくり言いながらも、僕は支えた王太子を問答無用で移動させる。園遊会のために用意してある休憩スペースがあるから、そこに引き込んでしまおう。誰かに見られるかもしれないところで倒れられるよりましだ。

見た感じは線は細いけど、見るからに病弱ということはない。細身なのは母親が血縁である第二王女ナースタシアと似通っていたし。ただ手を触れて支えてみれば、薄いと感じた。

噂どおり生まれつき病弱らしい。

「さぁ、お座り、ください……………」

僕は休憩室に控えていた離宮の侍女に命じて、侍従長へ連絡し、王太子の従者を呼ぶように指示を出す。室内には他に人はいなくなったけど、気にせず王太子にソファーを勧めた。

本当は医者でも呼んで対処してもらったほうがいいのかもしれないけど、他国の王太子だからね。許可もなく帝国の医者に診せると何かと角が立つだろう。まずはその辺り酌んでくれる従者を連れてきてもらうことからだ。

「すわ、れない……………そんな、弱い真似は、できない」

ソファーの前まで連れてきたら、うわごとのように着席を拒否された。マナーでは主催者に勧められてもいない椅子に座ることは駄目だったはず。とは言え、ここはマナーが必要な会場じゃない。

これは、自分が何処にいるかもわからなくなってるのかな。一から説明してもいいけど、少しずつ支える僕にかかる重みが増えてる。これは早く座らせないと立ってもいられなくなりそうだ。

「では……僕は、座りたかったので…………座ります」

言って、王太子を支えたままで、僕はソファーに座る。半分体を預けていた王太子も、つられてソファーに座り込んだ。

ついでに身を添えて、クッションも引き寄せ、もっと寄りかかるように姿勢を整える。それで少しは楽になったのか、息を吐くと同時に王太子の体は萎むように力を失くした。

「ご自分の、状態はわかりますか？」

鈍いふりじゃなく、体調の悪い王太子にしっかり聞き取れるよう、ゆっくり問いかける。すると王太子は、ようやく僕が誰かに気づいた様子でこっちを見た。

「あ、これは第一皇子殿下」

「いいです、そのまま…………。休んでいれば、治りそうですか？　今、従者の方を捜すよう、言ってあります」

「…………はい」

うーん、これは強がりだな。他国の者に弱みを見せるなって言い含められてるのかもしれない。これはさっさとバトンタッチしたほうが、王太子の体調的にはいいだろう。

そう思っていたら、慌てた様子でドアがノックされた。

「フラグリス王太子殿下、こちらですか？」

僕が返事をすると、すぐさま従者たちが数人室内に入って来る。そして僕の姿に肩を跳ね上げ、王太子が寄りかかってる状況に困惑して次の言葉が出ないようだ。

「お話、相手を………していただいて、いました。………無理を、させたかも、しれませんので………このまま、この場所をお使い、ください。…………人払いは、して………おきましょう。要望があれば、廊下に……侍女を、置いておきます」

言い訳を伝えて、僕はさらにクッションを追加しつつ王太子の隣から離れる。後は自分たちで対処してほしい。

僕はそのまま室外に出ると、従者を呼んで来た侍女にも、中に入らず廊下の向こうで待機しているように命じる。

「………やることがない………」

呟きに見れば、立ち尽くすソティリオスが廊下にいた。どうやら従者たちと一緒に僕がいると聞いて来たようだ。中で体調不良になった王太子がいることも知ってるらしい。

園遊会が始まってすぐは、今さらなハドリアーヌ王家姉弟の注意事項とか喋ってたけど、気づけば黙っていたような？　侍従長と話してた辺りかな。

王太子の不調に気づいて対処するって大事なところで、何もできなかったことがショックなようだ。だいぶ気負っていたし、実際やってみたら上手くいかないなんてよくあることなんだけど。まだまだ人生経験の浅いソティリオスは、落ち込んでしまっている。

僕もう外に戻るんだけど、これはまた撒いて大丈夫かな？　もっと落ち込まれるとさすがに罪悪感覚えそうなんだけど。

僕は廊下の角を曲がってソティリオスの姿が見えなくなりつつ考える。ともかく逃げ隠れはせずに、一度園遊会の会場へと戻ってみた。

「これは、アスギュロス殿下。ご無礼を承知でお聞きしてもよろしいでしょうか」

そうして離宮から出たら、第二王女ナースタシアが待ち構えるようにしていた。赤みのある金髪はユードゥルケ王女に似ているし、金色の瞳はヒルドレアークレ王女に似ている。そして全体的な顔の造りは王太子に似ていた。そんなナースタシア王女は、誰かを捜すように目を動かす。

今日までこのナースタシア王女は、王太子に寄り添うように問題も起こさずにいた。もちろん仲の悪さを覗かせる姉妹の会話には参加していたけど、表面上は模範回答を繰り返してる。初対面でも僕の喋りに対して愛想笑いで反応を隠し通しもしていた。

こうして声をかけられたのは初めてのことだ。

「フラグリス殿下、でしたら…………休憩…………して、いただいて、います」

「まぁ…………ご厚情、感謝いたします」

ナースタシア王女の金色の目が、初めて僕を正面から見た。細面で淑女らしく柔らかな印象だったのが、途端に意志の強さを感じさせる。

こうしてみると、情の強(こわ)い姉と、我の強(つよ)い妹の間に生まれた姉妹なのだと実感できた。周囲の視線が僕とナースタシア王女の取り合わせに気づいて集まってるのを意識してるんだ。

特定の相手と仲良くしてるなんて思われる状況はよろしくない。

そう思ったら、ナースタシアは綺麗に笑った。けれど目は変わらず僕を見据えていて、親しみの感情なんて見つけられない。

「温厚で、気配りがあり、笑みを絶やさず、和ませる方。わたくし、これほど殿方に心惹かれたのは初めてでございます。聞けば素敵な好人物であるにもかかわらず婚約者もいらっしゃらないとか。残念なことでございますね。もし機会があれば…………私……」

しんとした次の瞬間、辺りはうねるようなざわめきに変わった。

僕はソティリオスを捜したけど、背後二メートルくらいの場所で驚いて固まってる。こういう時のための補佐じゃないの⁉　助けて！　模範回答を教えてよ！

いや、ともかくここはこのままじゃいけない。

「勿体ない、お言葉です。素敵な方に褒められて、嬉しい…………けれど、お応えできないことが…………申し訳ない」

僕がお断りを告げても、全くナースタシアの目は揺るがない。

これはやられた。僕は完全にだしにされてる。注目を集めて騒ぎになればそれでいいんだ。そのために今日まで姉妹たちの動きにも引っ張られずじっと潜んでいた。

派手に振る舞える伝手なんてないからこそ、この一番人が集まる日を選んで狙いすましていたんだろう。国外の後見がない第二王女が、帝国で存在感を演出する舞台装置が揃うのを。

今の僕は、態よく使われた形だった。

六章　園遊会のその後で

園遊会は、表面上はなんの問題も起きずに終わった。そう、表面上は。

ハドリアーヌ王国の王太子一行の王女たちが勝手に取り巻きを作って練り歩くこともなければ、代表である王太子が体調不良で倒れるなんてこともなかった。

園遊会で誰それが目立っていた、誰それがこんな失敗をしたなんてよくある話。成功しても失敗してもおおげさに広められて社交界の話の種にされるっていうのもよくある話だ。

そして皇帝主催の園遊会は、ハドリアーヌの王太子一行に対して行われる最初で最後の公式行事。それが終われば後はやることないから帰れと言うだけ。

だから園遊会が終わった後には、妃殿下に招かれての兄弟でのお茶会をする予定を入れていた。なんの憂いもなく、大変だったね、なんて弟たちに話して聞かせる予定だったのに…………。

「兄上！　求婚されたというのは本当ですか⁉」

妃殿下のサロンに足を踏み入れた途端、十歳を前に皇子らしさを前面に押し出していたはずのテリーが走り寄って来た。

「兄上、どのお姫さまなの？　なんて言われたの？」

「兄上、結婚するの？　家族になるってことなの？」

ワーネルとフェルも好奇心に目を輝かせて、とことこと寄って来る。テリーも合わせて頬が紅潮するくらいに興味津々。その期待に満ちた表情は、初めて錬金術を見せた時を彷彿とさせる。

もうそんなことに興味が出て来るお年頃なんだねー。僕の弟たちかわいーなー。

現実逃避ぎみに考えていたら、軽いけど跳びはねる音がした。

「アニーウェ！」

僕がテリーと双子たちに囲まれてるせいで、ライアが自己主張のためにぴょんぴょん跳ねてる。たぶん状況はわかってないけど、楽しそうな笑顔の妹はもうそれだけでかーわーいー。

「あぁ………、癒される……」

「まぁ、アーシャ。疲れているのでしたらすぐにお座りなさい。あなたたちもこちらへ」

様子を見ていた妃殿下が、僕の癒しを求める呟きに反応する。せっかく忙しい社交期の今、場所を用意してもらったのに、妃殿下の顔はさっそく曇ってしまっていた。

「やはり無理をさせているのでしょう。もっと人を回せるように――」

「いえ、その辺りはすでに十分に。…………その、ハドリアーヌ王国の方々は、あまりこう、兄弟姉妹で同席しても、ですね……」

僕が濁した部分を、妃殿下は察してさらに慈しむような視線を向けてくれる。なんだったら僕が兄として弟妹を気遣う優しさはわかっていると言葉を尽してくれた。うん、これもこれで癒される。

「――それで、実際のところはどうなのですか？」

「妃殿下………」

ちょっと期待の目で見ないでください。僕が利用された状況は、園遊会の当日に説明したのに。もしかして…………単に恋バナ好きなんですか？

「変わらず、ご期待に沿うようなことはございませんよ。——そして、テリー、ワーネル、フェル。お相手はナースタシア王女。僕はその場でお断りを告げているよ」

「何が駄目だったのか、後学のため教えてください」

「テリー…………。う、うーん、後学のためになるようなことは何もないんだよ。求婚されたというのがそもそもおおげさに噂にされただけでね」

「じゃあ、兄上はどんな人が好き？　王女は好きじゃなかった？」

「ねぇ、兄上はどんな人と結婚したい？　王女は嫌だった？」

「あのね、お庭のお茶会、楽しかった？　どんなだった？」

わーい、弟妹から大人気な感じで正直嬉しい。嬉しいけど、うん。何が駄目って、いや、本当…………あの姉妹、仲が悪いんだよ。

園遊会でナースタシア王女が僕に求婚したと噂され、その話はもちろん姉妹にも伝わった。途端に相手を選べないのかとか、求められないにしても焦りすぎだとか、言葉を婉曲に、笑顔で、世間話風にしつつ絡んでたんだ。

ナースタシア王女は、そんなつもりはないとか、誤解させたかもしれないとか言い訳をして、園遊会では何を言われても逃げ切ってるのが、また役者だった。

翌日から、どんどんナースタシア王女に対して真偽に興味を持った貴族たちからの面会希望があり、さらには社交期で集まった王侯貴族の間でも名前が挙がるようになってる。

面会を求める時に、手紙や贈り物を届ける貴族もけっこういて、隔離してる離宮でもナースタシア王女の注目度が跳ね上がったのは目に見えたんだよね。

その上、毎日やってる昼餐の時に、同席した外交官相手にもこの方はどんな方？　なんて姉妹に聞こえるように有力者が興味を持っている様子を、わかりやすく見せびらかしもしてる。

そこまで来ると、第一王女あたりはやられたことに気づいてた。第三王女はレクサンデル侯爵の指示らしく、嫌そうに僕とナースタシア王女との関係を探るようなことを言わされる場面も。

本当にナースタシア王女は上手くチャンスを掴んだ。園遊会も終わっていつ帰国するかわからないハドリアーヌの王太子一行だ。興味関心を持った王侯貴族は、実際のところを知るために今急いで行動しなければいけない。

それがさらに競争意識を刺激するし、話題に乗ろうとすれば真実を聞きたいとナースタシア王女に近づかなければいけない。今まで人を呼ぶこともできなかった立場から、求められる側へ劇的な転身を果たしていた。

けどそんなこと、弟たちに言ってもなぁ。

「実はね、騒がれているほどのことなんてなかったんだよ」

僕は幼い弟妹たちに、大人のずる賢さなんてわからないよう言葉を選ぶ。テリーは後学のためと言ったけど、もうちょっと大人になってからのほうがいいと思う。

ここにはライアもいるし、僕にそんな気は全くないからね。

「フラグリス王太子が体調を悪くなさっていたのを僕が見つけたんだよ。騒ぎにならない内に休憩スペースに案内したすぐ後だったから、感謝の気持ちで僕を持ち上げすぎたのかもね」

実際ナースタシア王女も、求婚に思えるけど、違うって説明もできるくらいの線で言葉を選んでいたと思う。ようは向こうにもその気がなく、周りが騒いでいるだけだってことだ。

だから妃殿下はこっそり残念そうにしないでください。

僕は妃殿下には気づかないふりをして、ライアの質問にも答えた。

「お庭でのお茶会は、いつもよりうんと飾りつけて、お客をお迎えするんだ。そのために用意されたお花がとても綺麗だったし、香りの良い果木も飾ってあって歩くだけでも楽しかったよ」

そう言ったら、ライアの金色の瞳は純粋に、裏もなく、楽しげに細められた。

「あのね、準備を母上と見に行かせてもらったの。お花がいっぱいでね、こう、こんなに大きな花瓶にね、いっぱいの人がお花挿してたの」

ライアは楽しげに、身振り手振りでお話ししてくれる。どうやら庭師たちが花を飾っている様子を見ていたようだ。なるほど、荒らされた後の会場よりも準備中のほうが美しい会場造りを学べるね。

「兄上、ナースタシア王女は、何か目的があって、求婚の噂をそのままにしてるの？」

ライアが興味を引きそうな話をしている間に、テリーは何かに勘づいてしまったようだ。しかも触発されて、双子も考え始める。

「帝国の皇子だから？　皇子と一緒にいると偉いんでしょ？」

「優しそうだったから？　皇子を怒らせたら駄目なんでしょ？」

双子の家庭教師は帝室の身分をどう教えてるんだか。いや、もしかしたら周囲を観察して、そういう風に利用する人の言動を覚えてるとか？

ともかくこれは変に誤魔化すよりも、実態を柔らかく伝えたほうがいい気がする。僕は妃殿下に目配せすると、許可するように頷いてもらえた。

「そうだね、多くの注目を集めるために、ナースタシア王女は僕に声をかけたんだ。でも、一緒にいたいわけではないし、たとえ怒っても――ひどいことはされないと思ったんだろうね」

怒ってもいくらでもあしらえる、なんてさすがに言えない。政略を理解していれば、皇子である僕がハドリアーヌ王国の王女と縁談なんて現状現実的じゃない。後見する貴族もいない僕なら、後見の薄いナースタシア王女でも対応できる。

思惑としてはその辺りかな？　僕の人となりを見た上でやったとは言え、第一皇子が接待役と知った時点で画策していた可能性もある。

「………………そんな、がっかりした顔をしないでよ」

「でも兄上が次のハドリアーヌ国王の配偶者になったら――」

「テリー、そういうことは思っても言っちゃだめだよ。それに次代のハドリアーヌ国王は、現国王が遺した事後処理で、一代が終わってしまいそうな情勢だし」

「アーシャ、まだハドリアーヌ国王は健在ですよ」

おっと、テリーに注意したら、僕も妃殿下に窘められてしまった。遺したなんて気が早すぎるね。

「兄上、王女は兄上と結婚したくないの？　できないの？」

次はワーネルが鋭い質問を投げかけてきた。

「いい質問だね。御しやすいとみられたなら結婚はしたいんじゃないかな？　第二王女だけはハドリアーヌ王国外の後ろ盾がない。もし継承権が巡って来ても、妹に出し抜かれるかもしれない状況だからね」

僕たちが真面目な話を始めたとみて、ライアの侍女が話についていけない妹をあやし始める。僕はありがたく弟たちに向き直った。

「だったらなんでできないの？　兄上に好きって言ってもらえない人？　言えない人？」

続いてフェルが核心を突いてくる。本当に双子は鋭い。

「僕はまだナースタシア王女のことを良くは知らないし、ナースタシア王女の立場からも言えない、が正解かな」

僕は王女たちの後ろ盾がハドリアーヌ王国に限らないことを確認して続ける。

「ヒルドレアークレ王女はトライアン王国の後援がある状態で、両国の対等な同盟で結びつけることを是としている。そしてユードゥルケ王女は、帝国内にあるレクサンデル大公国が後援で、大公国を富ませることを目指してる。どちらもナースタシア王女が帝国の皇子と結んで帝国の後援を得ることを良しとはしない」

テリーは聞けば理解できるけど、双子はまだ思惑や情勢を深く理解するのは難しいようだ。疑問は出てくるけど、他国のパワーゲームの様相なんて、触れたこともないことには想像が追いつかないんだろう。

「可能性を考えたらきりがないんだけどね」

帝国国内でも僕が帝位を主張するハドリアーヌ王国に婿入りなんて邪魔する動きがあるだろうし、ナースタシア王女のほうでも他国の介入を嫌がる国内勢力からの反発が予想される。

「結婚という結びつきは大切だからこそ、大きな意味と意義を持つものなんだ。本当にならなくても、可能性があると思わせるだけでも人が動く話題だ。そういうみんなに気にかけてもらう話の種が欲しかったんだよ、ナースタシア王女は」

「つまり、兄上を利用しただけ？」

テリーが途端に眉間を険しくしてしまった。さらには双子が顔を見合わせて不穏なことを言い出す。

「えっと、もてあそんだ、だっけ？」

「違うよ、もてあそばれたんだよ」

誰だ、そんなけしからん言葉を教えたのは？　妃殿下も口角が下がってしまったじゃないか。

僕は咳払いをして双子に諭す。

「ワーネル、フェル。僕は弄んでもいなければ、弄ばれてもいないよ。そして、テリー。弱い立場から相手の力を利用することは決して悪いことじゃない。その上で、君はきっと僕よりもこういう厄介ごとが降りかかる可能性があるんだ」

「え、私に？」

戸惑うテリーの視線を受けて、妃殿下はしっかり頷く。

だってテリーは、僕と違って間違いなく皇帝の嫡子だ。より上を目指そうという未婚のご令嬢たちは、ジャイアントキリングよろしく隙を突くどころか意表を突くアプローチを敢行する可能性が否定できない。

「テリー、今後ご令嬢方との関わり方については礼儀作法で教えられるとは思います。今回アーシャが巻き込まれてしまった状況から、学ぶこともあるでしょう」

「は、はい……………肝に、銘じておきます」

そうか、マナーの教育の中には女性あしらいもあるのか。ただ妃殿下はちょっと怖がらせ過ぎじゃないかな？　そんな真面目な顔で諭さなくても。

うーん、でも継承権四位でいい噂なんかない僕でもこんな扱いされるんだし。弟たちは今からでも異性に対する警戒心を身につけて遅くはないのか。

そんな風に弟たちのためになるなら、僕にロマンスなんてなかったんだって寂しい話も、意義はあったと思っておこう。

僕は楽しくもない話題から、心待ちにしている話を振る。

「妃殿下、ハドリアーヌの王太子一行が帰国した後、離宮の使用は可能でしょうか？」

「そのことだけれど、まだライアに船の上で立ち歩かせるのは危ないのではないかと思うの。だから、もう一つの離宮へアーシャを連れて行きたいとこの子たちが」

妃殿下が口元に手を添えて、微笑ましそうに教えてくれた。見れば、テリーと双子がやる気を顔に表して僕を見てる。

僕が派兵の間に一番大きな離宮で遊んだと手紙で聞かされてたけど、そこを僕に案内してくれるってこと？

「楽しみです」

弟たちに笑みを向けて妃殿下に答えながら、僕はできるだけ早くハドリアーヌの王太子一行に帰国してもらえるよう考えていた。

＊＊＊

園遊会も終わり、ハドリアーヌの王太子一行の滞在は一カ月を越えた。帝都で会うべき人とはそろそろ面会終えてるだろうし、そろそろ帰国の準備について話を振っていい時期だ。

僕はそんなことを考えながら、宮殿左翼棟から離宮へと移動する。さすがにもう宮中警護のレーヴァンは同行してない。園遊会に上司のストラテーグ侯爵も巻き込んだから、そっちから別の仕事させると手を引かされた。

ナースタシア王女の行いでもっと離宮が騒がしくなるとわかって、レーヴァンを逃がした形だ。ストラテーグ侯爵って本当、保身には手堅いなぁ。欲出して僕に探りを入れることさえしなかった。やられてたらストラテーグ侯爵も巻き込もうかと思ってたのに。

「第一皇子殿下、連絡事項を確認してください」

そして園遊会から妙にやる気を出してるソティリオスが、手元のメモを見つつ声をかけてきた。

「今朝のハドリアーヌ王太子の体調に関しての所見と、食事内容と侍医、治癒専門の魔法使いの動きから推測される病状です」

「うん……ありがとう………」

本当にやる気だ。そんなに王太子の体調不良で手を出す隙がなかったの悔しかったのかな？

「勘違いしないでください。あなたのためではなく、帝国のために行っていることですので、礼は不要です」

相変わらずカリカリしてるなぁ。無闇について回ることしなくなったからいいけど、焦って先回りしようとしてるように見える。その内疲れが出るんじゃないかな？

いや、ソティリオスには専属補佐がユーラシオン公爵につけられてるし、僕が気にする必要もないか。

「それと、ハドリアーヌ王太子が第一皇子殿下の午後の予定の確認を申し入れています」

「あぁ、そう…………。とくに、ない……ね」

余計なことをしないように組んであるレクリエーションはある。けど、僕個人の予定を聞いてきたってことは、レクリエーションとは別にお話をしましょうという歩み寄り。

どうも他国の行事で倒れるなんて失態を犯す前に助けたことで、好感情を持たれるようになった。

ソティリオスが妙にやる気なのは、ユーラシオン公爵が推す王太子が僕に接近するような様子があるせいもあるんだろう。

「では、私と共にお伺いするという返事を出します」

「…………うん」

やっぱりソティリオスついてくるのか。向こうはナースタシア王女がついてくるんだよね。で、そうして僕たちが集まると、情報を掴んだヒルドレアークレ王女とユードゥルケ王女も参加してくるんだ。

そうなると昼餐みたいに舵取り役がいない状態で、姉妹がちくちくやり始める。その会話の中で、第一王女と第三王女が僕とナースタシア王女の接近を阻止したい動きはわかった。

これはもう、ナースタシア王女への面会を一度解禁して、その気がないってはっきり伝わるようにしたほうがいいかな？　そっちのほうが貴族たちの熱も冷めるかもしれない。ただ、現状を利用しているナースタシア王女が協力してくれるとも思えないし。

僕は夏の内に弟たちと遊ぶため、これ以上長引かせない方法を考えながら、昼餐の場へと向かった。まだ昼餐には早いけど、侍従長からの連絡を受けて確認をしに行くんだ。

「だから、ソティリオスは……来なくても……いいんだよ？」

「正餐の場に対する認識が甘いようですね」

逆にむっとされてしまった。確かに相手先の重役との会食の場だと思えば重要なんだろうけど。園遊会をひと区切りとして印象づけるため、ちょっと模様替えしたって聞いたから見に行くだけなのに。

とは言え、王族的なちょっとを測り間違えていたことは反省しよう。

テーブルクロスや飾りの類、椅子に至るまで全て総取り替えされていたのには驚いた。絨毯もカーテンも、飾られていた絵画すら変更されていて、印象が全く変わっている。

そして絵画は、海の景色を描いたもの。これは婉曲に帰れってことなんだろうな。これは機会があれば、僕もそれとなく絵画の話を振って、帰国を促さないといけないかもしれない。

そんなことを考えつつ、昼餐までお飾りとして座っておくため部屋に戻ろうと廊下へ出た。すると、玄関に通じる方向に歩く人影。見れば、目立つ羽根帽子の年若い貴族がいる。

「あ………」

「あれは――ニヴェール・ウィーギント卿？」

「知って、いるの？」

気づいた僕に続いて、ソティリオスが卿と呼ぶ。つまり、ニヴェール領主であり、騎士という身分も持つという基本情報を押さえているらしい。

「これはこれは、ユーラシオン公爵のご令息。それと――第一皇子殿下でございましょうか？」

僕らが立ち止まって見ていることに気づいた途端、ニヴェール・ウィーギントは大股で近づいて来た。そして礼を執るんだけどずいぶんとおざなり。

「………ソティリオスの、お知り合いかな……？」

「ご挨拶をしたことがあるだけですが」

「ははは、噂に違わぬ方のようだ」

僕はあえて無視する形にしたんだけど、ニヴェール・ウィーギントは以前会った時と変わらず傲慢なようだ。

だいたい、ヒルドレアークレ王女にかつての正妃派閥の貴族を仲介していた中心人物。離宮への出入りはさせないようにしていたはずだ。

ニヴェール・ウィーギントの後方に控えるのは離宮の侍女。廊下の向こうで見た限りは、案内するような形を取っていた。つまり、この侍女が手引きしたのか。何かそうするだけの縁故ある人間がいたようだ。

本人を排除したから、そういう関係性がある人間が最初から離宮にいるなんて考えてなかったな。侍従長に仕事を増やすことになってしまうけど、このことは知らせて再発防止してもらおう。

「ニヴェール・ウィーギント卿という名は、今日の……来客には、いなかった………はずだね？」

「何故ここにいるのか話を聞く必要があるようですね」

こっちでニヴェール・ウィーギントを排除したけど、ソティリオスには情報共有をしていないので教える。すると、ユーラシオン公爵派閥と足並みを揃えるウィーギント伯爵家ということで、ソティリオスが引き受けてくれるようだ。

ただ、排除された側のニヴェール・ウィーギントは、笑顔を取り繕って逃げを打つ。

「お忙しいユーラシオン公爵家のご令息に時間をいただくのは心苦しい。ましてや、私は女性をお待たせしているので申し訳ない」

それ、絶対第一王女のヒルドレアークレ王女だよね？　行かせないよ。

「では、お帰りの………見送りを、ソティリオス。顔見知り、なんでしょう……？」

ソティリオスは嫌そうだし、一緒にいるユーラシオン公爵家の人間も、どうしてこんな格下にと言いたそうだ。けど、そんなことされたくないのはニヴェール・ウィーギントも一緒。

だから僕は鈍いふりで押しつけて、さっさとその場を後にした。侍従長に今あったことを伝えて、その後は休憩室に退く。

「ニヴェール・ウィーギントがまた来た。園遊会も終わって、ヒルドレアークレ王女に会う理由はなんだろう？」

休憩室には今日、ウェアレルとヘルコフもいる。家庭教師名目じゃ入れなかったけど、僕へのお届け物係としては入れた。何せ、僕の側にいる人間が少なすぎて、逆にはっきりそうだと言える身元が確かな人が限定されていたから。

後はたぶん、侍従長が気を利かせたところもあるだろう。僕を排除したいルカイオス公爵派閥だとしても、同じ側で働いている限りは邪魔するよりも同じ目的の遂行を目指すほうに重きを置く性格らしい。

（つまりは、僕が動いてることを察せられてるってことなんだけど）

（事態の早期解決においては有用です。問題があるようには思えません）

（僕が動ける人間だとわかったら、ハドリアーヌの王太子一行の問題が解決した途端、ルカイオス公爵が仕かけてきそうだなって）

僕がセフィラと会話していると、ノマリオラがお茶を用意する。

「ご主人さま、ニヴェール・ウィーギントなる貴族以外にもご懸念がございますか？」

おっと、セフィラの存在を知らないノマリオラからすれば、僕が一人でまんじりともせずに考え込んでいるように見えたようだ。側近たちに目を向けると、そっちはセフィラと対話していたのはわかっている様子。

（侍従長の認識を改変する行動を起こしますか？）

（それはそれでここでやりにくくなるし、何か手を考えないとね）

ユーラシオン公爵のように、僕が素で鈍いと騙されてくれているなら仕かけて来てもすり抜ける隙があるだろう。けど、父や妃殿下の周囲に人を配置しているルカイオス公爵は、たぶん騙されてはいない。

（狙ってくるのは僕の学園入学阻止だろうから。まだ今の問題を解決した後でいいよ）

僕は一度セフィラとの会話を切り上げる。

「公爵たちの動きを考えていたんだ。大丈夫。まだすぐのことじゃない」

ノマリオラに答えて、僕も考えを切り替えた。

「ニヴェール・ウィーギントが祖母でありトライアン王族の皇太后の伝手を使ってヒルドレアークレ王女に近づいてるのはすでにわかってたことだ。けど、何故そうするのかが疑問だった」

「一度は排除され、注目を集める園遊会も終わった今、なおも近づく要因があるとお考えなのですね？　確かに目立つという目的であれば今も近づく利点は、思いつきません」

ウェアレルが僕の疑問を言葉にして、自らも考え込む。その横で、ヘルコフが被毛に覆われた顎を撫でた。

「第一王女を使って、目立つのを狙ってたって話でしたね。ニヴェール・ウィーギントからすれば、既婚者の第一王女に近づいて、自分の利益になる理由はそれくらいだって」

「では、自らの利益ではなく、誰かの差し金とは考えられませんか？　第一王女自身を使うもっと他の目論みがあると、視野を広げてみては？」

狩人の経験からか、イクトが助言してくれる。確かにニヴェール・ウィーギントが単独とは限らない。元正妃派閥を使って人を紹介して注目度を上げようとしたのも、ニヴェール・ウィーギントから言い出したことではなく、元正妃派閥の貴族が言い出した可能性もある。

「しまったなぁ、離宮から追い出すんじゃなく、泳がせておけば良かった」

「ご主人さまは兄弟の殿下方と過ごす時間を作るために努力なさっているのですから、目論見を阻むだけでも十分でございましょう」

僕が後悔を口にすると、ノマリオラがいい笑顔でフォローしてくれた。

「………それもそうか。目的があるなら次もまた近い内に侵入してくるだろうし、その時にどう泳がせるかを考えたほうがいいね」

「はい、ご主人さま」

「俺ぁ、あんな風には言えねぇなぁ。やっちまったってほうに共感しちまう」

「全幅の信頼というものかもしれませんが、あれほど手放しで肯定はできませんね」

「アーシャ殿下がたまに無理をなさるのは、十分だと言わないせいだっただろうか？」

なんかノマリオラの対応を見て、側近たちがヒソヒソしてる。別に今までどおりでいいよ。ノマリオラが極端なだけだと思うし。

（で、次があったらセフィラお願い。何が目的で来てるか確認して）

（了解しました）

そう話したその日の午後、王太子とお話する場にヒルドレアークレ王女が姿を見せなかった。すでに離宮全体を張ってたセフィラが見つけて盗み聞きしてるはずだけど、まさかもう一度ニヴェール・ウィーギントが人知れず入り込むとは思わなかったよ。

まだ侍従長が対処し終える前を狙って、午前に見た侍女とはまた別の人間を使い入り込んでた。

ただの傲慢な野心家かと思ったけど、それなりに考えているようだ。いったい何を企んでいるんだか。碌なことじゃないんだろうな。

＊＊＊

ニヴェール・ウィーギントが離宮へ侵入した翌日、僕は出入りの人員を検（あらた）めるという名目で、宮中警護の長官であるストラテーグ侯爵を離宮に呼び出した。と言っても場所は休憩室。

すでに表面的な話は終えた後。ニヴェール・ウィーギントが離宮の人員との縁故を使って入り込んだから、宮中警護でもそうした縁故のある人物を勝手に引き入れることがないようにと注意しただけ。

「……………それで、いかようなご用件でしょうか？」

「そんなに硬くならなくても、ちょっと確認したいだけなんだよ」

鈍いふりをやめて笑って見せるけど、ストラテーグ侯爵は渋い表情のまま。一緒にやって来てるレーヴァンも疑わしそうに僕を見てる。

「他に聞けそうな人にあてがなくてね。――皇太后の現状について教えてほしいんだ」

「ニヴェール・ウィーギント卿が繋ぎを取る正妃派閥のことでしたら」

「違うよ、孫じゃなくて祖母のほう」

僕が訂正すると、ストラテーグ侯爵は余計にわからない顔をした。すでに政争に敗れ幽閉される身。派閥を持っていたのも数十年前で、後ろ盾になるトライアン王国もすでに代替わりしている。

そんな皇太后が今さらなんだと言いたいんだろう。僕だってもう過去の人だと思っていた。

「ニヴェール・ウィーギントがヒルドレアークレ王女と密談を持った。その中で漏れ聞こえた言葉から、ニヴェール・ウィーギントは元正妃派閥ではなく、皇太后自身と連絡を取ってる可能性が高い」

僕がこそこそ動くことを知ってるからこそ、ストラテーグ侯爵は今さら情報源に疑問は差し挟まない。その上でじっと考え込む。すると間を持たせるようにレーヴァンが疑問を投げかけて来た。

「孫なんで手紙のやりとりくらいはしてるでしょうけど、またどうしてニヴェール・ウィーギントとかいう者は第一王女との取り持ちをするんでしょうね？」

僕もわからないから聞いてるし、肩を竦めて見せる。するとストラテーグ侯爵が皇太后について教えてくれた。

「無礼を承知で理解のしやすさを優先しますが、状況としては第一皇子殿下と似たようなものになります」

「あぁ、なるほど？　何をするにも監視があるし、世話をする者も最小限に抑えられて、身分に見合った行動を起こすことも制限されてる？」

「皇太后に関しては、派閥を形成する手腕がありますのでいささか手を加えています。近衛も警護

を務めており、女官やその他文官たちも離宮に勤めて皇太后のお側で恙なく数年の任期を終えれば、昇進が約束されているのです」

「大人しく勤めれば今以上になれるんだから、皇太后が引き入れようとしても動かない。さらには長く側にいないから情が移ることもないってことだね」

つまり、僕のほうが皇太后の幽閉状態から手を抜いた形か。そして元王女で正妃だった皇太后には近衛も寄りつくと。

「………あ、近衛か」

僕の言葉でストラテーグ侯爵も考え至っていたらしく頷く。

「昨今の近衛内部での騒擾、また幽閉を監督するルカイオス公爵も対応に手を取られた故に、皇太后は動く好機とみたのかもしれません」

「さらに血縁で、皇帝と結ぶとは思えないハドリアーヌの王女が宮殿よりも近くに滞在している、か」

ただそれでヒルドレアークレ王女と皇太后が結んで何をするかが問題だ。

「まさか亡命はないよね？」

「そうしてくれたほうがいくらか気は楽でしょうな」

皇太后は皇妃の上に位置する女性だ。嫡子ではない僕さえ利用しようと狙う貴族がいるんだから、ルカイオス公爵と反目する勢力からすれば、皇太后を担ぎ出したほうがまだ正統性で争いやすいだろう。

そんな人が自分から政治の舞台を離れる亡命は、警戒をするルカイオス公爵からすれば渡りに船。

けど今回は違う。

僕よりも厳しく幽閉されている状況があったから、父が即位してから今まで忘れ去られるようにしていた。それが、派兵からの混乱で綻びができて動き出してる。

「思わぬ伏兵がいたものだね」

「その伏兵も立つ前に見つけられてちゃ動きようがないと思いますよ？」

レーヴァンが苦笑いを浮かべてみせた。

確かにニヴェール・ウィーギントの動きに気づかず、ヒルドレアークレ王女と手を結ばれていたら止めようがなかっただろう。けど、密談をセフィラが盗み聞きしたお蔭で、何をするつもりかは把握できている。

「——ヒルドレアークレ王女は、運河に船を出すことを要請する気だよ」

ニヴェール・ウィーギントとの密談でそうするよう指示されていた。それに合わせて、おいでになるとニヴェール・ウィーギントは言っていたそうだ。

「僕が庭園に出られるように、皇太后も離宮の周辺は出られるんだよね？」

「運河は三つの離宮を繋ぐようにあります。本来一番奥の離宮へは馬車がなければ移動は不可能ですが、運河に船を浮かべるならば、この離宮から真っ直ぐ向かうことができます」

運河の端に位置するこの離宮の反対端は、皇太后の幽閉された離宮近くまで続いている。その運河の端なら、高齢で馬車を用意できない皇太后であっても辿り着けるだろう。

「つまり、ニヴェール・ウィーギントがヒルドレアークレ王女を動かして船を運河に出させる理由は、皇太后との面会だと思っていいのかな？　けど、それをして皇太后は何ができるんだろう？」

ヒルドレアークレ王女からすれば、帝国で最も尊い女性と会ったというだけでプラスだ。ナースタシア王女に奪われた注目度を挽回できる。

けど、それをするには皇太后への見返りが少ないと思う。ここで動いて起死回生の一手がなければ、ルカイオス公爵に締めつけを強くされるだけ。皇太后が現われたなら無視することもできないだろうけど、余計な口出しするだけ皇太后には損だ。

ニヴェール・ヴィーギントについては、野心のある新興貴族ってことで説明はつく。かつて存在した派閥を下地に新たな派閥を築いて成り上がりくらいは考えているだろう。

「孫息子奉戴して幽閉先から宮殿に戻ろうとしてたって言いますし、またやろうとしてるんじゃないですか？」

「うーん、ウィーギント伯爵家は足並み揃えるだろうけど、ユーラシオン公爵まで足並み揃えて陛下とルカイオス公爵に対抗されると考えれば面倒この上ないね」

「いえ、ユーラシオン公爵は皇太后を避けるでしょう」

僕とレーヴァンは予想外のことを言われてストラテーグ侯爵を見る。どうやらジェネレーションギャップがあるようだ。

「簡単に言えば、ユーラシオン公爵は結婚に関して一度皇太后からの誘いを袖にしているのです。あちらは幽閉された状況からの脱出を目論む下心もあったようですが、正妃ですので義理の甥があまりにも情がない、恥をかかされたとずいぶん怨んだとか」

つまり、怨まれている自覚のあるユーラシオン公爵は、正妃派閥が新生したところで足並みを揃えることはできないだろうというのが、ストラテーグ侯爵の見解だった。

「というか、父の即位以前にも、幽閉からの脱出画策してたんだね」

「それで今回もってことは、もう皇太后にとって見返りとか関係なく、権勢に返り咲くことに執着してるのかもしれないですね」

呆れる僕に、レーヴァンは損得ではなく感情の問題かもしれないという。

そうなると相手の目的を逸らして不発に終わらせるとかそんなこと言ってもしょうがない。何より本気で皇太后をどうにかしようなんて考えると、ただでさえ短い夏は終わってしまう。

それじゃいつまでも、僕が弟や妹たちと過ごす時間が取れないだけじゃないか。

「うん、もうここは実績のある人にお願いしよう」

僕は半ば考えることを放棄して手を打つ。だって、僕の優先順位として皇太后の対処なんて低い。面倒な貴族の相手自体ソティリオスに押しつけたんだから、皇太后の対応だってできる人に押しつけてしまえばいいいんだ。

「――――よし、ストラテーグ侯爵」

「お待ちを」

考えを纏めて声をかけた途端、手を突きだして止められた。もう片方の手で額を押さえてる。

「まだ何も言ってないのに……………」

「あのぉ、殿下？　できれば巻き込まないでいただきたいんですけど？」

レーヴァンまで。

「別に手間だけじゃないように考えてるのに」

「それはこっち動かすためのニンジンでしかないでしょ」

「餌もなく巻き込むよりましでしょ？」

馬を走らせることから転じて、働いてもらう対価の比喩としてニンジンと言う。餌って言い方悪いかもしれないけど、ちゃんと見返りあるように考えたのになぁ。

「………巻き込むことは、決定ですかな？」

ストラテーグ侯爵が嫌そうに確認してくる。現状一番手間がかからないやり方だから、僕は一つ頷いて見せた。

「聞くだけは、いたしましょう。ご意向に沿えるかは確約しかねますが」

「難しいことじゃないよ。イクトにそれらしい報告書作らせるから、それを持ってユーラシオン公爵に皇太后が手を伸ばしてるから、ソティリオス危ないかもよって囁いてほしいだけ」

嘘じゃないけど本当でもない。けど心当たりのあるユーラシオン公爵からすれば、大事な嫡男の安全を図るはずだ。

「ユーラシオン公爵に貸しを作る形にできるかどうかは、ストラテーグ侯爵の話の持って行き方によるけどね」

自分の派閥を維持したいストラテーグ侯爵からすれば、犯罪者ギルド潰しに軍の文書偽造を暴くとか目立ちすぎる動きをしてる。出る杭は打たれるのが派閥争いだし、ユーラシオン公爵に対して貸しを作れるのは保身の上では使えると思う。

「それに僕のお株を奪わせるっていうソティリオスをつけた当初の目的も潰してる状態だし。ユーラシオン公爵としても引き時でしょう？」

僕も目立ったことはしてないけど、ソティリオスもうるさい貴族に絡まれただけ。これで引いてくれれば僕も動きやすい。

「他に、思惑は？」

「そんなに疑わなくても…………。ユーラシオン公爵の動きの理由をルカイオス公爵が探るだろうなってくらいだよ」

言った途端、ストラテーグ侯爵は項垂れた。それを見てレーヴァンが僕を責めるように見る。

「つまり、両公爵の相手しろってことじゃないですか」

「いやぁ、ルカイオス公爵は探るだけで、皇太后の影が見えたら自分で動くんじゃないかなぁ？」

一度幽閉し、また幽閉し直すことまでしてるんだ。ルカイオス公爵からすれば、皇太后の動きは看過できない。

「皇太后を名乗る女性が、過去摂政を務めた前例がある、皇帝を超える権威を得て女帝と呼ばれたこともある、自ら皇子の中で気に入った子を選び出し帝位に据えた歴史もある」

それらは前例として肯定されている。なら、同じように今の皇太后が自ら皇帝を奉戴しないよう、封じ込めることこそルカイオス公爵の権勢の要だ。

「はぁ、いいでしょう。貸しを作ってできる限り近寄らせない。それができるようですので、巻き込まれるよりもニンジンがあるだけましと言えます」

ストラテーグ侯爵は観念したように息を吐き出しながら応じた。ユーラシオン公爵には貸しを作る形で自分から近づくけど、探るルカイオス公爵には深入りしてこないようあしらうと。

「よろしく。僕の損にならない範囲で手を貸せることがあれば手を貸すよ」

「どうか、大人しくしていてください」

「それで済む内はそうさせてもらうつもりだ」

僕の返答にストラテーグ侯爵は諦めた様子で口を閉じる。そして眉間に深い皺を刻んだまま、休憩室を後にした。

＊＊＊

お願いしたとおりに、ストラテーグ侯爵は動いてくれた。ユーラシオン公爵も、皇太后の影に警戒感を抱いたらしく対応に動いたのは目に見える変化として表れる。

まずソティリオスが離宮から去ることになったんだ。

「僕はこれで役目を終えますが、第一皇子殿下におかれては、以後も他国の方々に恥ずかしくないよう振る舞いにお気をつけください。くれぐれも、帝国の代表の座にいることをお忘れなく」

「そう、だね……心、がけるよ………」

半端に手を引くことになった不満ありありで、ソティリオスは最後まで僕に小言をくれた。

本当、ずっと怒ってる子だったな。よほど僕の鈍さが我慢ならないのか、相性の問題かもしれない。

それでも離宮にユーラシオン公爵側の人間は残される。それはそれで利用しようと思うし、ユーラシオン公爵って他国のパイプあるから、普通に外交に強いんだよね。

そしてルカイオス公爵が動けばレーヴァンから連絡が来る予定なんだけど、そちらはまだ動きはないらしい。

その間も、縁故で侵入を許す人が紛れていたこともあり、離宮では人の移動が活発になっていた。そんな動きはハドリアーヌの王太子一行にも察せられる。

けど僕はのらくら核心には触れずに逃げ回る。

「この離宮も素敵なところですけれど、正面に流れる運河には船を浮かべての遊びも一興だとは思いませんこと?」

「それは、僕だと……わからない、かな……」

ついでに船に乗りたいっていうヒルドレアークレ王女にものらくら対応する。話すと長いってことで、今度はヒルドレアークレ王女がイライラしてるけど、話しかけて来るしね。

船遊びなんて目立つこと好きそうなユードゥルケ王女は、よほど僕の対応が嫌だったらしく絡んでこない。

ナースタシア王女は思い出したように粉かけるような言動を交えてきて、流すことはできるけどかわすには僕の会話テンポでは難しい。後、姉妹たちとのバトルの発端にされるのも困ったものだ。

王太子は友好的でゆっくりした喋りも気にしてない。

「帰国の目途が立ったことの連絡は届いていますか?」

「はい、聞いて……います。名残り、惜しい…………ですね」

表面だけの会話だけど、王太子に関しては構える必要がないから僕も楽だ。そして帰国は半月後に決まった。

これは外交に伝手の広いユーラシオン公爵が動いた影響もあると思う。ナースタシア王女は話題を引っ張り逃げ切り狙いで、ヒルドレアークレ王女は有利を奪いたいから僕に船を出すようううるさい。

ヒルドレアークレ王女も僕に言うだけじゃなく、トライアン王国系貴族に協力も求めてる。裏を知らなければそれくらいって引き受けるけど、すでに父と妃殿下には情報を回してるから帝室の船は出さない。

後は日常的に離宮と敷地内にある農場で物のやり取りをするために使われる小舟くらい。王族が乗る物じゃないから、僕を頷かせる以外にヒルドレアークレ王女は打つ手がない状況になっていた。

半月ヒルドレアークレ王女を袖にし続ける手もあるけど、それをさせないのが与する者だ。

「またニヴェール・ウィーギントが侵入してるみたいだ」

ハドリアーヌの王太子一行との昼餐を終えて休憩室に退いたら、セフィラが報せてくれる。本人は新興貴族だけど、ウィーギント伯爵家の伝手を使えるのが強い。

元正妃派閥に拘らず現役の貴族たちにも伝手があるせいで、人を入れ替えても見落とした繋がりが残り続けているようだ。

「でしたら、私が対応に出ましょう」

ノマリオラはお茶の出し入れで、比較的出入りを咎められない。指示を出せばいつでも発見を装って排除ができると言いたいんだろう。

「血筋を誇る貴族であるなら、それもあまり良い手ではないかもしれません」

今日はウォルドがお使いに来ている。財務官で今は公式に僕が皇子として動いてるから、予算を使う場面もあるということで家庭教師よりも出入りに制限が少なかった。

ただ貴族ではないからニヴェール・ウィーギントに限らず絡まれる恐れがあって、休憩室からは出ていない。

「皇太后を引き入れることは難しくとも、しつこさを考えれば何かしらの行動を起こすでしょう。しかし、初めて見――聞いた時に出た商店には、その後被害があったとは聞いていませんね」

ヘルコフからのまた聞きを装って、イクトがニヴェール・ウィーギントの名前を初めて聞いた時のことを挙げる。

「そう言えばそうだね。このしつこさならまた騒いでもおかしくないのに。社交期だし、贈り物を理由に伝手を頼ることもしているはずだけど」

モリーの店に再来したとは聞かないから、向こうにはしつこくしてないようだ。あの時との違いと言えば、裏で手を回して相手のやり方を潰す形を取ってること。

モリーの所ではヘルコフとワゲリス将軍が目の前でやり合った。ニヴェール・ウィーギントに直接何かしたわけじゃないけど、たっぷり怖がらせる方向での脅しだ。

荒事には不慣れなようだったし、怒鳴り合うだけですぐに逃げたことを思えば、未だにモリーの店でヘルコフとワゲリス将軍に鉢合わせるのを嫌がっている？

僕はイクトに目を向けた。

「直接脅すほうが効く相手かもしれない」

「なるほど………」

イクトは一つ頷くと、腰の得物を見下ろす。

「あ、あの、何を？」

そんなイクトにウォルドが不安げだ。ノマリオラは他人ごとで話を進めた。

「では、ニヴェール・ウィーギントなる者をこちらに呼び寄せますか？　そうであるならば、ことの正統性を証明する人員を用意すべきかもしれません」

いや、他人ごとじゃなくて止める気がないのか。

「それなら、ソティリオスの代わりに残ったユーラシオン公爵側の人員を借りよう。それと侍従長なら呼べば来てくれるはずだ」

僕たちは段取りを話し合い、庭師のほうにも連絡を入れた。後はセフィラにニヴェール・ウィーギントを捜してもらう。

「また………会った、ね……」

二日後、また伝手を使って忍び込んだニヴェール・ウィーギントを発見した。セフィラからの連絡を受けて見つけ、声をかけると一度不快そうに眉を寄せる。

さすがに前回追い出されたことを覚えているんだろう。さらには苦心して侵入したのをまた追い出されるという徒労に対する怒りか。

ただ僕の側に侍従長とユーラシオン公爵側の人間がいることを見ると、薄っぺらな愛想笑いを浮かべてみせた。

「そんなに、離宮に……興味が、あるの？　だったら、少し…………話を、しようか」

言って僕は背を向けると、そのまま休憩室に歩いて行く。皇子だから誘いがそのまま命令になるんだ。しかも相手の応諾を聞かなくてもいい。

普段なら無視されることもあるけど、今の離宮では僕がお飾りだけど代表だから、ここで無視したらニヴェール・ウィーギントを無礼者として名指しできる。そうしたらヒルドレアークレ王女も、ニヴェール・ウィーギントと会うことを自重せざるを得ない。

（ついてくる、か。セフィラ、先に行ってイクトに報せて）

（了解しました）

休憩室に行くと、イクト、ノマリオラ、成り行きでウォルドも待っていた。ウォルドは小さな籠から草を取り出し、二つに選別している。

「第一皇子殿下、できました」

「失礼ですが、そちらは？」

ウォルドが差し出す謎の草に、侍従長が仕事がら確認を行う。

「ハーブです。庭師に命じて第一皇子殿下がお求めになりました。皇帝陛下御一家が別荘地へ赴かれた際に変異しているものをご覧になり、調べようとなさっているのです」

ウォルドが事務的に応じるけど、僕に微妙に違う草を二種類差し出す手が緊張で震えてる。謎の草はフユィヌとその雑交種。庭師に聞いたらすぐに見つけて用意してくれた。

僕はハーブとして大事に育てられたフユィヌのほうを手に取る。

「匂う、ね………」

「臭み消しに使われるハーブでもありますので」

ノマリオラは応じるけど、来客に対して椅子を勧めることはしない。僕は一人座って、立ったままのニヴェール・ウィーギントに水を向けた。

「それで、君は………誰なのかな?」

「私はランドン・フェビアン・コーン・ニヴェール＝ウィーギントと申します。ニヴェール領主をしており、ニヴェール・ウィーギントと――」

「知らない、な」

おおげさに言ってみせるので、困ったように半端な笑みを浮かべて応じる。何か言いかけていたニヴェール・ウィーギントは、すぐさま早口に喋り出した。

「なんとも深窓でお育ちになった第一皇子殿下らしい幼さですね。我がウィーギント伯爵家の――」

嘲笑いつつつらつらと誇ってみせるけど、それはもう聞いたことあるんだよ。僕はフユィヌを戻して雑交したほうを手に取る。

「名前が、合わさって………いるんだ、ね。なんだか……これに、似てる」

僕は言葉を差し挟んで、ニヴェール・ウィーギントに見せた。

「別の種類と混じって、別のものに………なって、しまったんだ。そんな名前……だね」

他意がないように装って、僕は手元の雑交種をくるくる回して遊ぶ。草を見るふりで確かめれば、プライドが高いニヴェール・ウィーギントは怒りを抑えつけようと口元の作り笑いが歪んでいた。その後ろで侍従長は心配そうに成り行きを見ているし、ユーラシオン公爵側の人は呆れてる。ま、物知らずな発言ではあるしね。

「そうそう、これはね……匂いも薄くて……使えない、草なんだ」

植物知識のように見せかけて、似てると言った草の欠点を挙げる。

「食用にもできないし、混ぜただけ……駄目になるし。使い道が、ない。……残念な、存在だよ」

庭師からも雑交したら使えないから、近縁種のハーブは近くで育てないよう気をつけると聞いた。

「元は……ちゃんとハーブなのに。別のが、混ざって……もう雑草でしか、ない」

名前と絡めた上での全否定に、ニヴェール・ウィーギントは体に力を込めてまだ怒りを抑える。

「しかも勝手に、広がって……他も駄目にする。混じり込むだけ……迷惑、なんだ」

離宮に勝手に入り込んでいる状態のニヴェール・ウィーギントからすれば、もう自分を貶されてるような気がしているだろう。ウィーギント伯爵家は偉くても、そこから出たお前は違うんだぞと。

雑草くらい使えないくせに何粋がってんだと。

しかも、それを嫡子じゃない僕が言う。突っ込みどころあったら言いたくなるのが人情だよね。

「私よりも、その草によく似た方が、いるように思えますが？」

「へぇ？　そう、なの？」

「く、混じりもので、本来の価値を下げるような使い道もない者が」

「ふぅん？　それが似ている、なんて、誰だろう？」

婉曲に言ってもわからないと反応で示す僕に、ニヴェール・ウィーギントは苛立ちを募らせた。

「使えないどころか害など、まさにその——」

「そんなに、自分を貶さなくても……いいんじゃない、かな？」

言いすぎないようにまだ言葉を選ぶニヴェール・ウィーギントに、僕は心配を装って相手の発言の全てを無遠慮に叩き返す。途端にニヴェール・ウィーギントの怒りが頂点に達したようだ。

「他人より自らのまがい物が混ざった血を——！」

ニヴェール・ウィーギントが怒った瞬間、カチリと金属音が立った。それを合図にしたように、ピンと室内の空気が張り詰める。

僕は気づかないふりでニヴェール・ウィーギントを見続け、ノマリオラも他人ごとで反応をしない。ウォルドは心持ち長い耳が下がってるけど、事前に知ってたから無表情を保っていた。

ただ、殺気を満身に受けるニヴェール・ウィーギントは目に見えて震え始める。そして知らなかった侍従長とユーラシオン公爵側の人は、目を瞠ってイクトを見てた。

ニヴェール・ウィーギントの発言を侮辱と取って、剣に手をかけてるんだ。さらには今すぐに抜いてニヴェール・ウィーギントに斬りかかりそうに足も動かす。

そんなあからさまな暴力の気配にニヴェール・ウィーギントは震え上がり、衣擦れの音だけでも侍従長とユーラシオン公爵側の人は息を詰めた。

「どう、したの？　顔色が……悪い、みたいだ」

「体調がすぐれないならばアーシャ殿下の御前から退くべきだ」

イクトが全くの棒読みで退室を促す。逆に含みがありそうな素っ気なさに、ニヴェール・ウィーギントはすぐには反応できない。

「動けないほどというなら私が――」

「ひ、一人で！　一人で歩けます！」

「そうして迷ったと、先日もここへ侵入したと聞いたが？」

じっと見据えるイクトはまだ剣の柄を握ってる。そんな明らかに脅す体勢に、侍従長もユーラシオン公爵側の人も判断に迷うようだ。

イクトは僕にずっとついてるのは知られたことだし、そんな僕を押しのけて口出すのも越権と後で文句を言われる可能性がある。何よりニヴェール・ウィーギントの失言が発端だ。そして派閥的にも庇うような相手じゃない。

「……そう、お帰りなら…………出るといい。見送りを、してあげて」

僕が侍従長に言うと、礼を執って応諾を示す。けどイクトが動いて扉を開けた。そして近くを通るニヴェール・ウィーギントに囁く。

「次見た時には逃がさん」

「ひぃう…………!?」

なんかしゃっくりみたいな音出たね。

「休んでいったほうが、いいかな……？」

「め、めめ、めっそうもない！」

逃げるように外へ出るニヴェール・ウィーギントに、溜め息を吐きつつ侍従長が追う。残ったユーラシオン公爵側の人には適当に手を振ってみせた。

「なん、だったんだろうね？　………僕は、この草見たいから……休憩しておく、よ」

「かしこまりました」

ユーラシオン公爵側の人も退室し、十分に離れてから僕はいつもどおりに戻った。

「どうかな？」

「あれだけの反応であれば脅しとしては十分かと」

イクトはようやく剣の柄から手を離す。

「状況は完全にあちらの瑕疵（かし）。その上で宮中警護として看過できない発言がありました」

ノマリオラも、血筋のことを口に出した時点で負けと判断するようだ。そこは皇帝にまで波及する話で、叛意（はんい）ありと取られても仕方ない。

問題にされればそういう言い訳を上司であるストラテーグ侯爵のほうがするだろう。そして借りのあるユーラシオン公爵は敵対しないいし、実際のところも聞ける状況。圧倒的に不利だからニヴェール・ウィーギントに味方なんてしない。

皇帝を貶める発言となれば、ルカイオス公爵も利用しこそすれニヴェール・ウィーギントの味方にならないだろう。

「最高何処まで望めるかな？」

「話が広まってしまえば、宮殿にいづらくなるのはあちらの方でしょう」

ウォルドも小さくなりつつ応じる。どうやらこちらも荒事には耐性はないようだ。女軍人のエルフ、セリーヌは親戚のはずなんだけどね。

「じゃあ、そうしてもらおう。僕のほうから陛下に上げて、侍従長にはルカイオス公爵に伝えてもらうようそれとなく言っておこう」

あっちは僕が完全に鈍いとも思ってはいない。その観点があれば、派兵前後に僕の動きも推測できる。だったら敵対的な動きでない限り、無駄なことと無視せず乗ってくるはずだ。

そして数日後、狙いどおりであったことが侍従長から伝えられる。

「ニヴェール・ウィーギント卿に関して、宮殿への出入りを禁じられることとなりました」

「そう、そんなに……体調が、悪かったんだね」

僕は素知らぬふりでずれた応答を返す。けどわざわざ報せに来たからには侍従長もあれが失言を引き出して遠ざけるためだっていうことはわかってるだろう。

今回は侍従長にもあえて言った理由があるようだ。何せ場所は昼餐後。あえてその場にいる者に聞かせる意図もあるらしい。

（ヒルドレアークレ王女は何してる？）

（スカートの蔭で固く手を握り締めています）

これで挽回の目がなくなったヒルドレアークレ王女だ。それだけ動揺するなら、他に手もないだろう。状況としては据え置きだけど、第三王女は人を集める力を見せた。第二王女は人目を集めるチャンスを掴んだ。本人的には負け越しているような気持ちかもしれない。

「社交期の今、こちらはとても賑やかで。フロー殿下も体調もよろしいようですし、もっと滞在したいくらいですわ」

そんなことをうそぶくのはナースタシア王女。これもあまり長引かせるのはよろしくない。どうやらできる限りこのチャンスを使い倒すつもりのようで、機会があれば姉妹に優位を誇示するようになってた。

ましてや父を舐めてる国の王女で、次の玉座を睨む相手だ。帝都の貴族の一時的な好奇心とは言え、あまりもてはやす方向も歓迎できない。

僕は平穏無事に弟妹と夏を過ごしたいんだ。変な禍根を残されてはたまらなかった。

＊＊＊

夕方、このひと月離宮から戻る時間はだいたいこれくらいだ。だからその予定を知ってるはずのウェアレルが左翼棟の外で出待ちしてるのはいい。けど今日は、その横に父の側近であるおかっぱまでいた。

「皇帝陛下がお待ちです。そのままで良いのでおいでください」

一日の仕事を終えた後だろうおかっぱは、言って、落ちかかる髪を整える。

向かう先は僕の居住区の上。僕はノマリオラと別れて、イクトとウェアレルを連れて階段を上る。いつも面会に使っている部屋には父とヘルコフが待っていた。

「疲れているところにすまない、アーシャ」

「とんでもない。陛下こそ社交期の今、お休みになれる時間も少ないのではないですか？」

元上司のヘルコフと一緒だったからか、父はソファーに深く身をもたれかけさせていたようだ。疲れていても来なきゃいけない厄介ごとができたのかな。

「ナースタシア王女との交際について――」

「はい？」

思わず眉を顰めて聞き返した僕に、父はおかっぱと顔を見合わせる。僕は自分でもわかるほど力がこもってしまった眉間を揉んでほぐし、まずは誤解だということを伝えた。

そして聞かされたのは、少数ナースタシア王女と面会が叶った貴族からの噂。まるで僕が、ナースタシア王女に迫るような言動をしていたように広まっているらしい。

「全くもって事実無根です」

「そ、そうか。いや、それはすまなかった。早とちりだったか。…………アーシャにもそういう時期が来たかと……。テリーも気にかけていたようだしな」

時期とか年齢とかはあまり関係ないんだけどね。いや、好意を寄せてくれてるらしい同じ年齢のディオラがどう考えても子供にしか見えないんだけど。だからって十二の今、十九のナースタシア王女っていうのはちょっと。

あと、その僕のほうから迫ってるような噂って、つまり出処はナースタシア王女ってことだよね？　勘違いさせるため場を選んでいたことを思えば、今回もそう思い違わせる目的で発言し、広めさせてる。

注目度を稼ぐための手管なんだろうけど、ただただ迷惑だ。しかも各国からやって来る要人との会食や夜会、レクリエーションにも参加しないといけない父がこうして疲れている中わざわざやって来るような事態になってる。

これはもう、歓迎できないとかそんなこと言っていられない。幽閉先から暗躍してる皇太后よりも、ずっと明確に邪魔だ。

「……………わかりました。ナースタシア王女にはこれ以上、妙な風聞を広めないよう言い聞かせます。ですので、陛下はご心配なく。少々手を打つための準備をいたしますので、今日はこれにて失礼させていただきます。次にお時間ありましたら、僕から参りますので陛下はどうか英気を養う時間を持ってください」

これ以上は夜会に差し障るだろうし、時間を取らせるのも申し訳ない。だから切り上げたんだけど、父はウェアレル、ヘルコフ、イクトを近くに呼び寄せ始めた。

「私はそんなに顔色悪く見えるか？　というか、そんなに嫌な話題だっただろうか？」

「一方的に利用される形での噂ですし、面白くはないと思います」

「それで陛下まで煩わせたってんでやる気になったんですよ」

「顔色はともかく、酒や疲れが翌日まで残る年齢になったということでしょう」

ウェアレルとヘルコフはともかく、イクトのひと言に父は胸に手を当てる。心当たりがあるようだ。

そんな姿を眺めるおかっぱも、僕を特に止めるつもりもないみたいだから、ことは早い内に終わらせよう。そのためにはまずセフィラを使って下調べだ。

そうして機会を窺う間に、ルカイオス公爵が動いたとレーヴァンから連絡があった。

「近衛の再編と軽い処罰にかこつけて、それなりの数の近衛を奥の離宮に送り込んだそうです。いやぁ、動きの早いことで」

「それだけ動かれると厄介だってルカイオス公爵が警戒してるなら、こっちも様子見をしなくて正解だったね」

離宮に送り込まれてもやることのない近衛たちは、巡回名目で奥の離宮周辺を日ごとに歩くよう指示が出されているとか。他にも社交期の人手の足りなさを理由に、皇太后に近い人物をあえて宮殿に呼び戻して引き離しも行ったそうだ。

離宮の侍従長からニヴェール・ヴィーギントの動きも聞いてるだろうし、封じ込めに全力を挙げてくれたなら良かった。後は僕が釘を刺すだけだ。

「夜が更けたね。それじゃ、行こうか」

僕は夜、ノマリオラも帰った後で側近たちに声をかけた。月明りしかない夜の中、夜会が開かれてる宮殿の本館は明かりが見える。けど人がほとんどいない左翼棟は、僕たちが抜け出しても誰も気づかないほど暗く静かだった。

派兵後に増えてた人員も減らされていたし、毎日離宮に出入りするから無人の左翼棟を見張るなんて仕事意識、緩まないはずがない。夜にも人は立てられていたけど、全く緊張感はないようだった。

「ここまで順調に抜け出せるのはいいとして――。薔薇の下、薔薇の下………」

僕は夜の庭園を迷いなく進み、ハドリアーヌの王太子一行が宿泊する離宮近くまで辿り着く。そして向かう先には石で造られた基底部を持つ四阿。

花の彫刻が飾る基底部を回って確かめ、僕は薔薇のモチーフを見つけると、さらにその下の壁面を触って確認する。

すると彫刻に見せかけた取っ手を見つけた。長く使われていなかったせいで、僕の力じゃ無理だったけど、ヘルコフが力を籠めると、四阿の基底部が回転する。

実はこの四阿、ベアリングが仕込まれてるんだ。そうしてヘルコフが基底部を回転させれば、目の前には暗い通路が口を開ける。

「過去の皇帝、女好きすぎない？」

ベアリングは、円形のレールにずれないよう球体を詰めて回転を助ける機構。前世でも工業においては大事な構造のはずなんだけど、いったい何に技術を使っているんだか。

この抜け道、用途は夜這い用なんだよね。

「愛がなくても尊敬と信頼は築けるって聞いたことあるけど。これはどうなんだろう………」

まぁ、前世で大統領夫人になり上がった日本人タレントの格言だけどね。こうして隠れて逢引する皇帝が、皇妃と尊敬や信頼を築けていたとは思えない。

「特に誰か出入りした様子もない。しかしまぁ、よくこんな大仕かけ造ったもんですね」

「アーシャさま、いったいどうやってこんなものを発見されたんですか？」

ヘルコフが安全確認をしていると、ウェアレルが今日初めて知った抜け道について確認してきた。

「うん、ちょっと、好奇心の鬼がね。昔の隠し子について記録していた側近の日誌を発見したことがあったんだ」

この抜け道を見つけたのは、セフィラ・セフィロト。日誌には、この通路を通って生まれた子供を宮殿外に出したとあった。庶子としても扱っていないことを思えば、隠し子にされたんだろう。

正直、昔の人は宮殿にそんなもの隠したまま亡くならないでほしい。さらにその日誌が作られたのは、僕の曽祖父にあたる皇帝の時代っていうのが世知辛い。まぁ、祖父である先帝になると、大手を振って公妾囲うこととしてたから、どっちがましかなんて言えないけどさ。

僕は顔も知らない人たちのことは頭から追い出し、抜け道へと入る。通じる先は離宮の壁の中。逢引用で、離宮にあるいくつかの寝室へと通じてる。

僕は目的の場所に辿り着くと、セフィラに室内を走査させた。すでに灯りは落とされ控えの侍女も扉の外だ。けれどベッドに横たわる人物は寝入ってはいない。

僕が壁をノックすると、ベッドから半身を起こして耳を澄ませているそうだ。

「夜分に失礼。非礼は幾重にもお詫びいたしますが、どうかそちらへお招きいただけませんか？」

「………そのお声は、もしや、アスギュロス殿下でしょうか？」

「はい、ナースタシア王女」

セフィラ曰く、呼び鈴に手を伸ばしたり、もしもの時のメモを残そうとしたりしたらしい。けど、それらを見ていたセフィラによって音は消され、インクは速乾。何もできないと悟ってナースタシア王女は簡単に身繕いをすると応諾した。

壁の中にある開閉用の仕かけを動かすと、壁を固定していた金具が外れる音がした。どんでん返しよろしく壁が動くと、年月を思わせる埃が舞う。

「これは――」

灯りのない室内で、ナースタシア王女が目を瞠る。僕の側は明かりを用意してたけど、無闇に高い技術力で壁から明かりが漏れることもなかった。

そして、ナースタシア王女は生唾を呑み込む。どうやら一番小柄で足音を忍ばせられるイクトを同行させたのがまずかったようだ。武装した男を連れて来たことで、ナースタシア王女の危機感が頂点に達しているらしい。

僕はちょっと芝居がかった言葉で場を和ませようと試みた。

「ナースタシア王女、今宵、夜の散策をいたしませんか？　互いを知る良い機会となりましょう」

鈍いをふりをしない僕の様子に、ナースタシア王女の表情が動く。それは取り繕うことも忘れた後悔の表情。しくじったと言わんばかりの苦々しさを含んでいた。

「こちらは暗いので、お手をどうぞ」

僕があくまで王女として扱うと、ナースタシア王女はいっそ覚悟を決めた表情を浮かべる。緊張を孕んだその表情は、強気な雰囲気が姉妹と似通っていた。いっそ、細面に凛々しささえ感じさせ、取り繕った淑女の笑みよりもよほど自然な様子に見える。

そうして鈍いふりをしていた僕と、清楚な淑女のふりをしていたナースタシア王女は、秘密の通路を使って夜の庭園へと歩きだした。

「すっかり騙されましたわ、アスギュロス殿下。これほど活動的な方だなんて」

「こちらこそ、あのタイミングで舞台装置にされるとは露ほども気づきませんでした」

夜の庭園は月明りで普段よりも明るい。その分影も濃く、足元はおぼつかない。けど普段から整備してくれてる庭師のお蔭で危険物が落ちてるなんてこともなかった。

僕たちは夜の静けさと合わせてひそやかに声を抑えて談笑を演じる。

警戒されることを念頭に、離宮が見える範囲を歩くけど、夜の見回りに見つからないようセフィラが常にガイドしてくれていた。だからまるで夜の中二人だけのような雰囲気に包まれる。

そのいつにない状態が、ナースタシア王女の生来の性格を誘い出したらしい。優しく穏やかな淑女を演じていた昼間とは違う表情を見せていた。

「あら、舞台上に据えられたと言うのでしたら、このような夜更けに連れ出す必要はございませんでしょう。ご不快でしたら、帝国の名の下に断られたらよろしいのですわ」

「そんな大げさなことではありませんよ。弟たちにあなたの人となりを聞かれましたが、答えようもなかったので、こうして知り合うところから始めようと思ったのです」

僕がちょっとふざけて言えば、ナースタシア王女は庭園の風景を見ているふり。僕の発言の真意を推しはかっているんだろう。

断ればいいというのは挑発で、そんなことできないだろうという反語だ。それだけ僕が権限も何もない接待役だと知っている。

でも僕の返答は嫡子である弟たちと絡めたもの。軽んじられる故に聞かれたのか、慕う故に聞かれたのか。そんなことを考えているんだろう。離宮で過ごす間、僕は弟たちどころか陛下との関係性についても言及してないし。

悪評と離宮での僕の様子を見て巻き込んだんだろうけど、こうして素を見せたことでナースタシア王女が想定していた状況は覆っている。だからこそ、のらくらする僕にかけられる言葉は一つだ。

「…………何を、お聞きになりたいのですか？」

「おや、僕がエスコートしても？」

主導権を取っていいのかと聞いてみれば、ナースタシアは白い手を差し出してきた。

「まぁ、部屋を連れ出された時点で私は殿下のエスコートを受けておりましてよ。それとも、その気もなく私の部屋へいらしたのですか？」

「これは手厳しい。では、僭越（せんえつ）ながら」

乱暴な手でナースタシア王女の化けの皮を剥いだ。後は腹の探り合いだ。すでに主導権は僕にあるのに明確なことは言わない。そんな状況を嫌ってナースタシア王女から水を向けてきた。

「疑問だったのです。ヒルドレアークレ王女はトライアンと通じその先を見ている。ユードゥルケ王女はレクサンデルと紐帯を結ぶことを目指していた。それを考えれば後の国の形も想像がつく。けれどあなたは、その座を願うほどの絵がないように思えました」

「…………無粋ですわね」

「元より、教育の行き届いていない不調法ものですので」

考えがないなんてことはない。あのタイミングで完全に意表を突いたやり方は、思いつきじゃない。ずっと時期を待っていた。そして文句を言えないだろう僕を選んだ。

そこから考えられるのは、後ろ盾の弱さで一歩及ばない姉妹に近づく注目度を稼ぐこと。そのために話題をさらうことで、存在感と姉妹の妨害を両立させようと狙っていた。けれどその先、玉座に就いて何をするのか、それが見えない。

「噂などあてにならないようですわね」

ナースタシア王女は初対面での穏やかそうな仮面を取り繕いもせず、呟くように言った。

僕も利用されるのは面白くない。けど、別にだからってどうってこともない。問題は、ナースタシア王女が目指す先が、父や弟たち、もっとざっくりいうなら帝国に害があるかどうかだ。

もしあると言うなら、敵になる。そうなれば半月もない間に、その存在感を消してしまわなければいけない。

「今夜のことは誰の口にも上がらないでしょうから、噂を気にかける必要はありませんよ」

ナースタシア王女は探るように僕に目を向ける。

この王女は、ハドリアーヌの暴君に対する反勢力と通じているところがあるという。だからって、暴君が荒らした周辺の領土を手放すなんてことはしないし、周囲が許さない。

そうなると調停者として介入する帝国の存在は目の上のたんこぶ。父の血筋の低さを嘲って帝国を軽んじる風潮を引き継ぐ可能性はある。

ナースタシア王女は初対面の時、僕の口調に対する反応を淑女の笑みで隠しきった。けどセフィラ曰く、侮らなかったのは王太子だけで、王太子も心底理解できないだけだったとか。

「帝室の周辺にのみ伝わるものと考えても？」

「いいえ、誰にも知られることはありません。僕の独断ですから」

ナースタシア王女は驚くとすぐに周囲を窺う。誰もいないのは人払いしたとでも思っていたようだ。その上で、僕にそれだけの手回しができるとは思っていなかった。

まぁ、実際できないんだけどね。それでも舐められないためのブラフとしては有効だったらしい。

「少々動き回るのが得意なもので」

「……………園遊会でも、ずいぶん動いていらっしゃいましたね」

「あなたに捕まってしまいましたので得意は言いすぎかもしれませんね。——ただ、園遊会でもそうでしたが、そちらはお国柄か、姉妹仲良く同じ方向を見ていらっしゃるようだ」

「私は少なくとも弟と同じ方向を見ておりましてよ。共に育った者ですもの」

全員が王位を狙っているだろうと聞いてみたら、思いの外強い言葉で同じにするなと言われた。

僕と目が合うと、何処か腹を決めた色があるようだ。

「…………申し訳ございませんでした、アスギュロス殿下」

「どうしました、ナースタシア王女？」

「お怒りであるなら幾重にも謝罪しようと思っておりました。ですが、あなたは私のことなど歯牙にもかけていない。かと言って私が何をしているかをご存じないなどということもない。自らこうべを垂れなければ、きっとあなたは謝罪の機会も与えずにいるのでしょう」

礼を執って僕を利用したことを謝るナースタシア王女。どうやら謝罪を要求されれば僕に合わせて口先だけ謝るつもりだったようだ。

「謝罪もなければ許しもない。そうなれば、あなたはこのような手管でいったい何をなさるのか、私には想像もつきません。ですので、どうかご寛恕いただけないでしょうか」

相手のペースを崩すために連れ出したんだけど、思いの外疑心暗鬼で考えが煮詰まったのかな？

「ただ一つ、思い違いをなさっていることを指摘させてくださいませ」

誤魔化す機会も与えられないと、当てが外れてしおらしくなったかと思ったらそうではないらしい。

「弟への対処で目端が利き、お優しい方と見て、利用しようとした私が浅はかでした。けれど同時に、同じく病弱な弟を持つからこそ、お近づきになりたかったのは本心です」

「病弱な弟……………フェルのことかな？」

今ではワーネルと走り回るくらいに元気だから忘れるけど、確かに謎の病気で服毒さえ疑われる状況だった。噂では僕が毒を盛ったというものもあったけど、それはないと思ったらしい。

その上で、求婚まがいの大胆な行動で注目を集めた。そしてその対処に僕が近づいて来たら、信憑性を高めるためにも利用する気だったんだろう。そこは僕も予想できたから近づかなかったけど。

ただ、打算だけではなかったのだと言い募る。

「第四皇子は大変重篤な症状だとも聞いておりましたのに、誰に聞いてももう過去のことと言うではありませんか。その頃の変化を聞き取ったところ、あなたと出会ったと」

見つめるナースタシア王女には、何処か祈るような真摯さがあった。その表情に、フェルが倒れた時必死に守ろうとしていたテリーと、心から心配していたワーネルが過る。

「………確かにフェルの症状の原因を見つけたのは僕ですね。ただ、それをハドリアーヌの王太子に適用することはできない」

「何か、帝室が秘匿するようなものがあるのですか？」

「ご期待に沿えずに申し訳ないけれど、そんな都合のいい秘密はありません。ただ何故その症状が起きるかに気づいて対処したに過ぎない」

どうやらナースタシア王女は本気で王太子の健康を願っているようだ。同時に、その次の王位についても考える冷静さもある。

きっと名前だけ皇子の僕より、王族として生まれた責任と義務を教え込まれて育ったんだろう。結果ただ心配する、ただ悲しむなんてこともできない兄弟関係になっている。だとしても、王位を望むからには個人の感情に左右されない強さを持っていた。

けれど情はある。だから打算とは別に僕に謝ってでも、王太子の病状を覆す情報を求めたらしい。その姿勢は、あまり無下にしたくはない。

「これはあくまで僕の私見です。できればルキウサリアの学園から薬学の論文を取り寄せて自ら理解し対応してください」

僕はそう前置きをして、薬の副作用について説明をした。基本的に薬は効き目が強いほど副作用が出やすい。そして副作用によって病んでいない場所も疾患を起こす。

だからこそ前世では薬剤師という専門職がいた。けれどこの世界では薬師と医師の分業はされていないし、なんだったら治癒師というこの世界独特の魔法職まで関わってくる。

「王太子は病によって弱っているところもあるでしょう。ですが、聞けば生まれた時から魔法や薬によってその体調を維持し続けてきた。体に無理をさせ過ぎているのかもしれません。例えば風邪で熱が出て治まっても体がだるいことがあるでしょう？　そこから時間をかけて回復しますが、王太子の場合はこの回復もできないくらいにそもそも体力が備わっていないのでは？」

「そう、かもしれません。ですが、それではどうやっても、もう………」

「難しいでしょう。ですが、できれば効果が強いものばかりを求めないほうがいいかもしれない。効果が強い分、王太子の体力は減ると思って、効果は薄いけれど緩和はできるような方向を模索してみては？」

僕も詳しいわけじゃない。けど、ルキウサリアの学園から出される薬学の論文の中には、子供が大人の飲む薬を飲んで悪化する事例が載っていた。回復薬が弱った子供には毒になるという。

暴君待望の王太子が病弱であれば、権力と財力を尽してすでに与えられる物は与えているはず。だったら、僕から言えるのは足し算で効かないなら、引き算をするしかないということだけ。

「苦しいだけの人生なんて、あんまりだ」

王太子は離宮での生活の中、騒ぎ立てるようなことはしなかった。いや、できなかったんだろう。どんなに華やかなレクリエーションをしても、心から楽しんでいた様子はない。

園遊会で助けた時を思えば、苦しいと言うこともできないくらいに我慢して我慢し続けて、この滞在を続けていたように思う。きっとそれを一番わかっているのは、姉弟同然に育ったナースタシア王女なんだろう。

「本当に噂などあてにはなりません。これほどに、沈毅な方であると知る者のほうが少ないだなんて」

「さて、過大評価が過ぎますね。ただ、僕はナースタシア王女と違って今の地位に固執せずに逃げ回っているだけですから」

「……………やはり、日中の振る舞いは弟殿下を思われての？」

「社交よりも面白いと思う趣味を持っているだけですよ。それに大人は強い」

僕の言葉に、ナースタシアは深く頷く。僕より年上だけど、まだ十九歳だ。生母を亡くして地位が下がり、父を怨むその半生は、まるで僕と似て非なるあり方だった
僕も前世があるからこそ、今の愛ある環境の得難さがわかる。そして大人の強さも。

「アスギュロス殿下、いえ、アーシャさまとお呼びしてもよろしいかしら？　あなたさまの才知に敬意を表して」

遜らない姿勢で、あえて僕の名前を呼んでいたナースタシア王女が、そう言って礼を執る。敬称をつけないのは、僕が軽んじる皇子という身分ではなく個人の資質に対して敬服する姿勢を見せるためらしい。

「他の方がいらっしゃらないのであれば。余人の目がある時は場に応じた礼節を保っていただけるなら止めませんよ」

親しみを見せつけるようなことに使わないよう釘を刺すと、ナースタシア王女は悪戯がばれたように小さく笑う。どうやら半分くらいは狙っていたようだ。

抜け目がない。けど、ナースタシア王女の表情からは警戒の色はなくなっていた。

「――確かに若輩者にとって、大人は強いものです。ですが、怨みと共に育った方は、もっと恐ろしいものを抱えています」

ただ真剣な声で、灯の落ちた離宮に目を向ける。

「とても興味深いお話を聞かせていただけた返礼とも言えませんが、私の半生において得た知見をお聞かせいたします。――私の母がヒルデ王女に何をしたかはお聞き及びでしょうか？」

「噂程度でなら…………」

「噂も時には事実を広める道となりますわ」

どうやら二番目の王妃による継子虐めは本当にあったらしい。

「ですが、決して不義などはなかったと、私は知っています」

ナースタシアは強く、怨みさえ感じる声で言い切った。母親が不義密通で処刑され、父親である暴君への怨みと共に育ったのだろうことは想像できる。

「ヒルデ王女は自らが今も王国最上位の血筋を持つというプライドがあります。それと共に庶子に落とした我が国の王と病み衰えて縋る実母に愛憎も抱いているのです。最初に手を差し伸べたトライアン王国への傾倒は、結局は縋る母君と同じだと思うのですが――。失礼、故にヒルデ王女は……玉座を得れば国を潰すことでしょう」

第一王女ヒルドレアークレが王位に就けば、ハドリアーヌ王国は潰される。確かに復活を目指すトライアン王国からすれば、ハドリアーヌ王国を併合できれば良い踏み台となるだろう。

「逆にユディ王女は、ハドリアーヌへの愛なき故に、やはり潰すことを厭わないでしょう」

第三王女のユードゥルケは、何処かの国の外国人家庭教師に洗脳された王子と同じようなものらしい。レクサンデル大公国のほうが優位で素晴らしいと、ハドリアーヌ王国の暴君に悩まされた周囲から教えられて育ったという。

「王位に就けば統治せず帝国から離れないことも考えられます。そうなれば民など意識の外において国を荒らす原因にもなりかねません」

「なるほど、それが僕の無粋な質問の答えですか」

これは言ってもナースタシア王女に利することはない情報だ。どころか他の王女へのつけ入る隙があると思われれば、競う姉妹の味方を増やしかねない。

「私も、故国に思うところはあります。けれどそれは故国への愛を覆すほどではない。弟が支えきれないというならば、私が国を守らなければならないとわかっています」

「素晴らしいお志ですね。本当に、僕とは正反対だ」

どうやらこれがナースタシア王女が王位を目指すスタンスらしい。暴君の死後不安定になるだろうハドリアーヌ王国の安定と継続。そのためにはトライアン王国にもレクサンデル大公国にも食い物にされるわけにはいかない。

僕は国なんて二の次だ。家族のほうが重要だし、その個人感情を捨てる気もない。皇子を利用して自国を守ろうと志すナースタシア王女は、ハドリアーヌの人間からすれば気高い人なんだろう。

「正反対などと。雌伏なさるアーシャさまもいずれ、その才知を帝国のために使われる時が来るのでしょう？　できればその時、どうか私は敵ではないと覚えおきください」

「そう警戒なさらなくても、僕は立つ気などありませんよ。僕は視界に収まり切れない国土も、顔も知らない国民も、目の前にいる家族以上に考えることはできない。そんな人間が上に立ってもいいことはないですから」

「でしたら、他に確かに立てる居場所を早い内に求められたほうが良いでしょう。孤高は気高くはあっても、慰めにはなりませんよ。私も、支えてくれる者たちがいればこそ強く思いを保てます」

聞き流したり誤魔化したりできない切実な声だった。どうやら今この時、ナースタシア王女は本気で僕を心配しているらしい。

ナースタシア王女が支えと言って思い浮かぶのは、寄り添うように行動を共にしていた王太子だ。王女たちからすれば次の王位継承者で、その治世に王太子時代の不快を理由に廃嫡される可能性がある相手。だから姉妹の諍いには巻き込まないし、意地悪な見方をすればナースタシア王女は王太子に阿っているようなもの。

けどそこに打算や将来の計画以外にも感情がないとは言えない。

「どうやら実感があるようですね、ナースタシア王女」

「一度は庶子に落ちましたから。当たり前だと思っていた世界が、全て、覆ることになります」

だから僕が皇子でなくなった時も想像がつくって言いたいのかな？　そしてその時が近いことも、わかってると。

「そうですね。長子相続を制度から外せればと思っていましたが、難しそうです」

「それは、民衆にまで及ぶ慣習法。そうした決まりは人々と時代の要求あってこそ。少なくとも今は変え時ではないでしょう」

テリーが生まれてからルカイオス公爵が目指してる長子相続の撤廃。現状、実質政治の頂点でも動かしがたい制度であることがわかっている。

僕がこのまま第一皇子をしていると、必ず帝位で揉めることになる。そうならないためにはできる限り穏便に、僕は皇子でなくならなくてはいけない。

「弟のためにできることがあるのも、隣に立てる今だけです」

ナースタシア王女は確かに経験したからこその言葉だ。言われてみれば、僕が兄として振る舞えるのも同じ皇子だから。皇子から抜けて臣下である貴族になれば、僕はテリーたちと言葉を交わすにも態度を変えなければいけない。

それはとても、悲しい。

想像して気分が下降しそうになったところで、イクトが視界の端に現れた。今まで気配を消してついて来ていたことを思えば、そろそろ部屋へ帰すべき時間だというお知らせだろう。

僕はナースタシア王女を抜け道のある四阿へとエスコートした。行く先を感じ取ったナースタシア王女は、後ろ髪引かれる様子で夜の庭園を振り返る。

「夜に浸されてなお、この庭園は美しいのですね。とても、名残惜しく思えます」

「あまり悪い遊びを教えては、弟たちに顔向けできませんので、どうか今宵はここまで」

「まぁ………………」

悪のりで言った言葉に、ナースタシア王女は楽しげに目を輝かせる。まるで、知らない遊びを初めて教えられたような無邪気ささえ漂わせて。

いや、年齢的に社交界に出てるナースタシア王女からすれば、本当に遊びのような夜の散策だろう。男女の小粋な会話なんて僕にはできないし、政略というには弟の話のほうが真剣にしてたし。

「有意義な時間でしたわ。お誘いいただきありがとうございます、アーシャさま」

ナースタシア王女は楽しげに、そしてお手本どおりのようなドレスを摘まんでの礼を執る。なんだか子供っぽさもあるその動作に、僕も胸に手を当てて応じてみた。

「こちらこそ、突然の誘いにも拘らずお応えいただき光栄でした、ナースタシア王女」

「ひと時を共にしたのですから、次にはナーシャとお呼びいただければ嬉しいですわ。もちろん、余人の目がない所で」

僕が距離を取るためにしている呼び方とわかっているからこそ、ナースタシア王女はそんなことを言ってみせた。

「では、ナーシャ。明日からはもう僕のエスコートは不要ですね？」

「えぇ、私のほうこそアーシャさまには突然舞台に誘ってしまいました不調法をどうかお許しください。次はどうぞ、ごゆるりと私の舞台をご覧なさって」

お互いに芝居がかった礼を執っての気取った言葉選び。まるでごっこ遊びのようなやり取りに、ナーシャは楽しげに笑いを漏らす。

そうして寝室まで送ると、ナーシャは隠し扉が閉まると同時に呟いた。

「本当に、楽しい時間だった。子供の頃にも、こんな遊びしたことがないわ………」

こちらの足音が響かないよう、壁には相応の厚さがあるんだけど、物理的な障壁を気にしないセフィラが聞きとって僕に独り言を教える。

淑女らしく振る舞うナーシャは、相応に淑女らしさを身につけるために時間を使ったはずだ。その間に生母の処刑や庶子落ち、そして王女への復帰など生活を一変させる変化が起きている。

夜抜け出すなんて、本当にしたことはないんだろう。そして僕の言葉で淑女らしからぬ悪いことをしているという自覚を持って、はしゃいでしまったらしい。

前世で言えば大学生くらいの女の子だ。まだまだはしゃいでいてもおかしくない年頃。けれどそれが許されない環境が、王侯貴族に生まれた宿命とでも言えるのかもしれない。

逃げる前提の僕と違って、テリーも、双子も、ライアさえ政略と無縁ではいられないし、そうであるなら子供らしく振る舞える期間も僕が思うより短いはずだ。

「……………弟たちとも、夜の散策してみようかな？」

僕は四阿の入り口が閉じられるのを見守った後、月明かりに照らされる宮殿を顧（かえり）みてそう呟いた。

終章　兄でいるために

夜の庭園にナーシャを誘ってから、僕から迫るようなあらぬ噂は沈静化した。上手くお礼とお世辞が入り交じった誤解と貴族たちを翻弄して、注目も維持している。

淑女らしい清楚な振る舞いをしつつ、求婚にも取れる熱い言葉を使うという評判を作り、それによって面会希望者を誘い続けていた。一人芝居を良く演じていると言える。

「お蔭で焦ったヒルドレアークレ王女が、皇太后に自ら接触しようと動いて、ルカイオス公爵が表立って動けるようになった。これで後は帰国まで眺めていられるよ」

僕は離宮から帰る馬車の中、同席するノマリオラとウォルドに動きを教える。ナーシャとのことは、ちょっと個人的に釘を刺したとだけ告げてあった。

これ以上害になりそうなら排除も考えたけど、ナーシャは暴君の後の負債を背負ってでも国を維持する意志を示してる。国内の問題を国外に敵を作ることで分散させるのは暴君と同じ道だ。それはしないだろうと思えた。

夜の庭園に同行したウェアレル、ヘルコフ、イクトの三人は、全部聞こえる範囲で隠れてたはずだけど、僕たちが話した内容については、何も言わない。僕が帝位を望んでいないこと、いずれ宮殿を出て行くつもりであることは、長く一緒にいるからこそ察していたんだろう。

「第三王女は何故沈静化したのですか？　最初にずいぶんと殿下を煩わせていたと聞き及んでいます」

「私が耳にした話では、失言が多く、レクサンデル侯爵派閥以外に寄りつかないそうです」

　ウォルドの疑問に、ノマリオラが応じる。休憩室に詰めている合間に、離宮で働く人たちの噂を集めていたようだ。

「そうだね、今日なんて自分はルキウサリアの学園に通うけど、姉は通えてないってマウントを取って、足をすくわれていたよ」

　ルキウサリアの学園に通うことは、実績を上げられない年齢の王侯貴族の子女からすれば一定の能力を示したことになる場所。

　そして、ヒルドレアークレ王女とナーシャは、入学時期の年齢では庶子。病弱な王太子が生まれていることもあって、国外に出ている場合ではなかっただろう。ただ入学時期に関する問題はユードゥルケ王女にもあった。

「ハドリアーヌの君主があと何年もつかにもよりますが、七年後となると王太子が王位に就いていてもおかしくはない。その時期に学園入学と言うからには…………」

「自ら王位を狙う争いから身を引くに等しい発言ですね」

　貴族を相手に働くウォルド、伯爵令嬢として育ったノマリオラにも予想できる成り行き。もちろんユードゥルケ王女はその辺りを突かれて姉たちのみならず、王太子にも苦言を呈されていた。

　せめて父の病状を案じるくらいの気持ちは持ってほしいと。そう言える王太子は、暴君に隔意はないんだろう。だからこそナーシャが反対勢力の受け皿になっている。

そんなナーシャは怨みは怖いと言っていたけど、それはヒルドレアークレ王女のことであり、自分のことでもあったように思う。あの二人の王女は、きっと暴君の死を打算的に忌避しつつ、感情的には望んでいるんだろう。

派兵先で暗殺者に狙われたこともあって、確かに他人から怨まれるのは怖いものだと頷ける。

「ところでご主人さま。第二王女とのご関係について、お聞きしてもよろしいでしょうか？」

「一方的に利用されただけだけど？　そこはもう釘を刺したから、変な噂を広めることもやめてくれてるでしょ？」

ノマリオラの確認の意図がわからないでいると、ウォルドが貴族間で流れる噂を教えてくれる。

「今回の第二王女の言動は、結婚に焦った故だというものがありまして」

「あぁ、年齢的に王族としては婚約者もいないのはおかしな年齢だもんね。けど、身分の変動が起きてるからしょうがないと思うけど」

王族なら高位の貴族がお相手として相応しいけど、庶子となれば身分よりも国との関係に重きが置かれる立場だ。女子相続が認められてるハドリアーヌ王国ではより気を使う案件だろう。

そんなことを考えていたら、ノマリオラが一通の手紙を取り出した。すでに封は切られており、宛名はイクトになっている。

「トトスさまよりお預かりいたしました。自らでは扱いに苦慮するとのことで、僭越ながら内容を検めさせていただいております。結果、ご主人さま自ら精査されるべきであると判断いたしました」

確かめてみれば、それはナーシャからの手紙。表面上は落とし物を拾ってもらったお礼というような他愛ないもの。ただ、庭園や月のことが書かれていることから、これはイクトに見せかけて僕に宛てた手紙であることがわかる。

しかも最後には返事を望むようにも取れる文言。そして負けず嫌いだと匂わせる言葉が綴られていた。

「どうやら、思った以上に悪戯が好きな王女さまみたいだ」

そう言ったところで、馬車は左翼棟の庭園側につけられる。表でもいいけど、階段はこちらのほうが近いからそうしていた。

そうして左翼棟に近づくと、出入り口に見慣れた、けれど予想外な人物が待っていた。

「兄上、お疲れのところ申し訳ありません」

「テリー？　どうしたの？」

「庭園の散策の途中に、兄上が乗る馬車が見えたものでご挨拶に伺わせていただきました」

左翼棟の出入り口の前でそんな会話を交わしつつ、僕は周囲に目を向ける。テリーが連れているのは左翼棟にいつも連れて来る宮中警護のユグザール。最近ぞろぞろ引き連れている人の姿はない。

つまり、散策を理由に二人だけで出て来た。その上で僕が戻る時間を狙っていた、と。

「そう、だったら僕の部屋で休むといい。挨拶に来てくれたんだし、もてなしをさせてもらうよ」

僕はテリーの言い訳に乗って、出入り口を見張る者に招き入れることも伝える。僕が他の誰かと親密になるのを防ぐ役割もあるから迷うみたいだけど、弟たちが出入りしているのは今さらだ。気にせず左翼棟に入ったら止められることはなかった。

僕はテリーとユグザールを金の間に通す。ノマリオラは部屋には上がらず下階の厨房で飲み物を用意して金の間まで持って来てくれた。

「抜け出してきたのならあまり時間もないだろうし。テリー、話があるなら聞くよ」

水を向けると、テリーは何度か口を開閉して、言葉を探す。けど上手い喋り出しが思いつかなかったようで、こうしてやって来たきっかけを告げた。

「兄上が、結婚されることがあったら、どうなるかを聞きました」

「あぁ、それは………」

ナーシャと噂になったことで、そこまで興味を広げてしまったか。僕と競わせる方向にもっていこうとしていた家庭教師たちを思えば、テリーにどう説明したかは想像がつく。

「僕が他の国の王族と結びつくことで、テリーの帝位を脅かす（おびやかす）とでも言われたかな？　それとも、もっと上位の女性と婚約をすべきだと説かれた？　けど、説明したとおりただの誤解だよ」

「いえ、結婚するなら兄上を、宮殿から外に出さなければいけないって」

テリーは俯きがちだけど、見える表情には反感が浮かんでいた。ユグザールに目を向ければ、その場にいたらしく肯定するように顎を引く。

やっぱり、テリーはもう子供でいられる時間はほとんどないらしい。

前世の僕なら、その状況に流されていただろう。そのほうが叱られない、嫌われないから。けど、今の僕は違う。弟たちには笑っていてほしいし、家族と笑っていたい。そんな未来を望むからこそ、ここでテリーに対して心配ないなんて誤魔化しは言えない。

「テリー、宮殿は皇帝の住まいであり皇帝の家族が住む場所だ。僕は陛下の子として住んでいる。けれど次の皇帝が立てば、次代の皇帝家族が住む場所になる。だから、僕がここを出て行くのは決まっていることなんだ。重く考えることはない」

「でも、家族なら兄上だって、住んでいても」

「まぁ、できるだろうけど、そうしたら僕は自分の家族持てないよ？　結婚したら僕は新しい家族の長になるんだ。ワーネルやフェルだってそうだ」

何も悲しいことはないと言ってみせるけど、どうやらテリーが聞かされたのは僕がいられないというだけじゃなかったようだ。

「………兄上がいると、僕は皇帝になれないから、宮殿から出すために結婚させるっていう、方法もあるって」

「うーん、もうそんな政略の話するのか。そこはそう簡単な話じゃないはずだけど――ハドリアーヌ王国の姉妹たちを例にでも出されたかな？」

僕の問いに、テリーは一つ頷く。

「第二王女が皇子を婿として連れ帰ることができれば存在感は増し、婿を取れなかった第一王女よりも優位になれる。逆に、王女として帝国に迎えられることになれば、継承争いから離脱することになる」

僕が挙げる結婚による立場の変動に、テリーはもう一度頷いた。翻せば、僕自身の帝位への距離の変化にもなる。

そうさせないためには、結婚と同時に皇子から降ろして臣下にすること。そして臣下になれば皇帝の住まいには住んでいられない。

「兄上を、兄上と、呼んではいけなくなるって……。それは、嫌だ」

臣下に下れば宮殿は私的な場ではなく、上位者への謁見の場になる。そんな所で身分を無視した呼びかけなんて許されない。

皇子らしいように頑張っているテリーの、抑えきれない感情。それが僕の弟でいてくれることだと言うのだから、嬉しくないわけがない。けど、ここで笑ってしまうのはまだ早い。

何より、ナーシャに言われた言葉が頭をよぎる。弟のためにできることがあるのも、隣に立てる今だけだと。僕より王族として躾けられたからこそ、地位が変わることで家族でいられなくなることを早くに気づいていたんだろう。

「僕も今以上に会いにくくなるなんて嫌だよ。だからこうして、錬金術もできないし、みんなと遊べもしないけど、皇子として振る舞ってるんだ」

「それで、兄上は兄上でいられるの？」

方法があると感じたテリーは身を乗り出すように聞いてくる。ようやくこっちを真っ直ぐに見てくれたから、僕は笑って見せた。

実は、この道は半分諦めてたんだ。僕一人では到底どうにもできないから。確実に、自分でできる道だけを選ぼうとしてた。

けど、こうしてテリーは僕を思ってくれるし、兄でいてほしいと望んでくれてる。それなのに、僕が諦めて宮殿を去ることばかり考えているのは、違うのかもしれない。

僕のために何かしたいという父に、上手く対応できなかった。それは、僕がそもそも父を頼ることをしなかったからだ。

そしてワゲリス将軍には、寄り添うことからだと言われた。寄り添うつもりでいた家族旅行では、結局父のコミュニケーションと楽しい遊びがテリーをほぐした。つまり寄り添うには足りなかったんだ。

「………僕一人じゃ難しいよ。でも、テリーが手伝って、助けてくれるって言ってくれたから、頼りにしようと思うんだ。いいかな？」

「え………!?　な、何？　何かできることがあるの？」

欲しかった答えがあると知って、テリーは頬を紅潮させて求める。ここまでテリーを連れて来たユグザールも、予想していなかったようで瞬きを忘れて僕を見ていた。

まず、僕から頼って、一緒にいてほしいというところからが、寄り添いだったのかもしれないと、こうしてテリーを目の前にして思う。

「難しいことじゃないし、今までとあまり変わらないけどね。――テリーが、誰に文句を言われることなく皇太子になってくれること。それが、僕の助けになる」

「それだけ？」

「うーん、血筋としては当たり前のことだ。けど、文句を言われないのは今でも難しいだろうね。

それでも、僕が皇子であっても、長子であっても、関係ないほどテリーが周囲から望まれて皇太子に奉戴されるようになったら、僕たちが兄弟として振る舞うことに問題はなくなる」

テリーは息を止めて聞き入っていた。どんな皇帝になるか。そんなぼんやりと、けど目指す先を定めようとするテリーにとっては途上の話。それでも、目指す先へ至る道のりの話だ。

本当なら自分で選んでほしいけど、それでも助けてくれると言ったテリーを信頼して、期待を委ねるのも、今の僕にしかできないことなんじゃないかな。

「とは言え、僕は皇子の地位に価値を見出してはいない。価値があるのはあくまで家族であるために必要だと言うだけだ。だから、他の人の前ではともかく僕を兄だと思ってくれてるなら無理をして居座るつもりも――」

「やる！　やらせて、兄上！」

思いの外強い声で言い切られ、僕は目を瞠った。そんな様子にテリーは一度気恥ずかしそうに目を逸らしたけど、前言撤回なんてしない。

「僕にしかできない、兄上を助けることなら、やるよ」

「…………ありがとう、テリー」

心から、そう言葉が零れた。家族を頼っていいんだと、応えてくれるんだとそう思わせてくれる。それほど一生懸命で、真っ直ぐな弟が、日暮れで薄暗くなる室内であっても輝いて見えた。

「でも、頑張りすぎないように、目標以外で楽しむことも覚えよう。ハドリアーヌ王国の第二王女が今回注目を集めたのも、なんでも完璧だからじゃない。人としての面白みがあると思わせたところにある」

「お、面白み…………」

素直に身構える反応に、僕は指を立ててみせた。

「ようは遊び心だよ。と言うわけで、ハドリアーヌの王太子一行が帰った後、どうやって遊ぶかちょっと相談していい？」

真剣だったテリーは、肩透かしを食らって瞬きを繰り返す。次には、本当にただの遊びの誘いだと気づいて笑い出した。

明るいテリーの笑顔を見て思い浮かぶのは、夜の庭園で弟を心底心配しながら、その死の先を見据えていたナーシャの横顔。

国だとか生まれた地位だとか、僕にはやっぱり大きすぎるし重すぎる。王女としての矜持があるナーシャのような決断なんて、僕にはできないだろう。

本当に正反対だ。その兄弟関係も、覚悟の決め方も。そしてナーシャのような環境でなくて良かったなんて、失礼な安心感まで覚えてる。

けどそうして改めて今が幸せだとわかったからこそ、僕はこの人生を楽しむことを改めて心に誓った。

[書き下ろし番外編]

少し遠く

僕は九歳にして初めて、少し遠くへ家族旅行に出かけることとなった。

広い宮殿でも行ったことのない場所もある。全く別の場所へ移動するのはちょっと怖い。だからよくへそを曲げるライアの気持ちはわかる。慣れない場所に緊張してしまうんだ。

「話すにふさわしい場というものがあるのですよ、テリー」

いつもよりも緊張してしまっていたところに、母上からそう叱られた。難しい他国の話らしいから気負ってしまった上に、結局空回りだ。

登山でも疲れて、思うように話せなかった。兄上が心配して話かけてくれたのに、結局背を向けてしまっている。

今年の冬で僕は——私は、十歳になるのに。

十歳は兄上がフェルを救ったのと同じ歳。あの時私は間違った。でも兄上は年下だからしょうがないという。

だったら、十歳になる私は兄上のように賢く、果敢になれなければ駄目だ。皇帝となって兄上の上に立つ人になるには、今のままじゃ駄目なんだ。

「アーシャ、一緒に乗るか」

湖で、私たちはボート遊びをすることになった。

父上は兄上と一緒にボートに乗り込んだけど、周りが目をやっていて気になる。こういう時、父上は周りの者と難しい話をするんだ。つまり、今日は兄上を相手に、大人同士で話し合うようなことを？

兄上なら当たり前だと思うと同時に、ついて行けない自分を恥ずかしく感じた。

「テリー、双子をよろしくお願いね」

父上と兄上を見ていたら、母上にそう声をかけられた。母上は皇妃として見苦しくない程度に裾を上げて、人の手を借りてボートへ乗り込む。その膝にはライアが座り、滑るようにボートは漕ぎだしていく。

「兄上こっち！」

「早く乗ろう！」

私はワーネルとフェルに呼ばれて、言われるまま乗った。ボートがけっこう揺れる。先に乗った誰も情けない声なんて出していないから、口を引き結んで耐えた。

そしてなんとか平静を装って座ったボートだけど、水が近い。あまり見ているのも嫌で、私は顔を逸らすように遠くを眺める。

すると父上が漕ぐボートが離れて行くのが見えた。父上とのボートが少し羨ましい。

そうして見ていたら頬に水が当たり、思いの外体が跳ね上がった。

「こら！」

「「ごめんなさーい」」

強く叱ると双子は首を縮める。慣れないボートの櫂を操って上手くいかず、盛大に水を跳ね飛ばしたらしい。よく見れば本人たちも水滴を被って服に跡がついている。

「はぁ、できないならやらなくていいだろう」

ボートには漕げるということで、僕の宮中警護のテオも同乗していた。

兄上も宮中警護を連れてるから許可が出て一緒に来ている。ただ兄上の宮中警護の海人は陸にいるし、双子の宮中警護もボートを操作できずについてきてはいない。

「殿下方、ともかく大きく揺らしては危険です。まずはゆっくり水面に櫂を差してみてください」

テオが双子に櫂の使い方を教えると、顔にまで飛んでくることはなくなった。

「テオができるなら、ワーネルとフェルはやらなくてもいいだろう。任せればいいじゃないか」

「ううん、やりたいの」

「えー、やっちゃ駄目？」

双子から不満そうに言われては、やめろとも言えない。

「そんなことは、言ってない。けど、水を飛ばすのは駄目だ」

双子は顔を見合わせて、私のほうに向き直った。

「「頑張る」」

やる気に満ちた笑顔を向けられ、もうやるなとも言えなかった。そして父と兄上のボートは遠くに行ってしまっている。揺れるし体を捻って見ることもできず、どうして周囲が二人を気にしていたのかもわからない。

ただわかるのは、私たちには聞かせられない難しい話をするんだということくらい。

「あ、上に鳥！　何色だろ？」

「大きいね。回って飛んでる」

櫂を練習していたかと思えば、双子は注意散漫に上を見ていた。

これで家庭教師に怒られないのか、いや、怒られても嫌がって逃げると聞いたな。注意自体聞いてないのかもしれない。

「おっきな影が泳いで行ったよ！」

「見たよ、魚泳ぐ音しないね」

ちょっと考えごとをしてる内に、また興味が別に移っている。

じっと考えて、落ち着いて判断することを覚えなくてはいけないはずなのに。帝室に連なるのなら、間違ってはいけないから気をつけるように家庭教師たちは口を揃えて言っていたし。

そう考えた時、兄上の姿が過る。

私が間違える時、兄上は間違えないことが今まで何度もあった。私は皇帝にならなきゃいけないのに、皇帝にはならないという兄上に追いつけないまま。もう十歳は目の前だ。

「目の前………そう言えば、兄上に湖を見るよう言われていたな」

「うん、湖大きいね。上から見るのと違うよ。向こうの端見えない」

「ボート乗ると波の音するけど、上だと全然聞こえなかったよね」

こちらのことなんて何も聞いてないと思ってた双子が答えた。しかもじっと私を見て首を傾げる。

「兄さま、ボート楽しくない？」

「それとも僕たちと一緒楽しくない？」

「そういうわけじゃ、ないが。ちょっと考えごとを、していたんだ………」

「「何？」」

悪い気がして誤魔化すと、さらに聞き返された。

不満とか不安とか、弟たちには言えない。そんな恰好悪いことしたくない。もっと兄上のように不安がらせないように、笑って余裕を見せなきゃいけないのに。

けれど難しい。

派兵させられることになっても、大丈夫って笑える兄上のように、なれない。

「あ、あの、船の側に、魚影が、ですね………」

テオは、私が言葉に詰まったのを助けようとしてくれた。そうして庇われるのはありがたいけれど、情けなくもある。

兄上の宮中警護はとても強くて、長官にも物怖じしない人だとテオが言っていた。そんな人が、兄上にはただただ従っているのは何度も見ている。きっと兄上がそれだけ間違えない人だとわかってるからだ。

「「うーん？」」

双子は顔を見合わせると、私をちょっと見て水面を覗き込む。つられて見れば、私たちの手より大きな黒い影が波も立てずに泳いでいた。

「よく見るとすごく小さいのがいっぱいいたね」

「泳いでるのに全然音しないから気づかなかった」

言われてみれば、水面にじっと目を凝らしてようやく見えるくらいの小さな魚の群れがいる。こうして水の上にいてもよく見なければわからないほど静かな泳ぎだ。

けれど魚がいるのは当たり前で、帝都にある港にはこの湖で獲れる魚が毎朝運び込まれると聞いてる。

「考えてみれば当たり前なのに、今まで気づかなかったな」

視野が狭すぎる、鈍すぎる。

そんなことでは駄目だという、家庭教師たちの叱責が過る。そうして叱られる度に、兄上ならもっと上手く立ち回れないんだと思った。私では、兄上ほど上手く立ち回れないんだと。

「見ないとわからないよね。これで次は色々見て知れるね」

「知らないことを知ったよね。だから次はもっと別のこと知れるよ」

双子は前向きに笑い合う。それが兄上に似ていて、昨日の登山の時のことを思い出した。

兄上は、怒らない。それなのに、なんだか怒られたような気がして背を向けてしまった。そんなことはないとわかってるのに、今も兄上に声をかけられないでいる。

「…………外から見て、宮殿の屋根の何が変わるかわかるか？」

兄上に言われたことを聞いてみると、双子は私を見て思いつくままに喋る。

「下から見ても屋根の色わからないよ。でも遠くから見たらわかったよ」

「ここも今見えるところしか見えないよ。でも上から見たらもっといっぱい広いの」

見たままのことで、たぶん兄上はそういうことを言ったんじゃないと思う。

「もっと知らないこと？　だったら父上に聞く？」

「もっと難しいこと？　だったら母上に聞く？」

「いや、聞くわけにはいかない」

「「なんで？」」

言って双子は顔を見合わせて笑ってお互いに指摘する。

「ちゃんと聞いてわからなきゃ」

「ちゃんと見てわからなきゃ」

それは兄上から派兵前に言われた言葉だ。そう言えば、答え合わせのためにワーネルとフェルは兄上に会いに行っていた。

「どんな答え合わせだったんだ？」

「だめー、兄さまもよく見てよく聞いて答え合わせしないと」

「僕たちちゃんと頑張ったって兄上に言ってもらえたもん」

誇らしげなのが悔しい、そして羨ましい。

兄上に呼ばれたのを、私は断った。けれどずっと後悔していたことを、弟たちに対して沸き上がった感情で自覚する。

でも、皇帝になると言ったんだから、怠けるわけにはいかない。それにいつまでたっても兄上に追いつけていないんだから、まだ、全然足りない。

それでも口からは本音が漏れた。

「いいなぁ」

「うん、いいでしょう」

「兄上に褒められたよ」

小憎らしいけれど、本当に羨ましい。その素直さが、気負わなさがあったら、もう少し息がしやすかったんだろうか。

「兄上もね、兄さま会いたいって」

「すっごい残念って言ってんだよ」

思わぬことを言われて、さっきまで考えていたことが頭から離れる。三人で楽しく遊んだのだとばかり思っていたのに。

「私のことを？　本当に？」

「嘘言わないよ。兄さまの話してね、兄上も駄目って言われるの嫌なんだって」

「うん、言ってたよ。兄さまに会いたいって、僕たちもお話したいって話したの」

そんな私についてばかり話していたなんて言われると、頬に熱が集まるのを感じる。そうして請われるのはなんだか気恥ずかしいけれど、嫌じゃない。

「兄さま、兄上に手紙書くって頑張ってたでしょ。そのために図書館に行った話もしたよ」

「僕たちも兄上とお話するために薬草覚えたのも話してね、兄さまも頑張ったんだよって」

「だから家族旅行はいっぱい兄上と遊ぼうって」

「あ、次は兄上とボート乗ってお話しようよ」

ワーネルもフェルも、小さなことにはこだわらず、楽しむことを全力でしている。その姿を見ると、なんだか私は自分ばかりを気にしていたように思えた。

そうして改めて周り見れば、人の少なさに息を吐ける気がする。今さら、ここには家庭教師たちはいないんだと実感した。

兄上の所へ行っても、用事だけで早く切り上げるように言う者はいない。皇子らしさを厳しく求める者もいない。どれも私の将来には必要だと説明されて、納得していたけれど、今はいいんじゃないかと思える。

宮殿を離れた今なら。少しだけ遠い、ここなら。

もしかしたら兄上が言いたかったのは、そういうこと？

「あ、母上が呼んでる。もう戻らないと」

「じゃあ、僕漕いで戻る！　いっくよ！」

「ワーネル待て！　また水が！」

止めるのが遅かった。

勢いだけはあるワーネルが振った櫂は、水に入りきらず水面を弾いて水をまき散らす。

結局また、顔に水かかって不快な思いをした。けど素直な双子は、自分が濡れても笑い声を上げている。

「なんだか、見直そうとして損した気分だ」

「殿下、ハンカチをどうぞ」

僕がぼやくとテオがハンカチを差し出してくれた。首だけを動かして見ると、テオも笑ってる。

「何を笑っているんだ？」

「あ、これは失礼をいたしました」

「いや、いい。理由が気になっただけだ。そう言えば、最近は硬い顔ばかりだったな」

以前兄上の所へ行った時には、良く表情が動いていたのに、最近は硬いと感じる表情が多かった気がする。やはり、兄上の所に行かなかったせいだろうか。あそこではテオも他の宮中警護もずいぶん顔色を変えていた。

「それは……テリー殿下もまた、表情が良く動いていらっしゃるから、ですね」

言われて顔を拭くついでに触ると、眉間にしわが寄っていた。せっかく皇子らしい表情の作り方を練習したのに、崩れている。ワーネルに水をかけられたせいだ。

「よろしいのでは？」

私が練習どおり表情を作ろうとしたところで、テオが言った。

「ここは、宮殿ではないので、よろしいのではないでしょうか。弟殿下方も、気にされることもないでしょう」

「確かに、そうだな」

見ればワーネルもフェルも、私なんて気にせず笑ってまた櫂を握ってる。さすがにまた水を跳ねさせると、テオが指導に入った。

やっぱり見直すにははやかったかもしれない。

ただ気づけば、双子を羨む気持ちも、兄上へ気負う気持ちも何処かへ行ってしまったようだった。

あとがき

読んでしまった方も、これから読むという方もお手に取っていただきありがとうございます。『不遇皇子は天才錬金術師』の著者うめーです。

友人にあとがきから読む人がいるので、あとがきには大きなネタバレなしの方向で書きますが、書くことがないので内容には触れます。というわけで、今回は前回冬に帝都へ帰還した後、春を迎えてのお話です。

表紙イラストにもあるように、今回妹のライアが初登場です。これでサブタイトルの可愛がりたい弟妹と、言葉を交わすことができたことになります。

今回もイラストを担当してくださったかわくさまに、兄弟そろって可愛らしく描いていただけました。ライアはドレスのふわふわ具合が女の子らしくて、弟たちとも違う雰囲気の可愛さを醸していただいています。

挿絵には他にも、今まで登場はしていてもキャラクターデザインのなかった登場人物が描かれています。デザイン自体はカラーでいただいたので、モリーの赤い服やスカートの裾から覗く竜人の尻尾など、三人の職人小熊と合わせてとても色鮮やかでした。

そして今回初登場のキャラクター、ニヴェール・ウィーギントがいますが、ｗｅｂ版ではもっと後での登場になっています。というか、ｗｅｂ版のほうでは出番を削りました。ハドリアーヌ一行もいて、登場人物が多すぎたので。いなくても話進められるなと。なので、ｗｅｂ版では主人公アーシャの視界の外に存在していたキャラクターになります。ｗｅｂ版でも存在はしていますし、同じような動きをしていたと思ってください。

さてこの四巻、本文を書いたのは年末でした。なので余裕を持って年越しができています。発売している時は春でしょうが、その時はまた続きを書いているのではないかと思います。恙なく続刊も皆さまのお手元に届いてほしいです。

またこうして書き続けられるのも、読んでくださる皆さまのおかげになります。また、刊行に当たりＴＯブックスさまにはご尽力いただきました。イラストを描いていただいているかわくさま、その他制作に関わってくださっている皆さまにも感謝を。

次はルキウサリアのディオラ、そして今回いいところなしのソティリオスなども出てきます。今まで年上か、弟たちとしか交流のなかったアーシャが、宮殿を出て同年代と行動することになりますので、続きをお待ちください。

出来損ないと
呼ばれた元英雄は、
実家から追放されたので
好き勝手に生きることにした
テレ東・BSテレ東・AT-Xほかにて
TVアニメ絶賛放送中！

［NOVELS］

原作小説

2024年
5/20
発売！

［著］紅月シン
［イラスト］ちょこ庵

［COMICS］

※8巻書影

コミックス

2024年
6/15
発売！

［原作］紅月シン ［漫画］烏間ル
［構成］和久ゆみ
［キャラクター原案］ちょこ庵

［TO JUNIOR-BUNKO］

TOジュニア文庫

2024年
6/1
発売！

［作］紅月シン ［絵］柚希きひろ
［キャラクター原案］ちょこ庵

［ 放 送 情 報 ］

※放送日時は予告なく変更となる場合がございます。

テレ東
毎週月曜 深夜26時00分～

BSテレ東
毎週水曜 深夜24時30分～

AT-X
毎週火曜 21時30分～
（リピート放送　毎週木曜9時30分～／
毎週月曜15時30分～）

U-NEXT・アニメ放題では
最新話が地上波より1週間早くみられる！
ほか各配信サービスでも絶賛配信中！

STAFF

原作：紅月シン『出来損ないと呼ばれた
元英雄は、実家から追放されたので
好き勝手に生きることにした』（TOブックス刊）
原作イラスト：ちょこ庵
漫画：烏間ル
監督：古賀一臣
シリーズ構成：池田臨太郎
脚本：大草芳樹
キャラクターデザイン・総作画監督：細田沙織
美術監督：渡辺 紳
撮影監督：武原健二　坂井慎太郎
色彩設計：のぼりはるこ
編集：大岩根力斗
音響監督：高桑 一
音響効果：和田俊也（スワラ・プロ）
音響制作：TOブックス
音楽：羽岡 佳
音楽制作：キングレコード
アニメーション制作：
スタジオディーン×マーヴィージャック
オープニング主題歌：蒼井翔太「EVOLVE」
エンディング主題歌：愛美「メリトクラシー」

CAST

アレン：蒼井翔太
リーズ：栗坂南美
アンリエット：鬼頭明里
ノエル：雨宮 天
ミレーヌ：愛美
ベアトリス：潘めぐみ
アキラ：伊瀬茉莉也
クレイグ：子安武人
ブレット：逢坂良太
カーティス：子安光樹

TVアニメ
公式サイトはコチラ！
dekisoko-anime.com

シリーズ累計90万部突破!!（紙＋電子）

没落予定の貴族だけど、
暇だったから魔法を極めてみた
I am a noble about to be ruined, but reached the
summit of magic because I had a lot of free time.
アニメ化決定!!
［イラスト］かぼちゃ

NOVEL

原作小説❶〜❽巻 好評発売中!

シリーズ累計 75万部 突破!!!(紙+電子)

COMICS

コミックス❶〜❽巻 好評発売中!

最新話はコチラ!

SPIN-OFF

「クリスはご主人様が大好き!」コロナEXにて好評連載中!

最新話はコチラ!

STAFF

原作:三木なずな『没落予定の貴族だけど、暇だったから魔法を極めてみた』(TOブックス刊)
原作イラスト:かぽちゃ
漫画:秋咲りお
監督:石倉賢一
シリーズ構成:髙橋龍也
キャラクターデザイン:大塚美登理
音楽:桶狭間ありさ
アニメーション制作:スタジオディーン×マーヴィージャック

詳しくはアニメ公式HPへ!

botsurakukizoku-anime.com

涼を襲うならず者は
教皇本人⁉

2024年夏発売決定!

水属性の魔法使い

第二部
西方諸国編
IV

久宝忠―著
天野英―イラスト

漫画:墨天業
コミックス最新第4巻
好評発売中!!

絵:たく
ジュニア文庫
最新第2巻好評発売中!!

コロナEXにて
コミカライズ
好評連載中!!!

不遇皇子は天才錬金術師4
~皇帝なんて柄じゃないので弟妹を可愛がりたい~

2024年5月1日　第1刷発行

著　者　うめー

発行者　本田武市

発行所　TOブックス
〒150-0002
東京都渋谷区渋谷三丁目1番1号　PMO渋谷Ⅱ　11階
TEL 0120-933-772（営業フリーダイヤル）
FAX 050-3156-0508

印刷・製本　中央精版印刷株式会社

ISBN978-4-86794-161-4